Edda Helmke
Bitte keine Umstände!

SERIE PIPER

Zu diesem Buch

Der Bauch wird rund, na und? Ganz so einfach ist es nicht, muß Johanna, dreißig und zum erstenmal schwanger, feststellen. Bis vor kurzem verlief ihr Leben in geruhsamen Bahnen zwischen ihrem Job als Buchhändlerin und ihrer Langzeitbeziehung Daniel, mit dem sie sich eine winzige Wohnung im Berliner Wedding teilt – ohne Heizung und Bad, aber mit Dusche zwischen Kühlschrank und Spüle. Doch mit dieser Ruhe ist es nun vorbei: Von heute auf morgen sieht Johanna sich mit Situationen konfrontiert, die das Pflichtprogramm jeder Schwangerenberatung sprengen: Krisen werdender Väter und Großmütter, Intrigen in der Umstandsmodenabteilung und Pleiten auf dem Wohnungsmarkt, ganz zu schweigen vom ausgebuchten Geburtsvorbereitungskurs oder der traumatischen Kreißsaalbesichtigung. Und über allem die brütende Hitze eines Berliner Sommers ... Ein turbulenter Roman aus dem »ganz normalen« Schwangerschaftsalltag und ein Lust- und Leit(d)faden für vierzig spannende Wochen!

Edda Helmke, geboren 1964, ist in Süddeutschland aufgewachsen und lebt seit elf Jahren in Berlin. Sie hat Germanistik und Anglistik studiert und war danach im wissenschaftlichen Buchhandel tätig. 1995 kam Tochter Sophie zur Welt. Edda Helmke erhielt 1997 den Walter-Serner-Preis.

Edda Helmke
Bitte keine Umstände!

Roman über vierzig Wochen

Piper München Zürich

Von Edda Helmke liegt in der Serie Piper außerdem vor:
Am Anfang war die Windel (2532)

Originalausgabe
1. Auflage Januar 1998
3. Auflage Mai 1999

Umschlag: Büro Hamburg
Foto Umschlagvorderseite: Bavaria, Gauting
Gesamtherstellung: Clausen & Bosse, Leck
Printed in Germany ISBN 3-492-22531-4

Inhalt

Siebte Woche

Am Montag, dem 23. Januar, verbrachte ich meine Mittagspause bei *Kalimera! Hellas für die Sinne.* Ich saß auf einem griechischen Kaffeehausstuhl vor einem Plakat, auf dem die Sonne hinter der Akropolis im Meer versank, knabberte Pistazien und Erdnüsse aus einer griechischblau glasierten Tonschale und wartete darauf, zwei Plätze für einen Direktflug nach Samos buchen zu können. Ich war urlaubsreif.

Der einzige Schreibtisch in dem winzigen Reisebüro, das sich auf alternativen Griechenlandtourismus spezialisiert hatte, war seit einer Dreiviertelstunde von einer Mutter mit einem Kleinkind auf den Knien, einem Buggy und diversen Einkaufsbeuteln belagert. Die Mutter war auch urlaubsreif.

»Natürlich muß ein Sandstrand sein«, rief sie aufgebracht, und ihr apfelbäckiger Nachwuchs knallte zustimmend seinen Lolli auf die Tischkante, wo er zersplitterte. Die Reisebüroangestellte nahm ein paar Prospekte aus dem griechischblau gestrichenen Regal an der Wand und warf sie sichtlich genervt zu den anderen, die sich bereits auf dem Tisch stapelten.

»Dann kann ich von der Ägäis nur abraten. Hier haben wir ein hübsches Familienangebot in Chalkidiki.«

Sie sah kurz zu mir herüber und machte eine um Nachsicht bittende Geste. Ich war Stammkundin bei *Kalimera! Hellas für die Sinne.* Zweimal jährlich buchte ich einen Flug auf eine griechische Insel, meistens in der Mittagspause, denn das Büro lag nur ein paar Minuten von der Buchhandlung entfernt, in der ich arbeitete. Meine heutige Pause war allerdings fast vorbei. Resigniert griff ich noch einmal in die Pistazienschüssel, um meinen knurrenden Magen zu beruhigen.

»Dino-Kid-Fun-Club! Wollen Sie mich verarschen?« krisch die Mutter. »Ich will einen Individualurlaub, eine einsame Bucht, ein Fischerdorf ...«

»Entweder Sie machen einen Individualurlaub oder Sie machen einen kindgerechten Urlaub«, erklärte die Blonde energisch. »Islandhopping in der Ägäis dürfte damit« – ihr grellrot anstelle griechischblau lackierter Fingernagel deutete auf den vom Berliner Straßenschmutz gezeichneten Buggy – »schwerlich möglich sein.«

Sie war mit ihrer Geduld am Ende.

Die Mutter auch.

»Vielen Dank für die kompetente Beratung«, zischte sie, knallte den überraschten Zweieinhalbjährigen in das diskriminierte Gefährt, band ihm mit mütterlicher Brachialgewalt die Mütze unterm Kinn fest und schoß aus dem Laden.

Die Griechenlandspezialistin zuckte gleichmütig mit den Schultern und räumte die Prospekte weg.

»Wer das eine will, muß das andere mögen«, murmelte sie mitleidslos. Dann begann sie mit flinken Fingern auf ihrer Computertastatur nach dem Samosflug zu fahnden, den sie mir vor zwei Tagen reserviert hatte. Dany und ich wollten im Frühjahr drei Wochen in der Ägäis wandern. Samos, Chios und Ikaria standen auf dem Programm. Wir liebten die Ägäis. Die Blau- und Grüntöne des Meeres, die schroffen, kargen Felsen, die lieblichen, grünen Täler im Landesinnern, Olivenhaine, Klatschmohn, ein »Helleniko« unter Platanen auf dem morgendlich stillen Dorfplatz, der Duft von gegrilltem Lamm, der abends aus den Tavernen strömte, waren Labsal für ein vom Berliner Berufsalltag gestreßtes Paar. Und eigentlich war ich auch der Ansicht, daß der kleine Lollischwenker in einem Familyclub in Chalkidiki artgerechter untergebracht war.

»Abflug am Samstag, den 20. April, 14.10 Uhr in Tegel für zwei Personen«, rief die Angestellte und schenkte mir ein strahlendes Lächeln »Das heißt, Sie erwischen das griechische Osterfest in Ihrer zweiten Urlaubswoche, haben ein mildes Frühlingswetter, und vor so was«, ihr Kinn deutete auf einen roten Lollisplitter am Tischrand, »sind Sie dort auch sicher. Na, was sind das für Aussichten?«

»Phantastische Aussichten«, stimmte ich in ihren Jubel ein und zückte den Scheck für die Anzahlung. Vor dem Abflug würde ich allerdings noch drei Monate durch Berliner Matsch stiefeln müssen.

Als ich wieder auf der Straße stand, revoltierte mein Magen heftig. Ein Blick auf die Uhr bestätigte die Vermutung, daß es für den Besuch der *Lilalinde*, wo ich meistens zusammen mit meinem Kollegen Moritz die Pause verbrachte, zu spät war. Aber gleich daneben gab es eine Bäckerei mit Stehimbiß, in der ich mir ein belegtes Brötchen holen konnte. Während ich mich langsam in der Schlange ausgehungerter Mittagspäusler am Verkaufstresen entlangschob, entdeckte ich die Mutter aus dem Reisebüro an einem der Stehtische. Sie führte mit einer resignierten Handbewegung die Kaffeetasse an den Mund. Neben ihr stand der Buggy. Der Kleine hatte sein Gesicht in einem dieser unsäglichen Gebäckstücke vergraben, die die Berliner »Pfannkuchen« nennen und die in meiner Heimatstadt Bremen »Berliner« heißen. Als seine Nase wieder auftauchte, war sie mit roter Marmelade verziert. Die Mutter registrierte es mit einer gepeinigten Wendung des Kopfes. Sie sah mindestens so blaß und abgearbeitet aus wie ich am letzten Tag des Weihnachtsgeschäftes. Die traurig nach unten gerichteten Winkel ihres ungeschminkten Mundes und die sorgenvoll gefaltete Stirn rührten mich. Ich nahm die beiden Tüten mit dem Salamibaguette und einem Pfannkuchen mit Eierlikör, die ich gerade bezahlt hatte, von der Theke und trat zu ihr.

»Die Ägäis ist wirklich nichts für Kinder«, sagte ich freundlich. »Die paar Sandstrände sind immer voll, und die schönsten Buchten erreichen Sie nur zu Fuß. Das können Sie mit dem Kleinen vergessen. Aber wenn ich Ihnen einen Tip geben darf, auf Kreta ...«

»Haben Sie wirklich keine eigenen Sorgen?« unterbrach sie mich mit schneidender Stimme.

Als ich die Buchhandlung *Belle et Triste* betrat, streckte meine Kollegin Birte nur kurz den Kopf aus dem Hinterzimmer und zuckte mit den Schultern. Das hieß, es war nichts los. Kein Mensch kaufte im Januar Bücher. Nachdem die Bekannten unserer Stammkundschaft ihre Weihnachtsgeschenke umgetauscht und ihre Büchergutscheine eingelöst hatten, war der Laden meistens gähnend leer. Ich rührte mir in der Teeküche einen Pulverkaffee an und verschanzte mich mit den beiden Gebäcktüten hinter meinem winzigen Schreibtisch in der Schrottabteilung.

Eigene Sorgen! Natürlich hatte ich eigene Sorgen. Der Berliner Winter machte mich depressiv, mein Magen war verstimmt und meine Regel fünf Tage überfällig. Ich nahm die Buchungsbestätigung für die beiden Samosflüge aus der Handtasche und heftete sie als Blickfang an die Pinnwand über dem Schreibtisch. Immerhin konnte ich mich mit Hellas für die Sinne trösten. Die giftige Frustmutter hatte da schlechtere Karten. Am besten vergaß ich sie ganz schnell, sonst wurden die überfälligen Tage wirklich zu einem Problem. Ich biß herzhaft in den Pfannkuchen. Scheinbar hatte die resolute Bäckereifachverkäuferin sich vergriffen. Der übriggebliebene Silvesterscherz war nicht mit Eier-, sondern mit Orangenlikör gefüllt. Und die original Mailänder Salami auf dem Vier-Mark-und-achtzig-Baguette schmeckte leicht ranzig. Eigentlich war mir sowieso mehr nach Käse. Warum traf ich immer die falschen Entscheidungen? In Momenten wie diesem erschien mir mein ganzes Leben als eine Kette von Fehlentscheidungen. Warum hatte ich mich jemals dem grauen Berliner Winter ausgeliefert? Ich war in Bremen aufgewachsen, wo die Luft noch gut und gesund war, der Winter eisig und klar, und man auf der Weser Schlittschuh laufen konnte. Im Anschluß an eine Buchhandelslehre hatte mich die schiere jugendliche Abenteuerlust in die ehemalige Mauerstadt getrieben, um Allgemeine und Vergleichende Literaturwissenschaft zu studieren. Nebenbei hatte ich in einem Comicladen, einer Frauenbuchhandlung, einem Reisebuchladen, einer esoterischen Buchhandlung und diversen U-Bahnkiosken gejobbt, bis ich auf die Stellenanzeige von *Belle et Triste, Buchhandlung für Schöne Literatur und LebensArt im Herzen Charlottenburgs*, gestoßen war. Romana Lux, die Chefin von *Belle et Triste*, hatte meinen Erfahrungsschatz in den buchhändlerischen Randbereichen so beeindruckend gefunden, daß sie mich spontan für die Abteilungen Taschenbuch und »Schrott« eingestellt hatte. Mit

Begeisterung hatte ich das Exposé meiner Magisterarbeit in die unterste Schreibtischschublade gefeuert, um in einer der renommiertesten Berliner Buchhandlungen eine Karriere à la Sylvia Beach zu starten. Nach gut vier Jahren war mir klar geworden, daß ich im Schrott gestrandet war. »Schrott« war die firmeninterne Bezeichnung für alles, was weder »belle« noch »triste« war und sich in der mit dem Schild »LebensArt« gekennzeichneten Regalwand neben der Eingangstür befand. Das Angebot reichte, von mir penibel in Sachgebiete unterteilt, von Reiseführern, Managerleitfäden und Autoatlanten bis zu den aktuellen Neuerscheinungen über Fußreflexzonenmassage und Balkonpflanzenwartung, zweifellos unsere komplexeste Abteilung. Nebenbei hatte ich aufgrund meines Flirts mit der Germanistik als Romanas wandelndes Literaturlexikon zu Diensten zu stehen. Denn »belle et triste« machte selbstverständlich die Chefin persönlich. Alle interessanten Verlagsvertreter riß sie sich unter den Nagel, und wenn sie einmal im Vierteljahr eine Lesung organisierte, mußte ich in unbezahlten Überstunden in der Teeküche die Weißweingläser spülen. Das war mein konstruktiver Beitrag zum kulturellen Leben Berlins.

»Gab's keine Flüge mehr?«

Mein Kollege Moritz, angetan in einem bodenlangen, vom Januarnebel benetzten Militärmantel, war aus der Pause zurückgekehrt und musterte mich mit besorgtem Gesichtsausdruck. Bei dem Gedanken an das opulente Käsefrühstück, das er vermutlich gerade in der *Lilalinde* zu sich genommen hatte, kam mir prompt die Mailänder Salami hoch.

»Natürlich gab's noch Flüge«, sagte ich unwirsch.

»Warum machst du dann so ein trauriges Gesicht? Ich habe in der *Lilalinde* auf dich gewartet!«

»Es war ziemlich voll bei *Kalimera*.«

Ich wollte lieber nicht ins Detail gehen. Moritz hatte einen sehr feinen Sensor für meine Stimmungen.

Er griff nach dem verschmähten Pfannkuchen auf der Tischkante und biß hinein.

»Hm. Welch überzeugende Kreation der Westberliner Backwarenindustrie!«

Ich mußte lachen. Moritz wäre für die Abteilung »LebensArt« viel geeigneter gewesen als ich! Aber leider hatte Romana ihn als Schwangerschaftsvertretung für die Abteilungen »Film« und »Art« (ohne Leben) eingestellt. Er war eine Arbeitsbeschaffungsmaßnahme aus dem ehemaligen Ostteil der Stadt, genau gesagt vom Prenzlauer Berg. Vor Jahren hatte er angeblich als Regieassistent in Babelsberg gearbeitet. Romana war sehr stolz darauf, ihn als Kuriosität für ihre Filmabteilung gekriegt zu haben, nicht nur weil das Arbeitsamt den größten Teil seines mickrigen Gehalts übernahm. Moritz sprühte vor Charme. Während ich spülte, durfte er bei öffentlichen Veranstaltungen die Weingläser kredenzen. Trotzdem verstanden wir uns prima.

»Also, wann fliegst du mit deinem Süßen in das steinige Griechenland?«

»Leider erst am zwanzigsten April.«

»Ist doch wunderbar, Joe, Schätzchen. Da kannst du dich noch so lange freuen. Und da ich traditionsgemäß nach dir in die Sommerfrische fahre, ist es gut, daß es noch ein Weilchen dauert.«

»Warum?«

»Weil ich gerade pleite bin. Aber dann, im Juni heißt es wieder ...«, er holte tief Luft und schmetterte lauthals in den Laden »... Gran Can-aaaria!«

Während ich neben meinem Liebsten schweißüberströmt, mit Schürfwunden an den Händen, über kantige Felsen kletterte, ließ er sich neben seinem Liebsten im weichen Dünensand den Popo knackig braun braten, Lebensart eben.

Am Dienstag, dem 24. Januar, bekam Romana Lux ihre gefürchteten Gallenkoliken, mit denen sie in jedem Jahr für den Streß des Weihnachtsgeschäftes und die alkoholischen Ausschweifungen der Festtage büßen mußte. Während sie sich mit Schweißperlen auf der Stirn in ihrem Bett wälzte, saß die übrige Belegschaft von *Belle et Triste* um den quadratischen Packtisch im Hinterzimmer, das durch einen gewebten Vorhang, der Szenen aus dem Kamasutra abbildete, vom Verkaufsraum getrennt war. Wir mußten unseren Urlaub für das neue Jahr absprechen.

»Daß ihr mir das erledigt habt, bevor ich zurückkomme – falls ich jemals zurückkomme«, hatte Romana mit ersterbender Stimme ins Telefon gehaucht.

Zwischen Remittendenstapeln und nicht abgeholten Bestellungen vom Vorjahr dampften vier Henkelbecher mit Nicaragua-Kaffee. Den Kaffee hatte Moritz zu Weihnachten bekommen und der Firma gespendet. Nach dem zweiten Schluck standen auch mir Schweißperlen auf der Stirn, und meine Magenwände zogen sich unter Krämpfen zusammen. Verstohlen musterte ich die Gesichter der anderen drei, Moritz, Birte und Annett, unser Lehrling. Keine außergewöhnlichen Regungen zu erkennen, außer der Unmutsfalte über Birtes Nasenwurzel, die als Ladenälteste die undankbare Aufgabe hatte, Romana zu vertreten. Sie war schon seit über zehn Jahren bei *Belle et Triste* und betreute Kinder- und Jugendbuch, die Berlinabteilung und das Antiquariat. Außerdem war sie für die Lehrlinge zuständig. Zur Zeit war das nicht ganz einfach. Früher hatte sich der Wirkungsbereich unserer Auszubildenden vor allem auf das Heraussuchen von Remittenden, dem Ein- und Auspacken von Büchersendungen, der Wartung der einzelnen Arbeitsplätze, des Teppichbodens und der Teeküche hinter dem Packraum erstreckt. Aber mit der Einstellung von Annett »mit zwei N und zwei T, aber ohne E am Schluß, bitte« im letzten August, war alles anders geworden. Annett war nämlich die Patentochter eines mit Romana befreundeten Dozenten der Humboldt-Universität. Damit sie ihre Energie ungehindert ins Fachliche fließen lassen konnte, waren die traditionellen Lehrlingspflichten demokratisch auf alle Mitarbeiter aufgeteilt worden. Sie galt als Umschülerin, eine vom Arbeitsamt gesponserte Mutter von fünfzehnjährigen Zwillingen. Man munkelte, daß sie bis 1990 in einer Villa in Treptow residiert hatte. Nach ihrer Scheidung von einem in politische Ungnade gefallenen Professor der Ökonomie (angeblich war sie seine Studentin gewesen) war sie in eine Drei-Raum-Wohnung im Elendsviertel Marzahn umgesiedelt. Für Romana verkörperte Annett den Prototyp des von der Wende ruinierten DDR-Frauenschicksals, und sie verlangte von uns, sie mit Hochachtung und Nachsicht zu behandeln. Im Gegenzug behandelte dieses Frauenschicksal mich mit mitleidiger Herablassung. Unverblümt schloß sie von dem Ressort »Schrott« auf meine Qualitäten als Buchhändlerin, und den Kollegen vom Prenzlauer Berg ignorierte sie vollkommen. Wahrscheinlich gierte sie nur nach der Kunstabteilung, aber der sensible Moritz führte ihre Weigerung, unsere Kaffeetassen zu spülen, auf seine Homosexualität zurück und haßte sie, so gut er vermochte.

War es ein Wunder, daß einem in so einer Arbeitsatmosphäre schlecht wurde? Wenn das ganze Elend zudem in pechschwarzen Nicaragua-Kaffee getränkt wurde, in dem eine halbe Dose Kondensmilch nur ein paar gräuliche Schlieren hinterließ? Oder hatte ich unstandesgemäße Gallenkoliken?

»Also, Kinder«, eröffnete unsere Auszubildende das anstehende Gespräch über die Urlaubsplanung, wobei einem das »liebe Genossen« in den Ohren klingelte und Moritz die Augäpfel nach oben drehte.

»Ich beabsichtige vom 13.4. bis zum 27.4. einen Englischkurs auf Malta zu machen und im August ...«

»Veto!«

Moritz hob seinen Kaffeebecher hoch. Er war rot mit einem heulenden Donald Duck drauf. Babelsberg hatte Moritz nicht davor bewahren können, leidenschaftlicher Disneyfan zu werden.

»Am 20. April fliegt Joe nach Samos, nicht wahr?«

Ich nickte matt. Die einzige Bedingung, die Romana an unsere Urlaubsplanung stellte, war, daß die Urlaube sich nicht überschnitten, so daß immer drei Leute außer ihr selbst dienstbereit waren. Mir war übel. Ob es an dem Ouzo lag, mit dem Dany und ich gestern abend die Samosflüge begossen hatten? Da wir in unserem Freundeskreis als Hellasfans bekannt waren, hatten wir vier Flaschen Ouzo zu Weihnachten bekommen. Vielleicht sollte ich die eine noch nicht geöffnete Flasche der Firma spenden, sozusagen als Gegenstück zu Moritz' Kaffee!

»Ist das denn beschlossene Sache?« fragte Annett irritiert. »Das ist doch noch gar nicht genehmigt.«

»Aber gebucht«, stieß ich zwischen den Zähnen hervor.

Das wäre ja noch schöner, wenn ich meinen Frühjahrsurlaub von unserer Azubi genehmigen lassen müßte!

Die veilchenblauen Augen unter der blondierten Kaltwelle starrten mich entgeistert an.

»Soll das heißen, du kannst nicht mehr verschieben, Johanna?«

Sie nannte mich immer Johanna, statt Joe, wie die anderen, damit wir nicht zu intim wurden. Ich sollte eigentlich darauf bestehen, daß sie mich mit »Frau Seidel« ansprach.

»Es ist die einzige Zeit, in der mein Freund Urlaub kriegt«, log ich und und preßte die flache Hand gegen meinen Magen. Es war der Magen, nicht die Galle. »Und gleich danach fliegt Moritz für zehn Tage nach Gran Canaria.«

»Das ist nämlich die einzige Zeit, in der *mein* Freund kann«, sagte Moritz freundlich.

Annett wurde rot und guckte zur Seite.

»Wenn das euer Demokratieverständnis ist, schönen Dank«, sagte sie, und ihre Stimme kriegte einen kleinen hysterischen Kiekser. Der sächsische Akzent, den sie normalerweise geschickt unterdrückte, wurde deutlich hörbar.

Moritz grinste zufrieden. Er hatte Vorurteile gegen Sachsen.

»Warum besprechen wir das dann überhaupt?« Hilfesuchend sah Annett zu ihrer Mentorin Birte hinüber. Aber die hatte sich gerade in einen Stapel Krimiremittenden vertieft. Die ganze Urlaubsgeschichte interessierte sie nur periphär. Sie düste nächsten Montag für sechs Wochen nach Neuseeland, sie war eine leidenschaftliche Globetrotterin.

»Du kannst zwischen Mitte März und dem zwanzigsten April Urlaub nehmen oder Ende Mai, wenn Moritz zurück ist«, sagte sie, ohne die Augen von dem Buch zu heben, in dem sie gerade blätterte.

»Das ist Ferienzeit!«

»Du bist die einzige von uns, die schulpflichtige Kinder hat. Wir haben darauf Rücksicht genommen«, behauptete ich.

»Wenn ich den Kurs während der Osterferien mache, zahle ich fünfhundert Mark mehr dafür«, jammerte sie, »und ich habe Romana versprochen, ihn zu machen.«

Romanas Prachtstück sprach nämlich perfekt russisch und tschechisch (was keiner von uns nachprüfen konnte), aber kein

Wort Englisch. Das bedeutete, daß sie wie ein aufgescheuchtes Huhn hinter das Kamasutra flüchtete, sobald ein amerikanischer, japanischer oder finnischer Tourist den Laden betrat, damit sie unsere kosmopolitische Buchhandlung nicht bis auf die Knochen blamierte. Immerhin lagen wir in der westlichen Herzkammer der Hauptstadt. Besonders hart kam es sie an, daß Moritz, der Underdog vom Prenzlauer Berg, geradezu virtuos mit Anglizismen und Gallizismen jonglierte.

»Wenn du den Kurs erst im Sommer machst, wird Romana das gerade noch aushalten«, sagte Birte unbekümmert.

»Springst du eben weiter hinter das Kamasutra«, stimmte Moritz zu.

»Außerdem lernt man in diesen zweiwöchigen Kursen sowieso nichts«, sagte ich gehässig.

»Ich schon«, entgegnete sie schnippisch, während der Wasserpegel in ihren Veilchenaugen stieg. »Außerdem habe ich mit meinem Ex schon klargemacht, daß er in der Zeit die Kinder nimmt ...«

»Dafür ist sie also noch gut genug, die alte rote Socke«, murmelte Moritz vor sich hin und griff nach der Kaffeekanne. Er schwenkte sie einmal über den Packtisch. »Noch 'ne kleine Stärkung gefällig?«

Im selben Moment schrillte die Ladenglocke, und Annett brach in Tränen aus.

Birte und ich sprangen synchron von unseren Stühlen. Als auf das zweite Bimmeln ein kurzes, scharfes Kläffen folgte, setzten wir uns wieder. Eine Stammkundin von Romana. Ein Kopfschütteln und Birtes flehender Blick klärten die Kompetenzen zwischen erster und zweiter Sortimenterin zumindest für diesen Moment. Seufzend schlug ich das Kamasutra zur Seite.

Es war die Inhaberin der *Kristallgalerie* zwei Häuser weiter, eine von Romanas Duzfreundinnen, zusammen mit ihrem blau-weißen Pekinesen. Die beiden holten sich gegenseitig zur Mittagspause ab, um in den Bistros und Kneipen zwischen Ernst-Reuter- und Savignyplatz auf »wir Charlottenburger Geschäftsfrauen unter uns« zu machen. Die Frau erinnerte mich immer an einen übergewichtigen Rauschgoldengel. Heute trug sie ihre silbernen Löckchen zu einem futuristischen Helm aufgesteckt. Wie hieß sie noch mal? Romana nannte sie »meine liebe Elfi«. Das konnte ich nicht tun. Also sagte ich etwas knapp: »Bitte schön!«

Sie: »Romana nicht da?«

Ich: »Gallenkolik!«

Sie: »Die Ärmste!«

Ich nickte.

Sie ließ die violett und silbern geschminkten Augen durch den Laden schweifen, um irgend etwas Unterhaltsameres zu finden als mich. Wahrscheinlich war in ihrem Glasladen auch tote Hose. Schließlich sagte sie: »Wollte nur schnell mein Buch abholen.«

Die bestellten Bücher waren alphabetisch nach Kundennamen ins Abholfach sortiert. Ich streckte die Hand aus und fragte: »Haben Sie Ihren Bestellschein mit?«

Der Pekinese schnappte nach meiner Hand, und Elfi ging einen Schritt rückwärts.

»Meinen was?«

Natürlich hatte Romana für ihre Busenfreundin keinen Bestellschein ausgefüllt, von dem der Kunde einen Durchschlag erhielt, auf dem praktischerweise sein Name vermerkt war, sondern den Buchwunsch einfach auf einen Notizzettel gekritzelt. Seufzend ging ich vor dem Abholfach in die Knie. Unter Elfi stand nichts.

»Was ist es denn für ein Buch?« rief ich.

»Tiffany«, kam es knapp zurück.

Tiffany, Glaskunst, Jugendstil, was Großformatiges. Ich ging die großformatigen Bücher durch. Nichts dabei.

»Wie sieht es denn aus?«

»Woher soll ich das denn wissen?«

Allmählich klang Elfi etwas ungehalten. Der Pekinese jaulte.

»Wann haben Sie es bestellt?«

Ich richtete mich auf.

Ihre langen, weißen Finger mit den silbern lackierten Nägeln strichen gelangweilt durch das seidige Fell des Köters, der schlapp über ihrem lila Webpelzärmel hing.

»Ist schon Ewigkeiten her. Müßte längst da sein.«

»Moment.«

Ich schlüpfte hinter das Kamasutra.

»Buch über Tiffany, Jugendstil, dein Ressort«, zischte ich Moritz ins Ohr.

»Jugendstil ist nicht Kunst, sondern Schrott, dein Ressort«, zischte er zurück.

In dem Augenblick sprang unsere Auszubildende mit noch tränenfeuchten Augen von ihrem Hocker und stürmte nach vorn.

»Einen wunderschönen guten Morgen, Frau Klaaßen«, tönte es durch den Laden.

Moritz, Birte und ich schlichen zum Kamasutra und schielten seitlich durch die Ritzen.

Annett koste den Pekinesen. Der Pekinese schlabberte mit seinem bläulichen Zünglein ihr Handgelenk ab. Elfi strahlte.

»Ich habe auch was ganz Hübsches für Sie«, gurrte unsere Auszubildende und hüpfte mit schwingendem Pepitasaum zu Romanas kleinem Biedermeierstehpult, dem sie mit sicherem Handgriff ein schmales, hochglänzendes Bändchen im Handtaschenformat entnahm und Elfi unter die gepuderte Nase hielt:

»Tiffany, das Pekinesenbaby.«

Ich stürmte durch den Packraum ins Klo und würgte. Der Nicaragua-Kaffee floß brennend rückwärts durch meine Kehle. Als ich mich nach einigen endlosen Minuten mit einem Stöhnen wieder aufrichtete, fühlte ich Birtes kühle Hand in meinem Nacken.

»Alles okay, Joe?« fragt sie überflüssigerweise.

»Mir ist schon den ganzen Morgen schlecht, ich fahre nach Hause.«

Birte half mir in den Mantel, und Moritz brachte mich zur Ladentür, während Annett immer noch mit Elfi flirtete.

»Nimm's nicht persönlich. Du bist unter Garantie nicht die erste, die die zum Kotzen gebracht hat«, sagte Moritz mitleidig, als er mir die Tür aufhielt.

Als ich den Taxistand am Ernst-Reuter-Platz erreicht hatte, ging es mir schon wieder so gut, daß ich mich für die U-Bahn entscheiden konnte. Sie war um diese Tageszeit angenehm leer. Als ich im Stadtteil Wedding wieder ans Tageslicht trat, hatte sich mein Magen beruhigt. Wahrscheinlich war doch Moritz' Kaffee schuld gewesen.

Ich bog in den Pankegrund ein, wo Dany und ich seit sieben Jahren lebten. Die Vorstellung von Idylle, die der Name der Straße hervorrief, täuschte. Sie bestand aus düsteren Altbaublocks mit schäbigen Eckkneipen und zu Videoläden und Getränkeshops umfunktionierten Ladenwohnungen. Kinderreiche Sozialhilfeempfängerinnen schoben ihre Buggys durch den trostlosen Januarvormittag. Alte Frauen in abgetragenen Wintermänteln schlurften zu Aldi an der Ecke, und jugendliche Langzeitarbeitslose führten ihre Kampfhunde Gassi. Alle unsere Bekannten, die sich einst wie Dany und ich aus studentischem Geldmangel in einer der unsanierten Altbauwohnungen niedergelassen hatten, waren längst weggezogen. Nur wir hatten die Kurve nicht gekriegt. Dabei wurde es immer schwieriger, in einem attraktiven Bezirk wie Kreuzberg oder Schöneberg eine bezahlbare Wohnung zu finden.

Als ich vor der Nr. 17 stand, sank meine Stimmung auf den Nullpunkt. Vor 40 Jahren war die Fassade zum letzten Mal gestrichen worden. Die Verglasung der Eingangstür hatte seit drei Jahren einen Sprung. Wütend trat ich die Tür auf und tastete nach dem Lichtschalter. Wie erwartet, wurde es davon nicht heller. Die Treppenhausbeleuchtung fiel ständig aus, weil die Steigleitung hinüber war. Vor sieben Jahren, als ich hier eingezogen war, hatte ich das als Berlinromantik verbucht. Inzwischen sehnte ich mich nach einer Komfortwohnung am Schöneberger Winterfeldplatz oder wenigstens einem Loft am neu erschlossenen Prenzlauer Berg.

Ich tastete mich im Halbdunkeln zum Briefkasten. Oh, Post für mich! Ich wollte nach dem dicken Brief greifen und verfehlte ihn. Er klatschte direkt vor meine Stiefelspitzen. Seufzend bückte ich mich, um ihn aufzuheben. Als ich den Umschlag umdrehte, klebte unter dem Absender ein breitgetretenes Stück Currywurst. Mein Adrenalinspiegel und mein Mageninhalt schnellten gleichzeitig in die Höhe. Den Mageninhalt konnte ich gerade noch zurückhalten. Es war ja nicht mehr viel. Der Adrenalinspiegel war nicht zu bremsen. Ungeachtet der gefährlich schummrigen Treppenhausbeleuchtung raste ich in den dritten Stock und preßte meinen Daumen auf den Klingelknopf unter dem Namensschild »Radüchel«. Die Radüchels waren die für die Treppenhausreinigung verantwortliche Hauswartsfamilie. Nach dem ersten Klingeln erhob sich Kindergeschrei. Nach dem zweiten näherten sich schlurfende Schritte der Wohnungstür.

Obwohl es inzwischen nach elf Uhr war, trug die Radüchel noch ihren rosa Perlonmorgenmantel. Außerdem hatte sie eine brennende Zigarette in der Hand. Der Rauch löste eine neue Übelkeitswelle aus. Ich trat einen Schritt zurück und hielt ihr mit ausgestrecktem Arm die Rückseite des Briefes unter die Nase. Sie wurde von der Vermieterin dafür bezahlt, zweimal wöchentlich das verdammte Treppenhaus zu wischen. Die festgetretene Wurst imponierte ihr kein bißchen.

»Ja und? Watt soll ick damit?«

»Das lag unter meinem Briefkasten.«

»Und watt kann icke dafür?«

»Das Treppenhaus ist seit mindestens drei Wochen nicht geputzt worden.«

»Da sieht man bei dem Wetter sowieso nischt von. Außerdem habe ick letzten Samstag jewischt, falls et Ihnen entgangen is.«

Sie bließ mir verächtlich Rauch ins Gesicht. Links und rechts hinter dem rosa Perlon tauchten zwei bleiche, rotbeschopfte Fratzen auf und grinsten frech. Es waren grauenvolle Bälger. Ich wohnte über ihnen. Ihr stundenlanges Toben war unerträglich.

Plötzlich hörte ich mich schreien. Ich schrie, bis die Wohnungstür vor meinem Schädel ins Schloß knallte. Dann kroch ich mit vor den Magen gepreßten Händen zitternd eine Treppe höher in unsere Wohnung und fand mich, gleichzeitig schwitzend und frierend, auf einem Stuhl in der unbeheizten Küche wieder.

Was hatte ich geschrien?

»Das Treppenhaus ist ein permanenter Saustall. Ich muß schließlich auch die Arbeit tun, für die ich mich bezahlen lasse. Ich werde mich bei der Hausverwaltung beschweren.«

Außerdem hatte ich mindestens zweimal den unflätigen Ausdruck »faule Kuh« gebraucht. Was war los mit mir? Ich versuchte, meinen Puls zu fühlen. Eindeutig zu schnell. Wo war das Fieberthermometer? Heißer Tee! Dann fiel mein Blick auf den Brief, den ich in der Hand hielt. Unter dem Fettfleck, den das mindestens eine Woche alte Wurststück (Der Imbiß nebenan verkaufte extrem fettige Berliner Currywurst) auf dem Umschlag hinterlassen hatte, stand die Adresse meiner ältesten Freundin, Bianca.

Bianca und ich waren in der freien Hansestadt Bremen Schulter an Schulter aufgewachsen und hatten zusammen das Abitur und eine Buchhandelslehre gemacht. Räumlich hatten sich unsere Wege getrennt, als ich nach Berlin gezogen war. Die geistige Entfremdung hatte eingesetzt, nachdem Bianca ihre Jugendliebe Kai geehelicht und vor zwei Jahren eine Tochter namens Anne geboren hatte. Während Biancas Erziehungsurlaub hatten wir nur noch selten telefoniert, weil Kai ihr kostspielige Ferngespräche verboten hatte, solange sie kein Geld verdiente. So war Kai. In ihrer Not hatte Bianca sich auf das Schreiben von Briefen verlegt. Inzwischen ging sie zwar wieder acht Stunden täglich in ihre Buchhandlung, aber das Briefeschreiben hatte sie beibehalten. Meistens verfaßte sie ihre seitenlangen Elegien, wenn sie am Bett der fiebernden Anne Nachtwache schob oder gebeutelt von Sorge und Wut auf Kai wartete, der mit seinen Kegelbrüdern oder Handballfreunden die Nacht durchsoff. Ihre Briefe amüsierten mich königlich und hatten normalerweise eine aufbauende Wirkung. Im Vergleich zu Biancas familiärer Situation erschien mir mein Alltag paradiesisch.

In Danys japanischer Teekanne brühte ich einen magenberuhigenden Trunk aus je einem Beutel Pfefferminz-, Fenchel- und Kamillentee auf und trug die Kanne ins Wohnzimmer, wo ich am Morgen vor der Arbeit den Kachelofen geschürt hatte. Ich zündete ein Räucherstäbchen an, stelle die Teekanne auf den Tatami, mit dem wir die schadhaften Dielen abgedeckt hatten, streckte mich auf dem Futon aus und öffnete endlich den Brief.

19. Januar

Liebe Joe,
Vielen Dank für Deinen Silvesteranruf. Ich hoffe, es geht dir gut, zumindest besser als mir.

Das neue Jahr hat in jeder Hinsicht »toll« angefangen.

Silvester waren Kais Eltern zum Raclette bei uns. Das Raclettegerät habe ich, neben einem Stapel apricotfarbener Handtücher mit appliziertem Satinschwan, von ihnen zu Weihnachten bekommen. Kai haben sie einen Scheck zugesteckt, den ich bis heute nicht zu Gesicht gekriegt habe. »Fürs Boot«, hat seine Mutter augenzwinkernd gesagt. Ich hätte einen Gemeinschaftsscheck als Anzahlung für einen neuen Waschvollautomaten mit integriertem Trockner für angebrachter gehalten. Seit Anne im Kindergarten auf Töpfchen trainiert wird, braucht sie jede Menge Wäsche.

Um sich bei seinen Alten anzuschmieren, hat Kai an Silvester gleich das Raclette ausprobiert, und seine Mutter hat ihre üblichen spitzen Bemerkungen über Männer, die kochen müssen, gemacht. Dabei habe ich die halbe Silvesternacht an Annes Bett verbracht, die irgendwas ausbrütete, das sich inzwischen als Keuchhusten entpuppt hat. Außerdem war mir ganz schlecht von dem Käsegeruch, der durch die Wohnung zog. Kais Vater hatte fünf Flaschen *Fürst Metternich* mitgebracht, und kurz vor Mitternacht mußte ich mich übergeben. (Darum war ich so kurz angebunden, als du um halb eins angerufen hast. Entschuldige bitte!) Kai war sternhagelvoll und hat Neujahrsvorsätze verkündet, die seine Mutter zu Tränen rührten, z. B. daß er in diesem Jahr weniger Zeit auf seinem Boot und mehr Zeit mit Anne und mir verbringen will, daß er mit seinen Kegelbrüdern nie mehr länger als bis Mitternacht sumpfen wird und daß er mehr Vollwertkost kochen will, statt Tiefgefrorenes in die Mikrowelle zu schieben. Damit waren wir dann wieder beim Thema. Daß er jeden Tag um vier Büroschluß hat, während ich bis um sechs in der Buchhandlung stehe, wird bei diesen Diskussionen natürlich nie erwähnt. Außerdem tut er sonst keinen Schlag im Haushalt.

Es ist halb zwei Uhr nachts. Ich sitze an Annes Bett und stehe Heidenängste aus, daß sie bei einem Hustenanfall erstickt. Der

Kinderarzt war gegen die Keuchhustenimpfung. Als ich ihm gestern deswegen Vorwürfe machen wollte, sagte er, das beste, was man für die Gesundheit seines Kindes tun könne, sei, es zu Hause zu erziehen und nicht nach dem ersten Lebensschrei in eine öffentliche Einrichtung zu stecken. Manchmal frage er sich, weshalb Frauen Kinder bekämen, wenn sie sie nicht versorgen wollen …

Der fürsorgliche Vater ist noch nicht von seinem Handballtraining zurück, das um zwanzig Uhr angefangen hat. Kai trainiert jetzt donnerstags und ich dienstags. Dienstags wird nach dem Training nie gesoffen, donnerstags immer. Außerdem bin ich nach dem Training viel zu kaputt, um noch um die Häuser zu ziehen. Seit Anne bin ich nicht mehr richtig in Form gekommen. Deshalb habe ich mich letzte Woche für einen Frauenfitneßkurs angemeldet, aber leider zu spät. Ich bin schwanger! Es muß nach dieser verdammten Handballer-Nikolausfeier passiert sein, für die ich den Babysitter spendiert hatte, damit wir beide hinkonnten.

Kai hofft, daß es »endlich« ein Junge wird. Immerhin weiß ich jetzt, warum mir von dem Raclette schlecht geworden ist. So fängt es bei mir ja immer an.

Alle Pläne für das neue Jahr sind futsch: der Urlaub im Süden, nur Kai und ich, nachdem Anne jetzt so weit ist, daß man sie bei der Oma lassen könnte, gleichfalls die neue Sommergarderobe (endlich mal wieder was Schickes, Designersachen) und die Schlafzimmereinrichtung im japanischen Stil. Die Beförderung zur Filialleiterin, die ich mit Anne allein noch durchgekriegt hätte, kann ich auch vergessen. Ich habe es im Geschäft noch gar nicht erzählt, daß ich schon wieder … Ich habe doch im September erst angefangen.

Versteh' mich nicht falsch, Joe, natürlich will ich zwei Kinder. Anne braucht ein Geschwisterchen. Aber es ist so ein schlechter Zeitpunkt!

Aha, Kai kommt. Ich mache besser Schluß.

Deine Bianca

Ich schob die Teetasse zur Seite und griff nach der Ouzoflasche, die noch von gestern abend herumstand.

Am nächsten Tag, Mittwoch, den 25. Januar verbrachten Moritz und ich unsere Mittagspause am Fenstertisch der *Lilalinde*. Wir teilten uns ein großes Käsefrühstück und beobachteten die Leute auf der Straße. Da ich immer noch Probleme mit Kaffee hatte, schlürfte ich, einem plötzlichen Drang nach vitaminreicher Ernährung folgend, Tomatensaft. Er schmeckte nach Weißblech. Draußen lösten sich vereinzelte Schneeflocken aus der dicken, grauen Wolkenschicht und schwebten langsam am Fenster hinunter. Die vorüberhastenden Mittagspäusler versuchten, ihre hochgeschlagenen Mantelkrägen über die Nasenspitzen zu ziehen.

»Unsere Nationalökonomin hat gestern noch ihr Fett weggekriegt«, erzählte Moritz, während er ein dick mit Mascarpone bestrichenes Stück Vollkorncroissant an seine butterglänzenden Lippen führte.

»Kurz vor fünf schwebt so eine Ralph-Lauren-Wolke in den Laden: langer schwarzer Mantel, Boss-Schild am Ärmel, todschicke Cowboy-Stiefel und ein Teint wie frisch von der Südsee. Unsere Miss Treptow schmeißt sich natürlich sofort an den ran, aus lauter Angst, daß ich auf dumme Gedanken komme.«

Er kicherte vergnügt in seine Kaffeeschale, nahm einen großen Schluck, leckte sich den Milchschaum aus den Mundwinkeln und fuhr fort: »Der Typ legt einen Büchergutschein über hundert Mark auf den Tresen und sagt, den hätte er gerne in cash ausgezahlt.«

»In cash?« wiederholte ich und schob, mehr als Alibi, ein Stück der trockenen Schrippe in den Mund, die meine Finger gerade zerpflückten. Ich hatte keinen Appetit. Außerdem stach mir der Geruch des Gorgonzola unangenehm in die Nase.

»In cash«, bestätigte Moritz, »mit der Begründung, er brauche keine Bücher. Unsere Annett, die auf solche Kunden ja geradezu wartet, hält ihm sofort einen schneidigen Vortrag über den Kulturverfall in der westlichen Hemisphäre und daß wir uns doch darauf zurückbesinnen mögen, daß wir das Volk der Dichter und Denker seien, und ihre Tante in Weimar habe immer gesagt, usw. ...«

»Und?«

»Der Junge mustert sie von oben bis unten und sagt ganz cool, er habe vierzig Jahre lang Bücher gelesen. Seit 1989 gebe er sein Geld nur noch für Videos aus ...«

»Und daraufhin ist sie heulend hinter das Kamasutra gerannt«, sagte ich.

Moritz nickte.

»Birte hat dem Typ zwei Videoreiseführer von Bangkok und San Francisco und eine Taschenbuchausgabe von *The Joy of Sex* verkauft. Sag mal, ist dir immer noch schlecht?«

Er deutete auf die Schrippe, die sich auf meinem Teller in ein Häufchen Paniermehl verwandelte.

»Geht so«, log ich und steckte als Beweis die Treibhauserdbeere, die den Mascarponeklecks dekoriert hatte, in den Mund. »Gestern abend habe ich problemlos mit Dany eine Familienpizza verspeist, aber heute früh kam mir schon wieder der Kaffee hoch.«

Moritz runzelte die Stirn und machte eine Kopfbewegung zu dem Schneetreiben vor dem Schaufenster der *Lilalinde*. Auf der gegenüberliegenden Straßenseite flackerte die Leuchtreklame einer Apotheke durch das Januargrau.

»Apropos *Familien*pizza?«

Ich zuckte mit den Schultern.

»Eben drum«, sagte er und winkte der Bedienung, um zu zahlen.

Durch die ersten Schneeflocken des Jahres stapften wir zurück zu *Belle et Triste*.

Im Laden wartete eine Überraschung auf mich. Sie thronte mit übereinandergeschlagenen Beinen auf dem Packtisch: Iris!

Wir stürzten einander in die Arme. Bis vor circa eineinhalb Jahren war sie meine Lieblingskollegin und engste Vertraute bei *Belle et Triste* gewesen. Dann wurde ihr Sohn Dorian geboren, und Moritz hatte ihren Job als Schwangerschaftsvertretung übernommen.

»Was machst du hier?« fragte ich.

»Dorian hatte einen Termin zur Keuchhustenimpfung. Und nachher wollen wir noch bei *Mary Poppins* vorbeischauen, weil er ein Paar neue Oshkoshs braucht, und da dachte ich, da es auf dem Weg liegt ...«

»Superidee!«

Seitdem Iris Mutter geworden war, hatten wir nicht viel voneinander gesehen. Der unaufhaltsame Trennungsprozeß hatte in ihrem erstem Schwangerschaftsmonat begonnen. Sie hatte ihre Interessen radikal von Film, Theater und Ballett auf Ultraschallbilder, Puppentheater und Babyschwimmkurse umgeschwenkt. Dabei war uns der gemeinsame Gesprächsstoff ausgegangen. Auch jetzt hatte ich Probleme mit der Mütterterminologie. Unter »Mary Poppins« konnte ich mir als ehemalige Literaturwissenschaftlerin natürlich eine dieser exquisiten Charlottenburger Kinderboutiquen vorstellen, die sich gern mit literarischen Namen wie »Max und Moritz« oder »Villa Kunterbunt« zierten, aber was zum Teufel waren »Oshkoshs«? Ich wollte lieber nicht nachfragen.

Iris hob eine KadeWe-Tüte in die Höhe.

»Ich habe Kuchen mitgebracht. Hoffentlich habt ihr euch in der *Lilalinde* nicht so vollgefressen.«

Während sie weiß gepuderte Tartestücke und pastellfarben glasierte Petits fours, bei deren bloßem Anblick sich meine Magenwände zusammenzogen, auf unserer angeschlagenen Tortenplatte anrichtete, bewunderte ich ihren wohlgeformten Hintern und ihren Waschbrettbauch in dem kirschroten Samtmini. Säße der lebende Beweis, feist und semmelblond, nicht in einen Bildband über Neuseeland vertieft, auf Birtes Schoß, würde man nicht glauben, daß diese zierliche Figur ein Kind ausgetragen hatte. Iris' schwarz umrandete Mandelaugen unter dem aufregend violett gefärbten Pony blickten kein bißchen mütterlich. Sie wirkte genauso mondän, wie ich sie vor vier Jahren kennengelernt hatte. Wahrscheinlich konnte man sich sogar schon wieder normal mit ihr unterhalten! Vielleicht mußte Mutterschaft nicht in Jogginghosen und abgrundtiefer Frustration enden. Ich warf einen vorsichtigen Blick auf den fast Zweijährigen. Eine glänzende Rotzspur zog sich von seinem rechten Nasenloch zur Oberlippe. Die dicken, zwiebackverschmierten Hände wedelten aufgeregt über dem teuren Bildband.

»Wau-wau!«

»Aber nein, Dummerchen. Das ist ein Koalabär«, gurrte die Ressortleiterin der Kinderbuchabteilung.

Es war typisch für Birte, daß sie nicht eines ihrer teuren Bilderbücher, sondern einen Band der Schrottabteilung diesen Babypfoten aussetzte.

»Iiiih, was ist das denn, Rattengift?« quietschte Iris nach dem ersten Schluck von Moritz' frischgebrühtem Nicaragua-Spezial.

Sie stürzte in die Küche, um heißes Wasser auf einen Löffel von Romanas Caro-Kaffee laufen zu lassen. Ich folgte ihrem Beispiel.

»Stimmt was nicht mit dir?« fragte sie im Flüsterton, während wie nebeneinander vor dem Boiler standen. »Du hast so einen introvertierten Blick.«

»Ich hab's mit dem Magen.«

»Tatsächlich?« Verwundert schüttelte sie ihren Pagenkopf, Farbton ›nachtschwarze Pflaume‹.

Als wir wieder am Packtisch saßen, erkundigte sie sich nach unserer Azubi. Die Teeküche sei ja so dreckig.

Wir stöhnten alle drei auf.

»Wieso? Hat Romana jemanden mit Putzmittelallergie eingestellt, damit sie einen Zuschuß vom Arbeitsamt kriegt?«

»Schlimmer, weit schlimmer«, behauptete Moritz und schilderte Annett, die in der Berufsschule war, in den gruseligsten Farben.

»Ihr werdet viel Spaß miteinander haben, wenn du wiederkommst«, prophezeite Birte. »Das wird so 'ne richtige Buchhändlerin mit Pepitaröckchen und pastellfarbenen Twin-sets.«

Wir johlten laut durcheinander vor Annettbegeisterung. Ich fühlte mich dabei so entspannt, daß ich gar nicht merkte, wie ich ein ganzes Stück köstliche Aprikosentarte vertilgte.

»Ein pastellfarbenes Twin-set besitze ich selber«, erklärte Iris ungerührt. »Echt cooles Summermint. Und außerdem muß ich euch enttäuschen.« Sie legt die Kuchengabel neben den Pappteller und strich liebevoll über die beiden Petits fours, die sie soeben mühelos und mit sichtlichem Genuß in ihren Magen befördert hatte.

»Ich bin im dritten Monat. Mit meiner Assistenz hier dürfte in diesem Jahr nicht mehr zu rechnen sein.«

Der Gynäkologe, den ich seit meiner Studentenzeit konsultierte, hieß Dr. Müller. Seine Praxis lag praktischerweise in der Müllerstraße, dem dem Pankegrund nahegelegensten Einkaufsboulevard, gleich gegenüber von Karstadt. Dr. Müllerstraße, wie ich ihn nannte, wirkte leidlich jung und dynamisch und hatte Geschmack. Sein Wartezimmer war nicht mit PVC und Stahlrohr eingerichtet, sondern mit zierlichen Rattanmöbeln auf Auslegeparkett. An den Wänden hingen silbergerahmte Kunstdrucke zwischen anrührenden Kinderzeichnungen, und auf dem Zeitschriftentischchen stand immer ein frischer Blumenstrauß. Zartrosa Pfingstrosen im Januar, welch Luxus, eine Frau zu sein!

»Kostet zwanzig Mark und dauert fünf Minuten«, sagte die flotte türkische Sprechstundenhilfe, die ich auch schon ewig kannte, als sie mir den gutgefüllten Kaffeeautomatenbecher aus der Hand nahm. Ich konnte weder an der Farbe noch an dem Schaumrändchen der blaßgelben Flüssigkeit etwas Außergewöhnliches entdecken. Roch wie immer.

Ich setzte mich ins Wartezimmer. Die berufstätigen Frauen, die man nach 17 Uhr dort antraf, sahen eher nach Diaphragmatraining als nach werdenden Müttern aus. Ich suchte in dem Zeitschriftenstapel nach der neuen *Art*, die Dr. Müllerstraße abonniert hatte, aber es dauerte nicht mal die versprochenen fünf Minuten, bis ich über die Sprechanlage aufgerufen wurde.

»Willkommen im Club«, sagte Ayse und grinste frech. In der einen Hand hielt sie schon die Nadel.

»Darf ich dich gleich für die erste Blutuntersuchung anzapfen?«

Als ich wieder auf der Straße stand, bebte der Asphalt unter dem Toben des langen Donnerstags. Eigentlich hätte ich auch Spätdienst gehabt. Aber der Besuch bei Dr. Müllerstraße war nicht mehr aufschiebbar gewesen. Moritz, verständnisvoll wie immer, war für mich eingesprungen. Da meine Knie zitterten, nahm ich ausnahmsweise den Fußgängerüberweg, um zu Karstadt zu kommen. Ratlos glitten meine Augen über die neonbeleuchtete Auflistung der verschiedenen Abteilungen neben der Rolltreppe. Bücher und Schreibwaren mied ich in meiner Freizeit. *Young Fashion* stellte augenblicklich keine Perspektive dar. Haushaltswaren deprimierten mich immer, und auf die erotischen Impulse der Lingerie konnte ich heute gern verzichten. Also, Rolltreppe abwärts in die Lebensmittelabteilung.

Ich beschloß, es Dany bei einem italienischen Abendessen zu sagen. Für die Zubereitung von Salbeihühnchen in Zitronensauce, seinem Lieblingsgericht, hatte ich zwar keine Nerven mehr, aber ein Gläschen Pesto war noch drin. Der Einkaufswagen fuhr wie von allein in die Spirituosenabteilung. Sie führten unseren spanischen Lieblingssekt, die trockene Variante. Sollte ich die große Flasche als Aperitif reichen oder zwei Piccolos fürs Bett kaufen?

Ich kuschele mich an ihn, ziehe die Decke keusch zum Kinn und flöte: »Liebling, ich muß dir was erzählen ...« Er ruft: »Johanna, meine Kleine, und wirft sich über mich ...« Filmriß ...

Ich wischte mir eine Träne von der Backe. Wie oft in unserer siebenjährigen Beziehung hatte ich Dany »Liebling« genannt? Vielleicht ein-, zweimal, wenn ich betrunken gewesen war. Auf alle Fälle hatte ich ihn öfter »Penner« und »Arschloch« genannt.

Vielleicht packte er seine Kameratasche und machte die Fliege wie in schlechten Filmen? Ich schüttelte den Kopf. So was tat Dany nicht. Hoffte ich. Was wußte ich über Danys Einstellung zu Babys? Was wußte ich überhaupt über Dany?

Ich hatte ihn vor genau sieben Jahren, es war auch Januar und Saure-Gurken-Zeit gewesen, bei *Mona Luna* kennengelernt, der feministischen Buchhandlung gegenüber von *Belle et Triste*, in der ich neben dem Studium gejobbt hatte.

Die Ladeninhaberin war beim Zahnarzt. Ich saß, Füße hochgelegt, am Kassentisch und las einen Frauenkrimi, als jemand fragte: »Kann ich mal den Annie-Leibowitz-Band aus dem Schaufenster ansehen?«

Ich hob den Blick so weit von meiner Lektüre, daß ich die Ausbeulung in dem verwaschenen Denim unterhalb der Gürtelschnalle erkennen konnte und sagte: »Raus. Das ist eine Frauenbuchhandlung.«

Er erwiderte »Entschuldigung« und rührte sich nicht von der Stelle.

Nach drei Minuten blieb mir nichts übrig, als mein Buch zuzuklappen. Der Gürtelschnalle abwärts folgten Ramonesschlitze, durch die bläulich gefrorene Kniescheiben schimmerten und viel zu dünne Turnschuhe für die feuchte Witterung. Oberhalb schlossen sich eine abgeschabte Motorradlederjacke, eine rote Nasenspitze und flockig auf den Kragen fallende blonde Locken an. Auf die Locken fuhr ich sofort ab, aber da meine Chefin jeden Moment zurückkommen konnte, fauchte ich: »Bist du taub? Verpiß dich!«

Der Typ verlagerte sein unbeträchtliches Gewicht von einem durchnäßten Turnschuh auf den anderen und sagte: »Du, ich bin ein echter Notfall.«

Leider mußte ich lachen.

»Ich will das Buch für 'ne Freundin.«

»Das sagen alle!«

»Die Freundin liegt im Krankenhaus.«

»Wie traurig!«

»Die Frau ist fertig. Sie hat gerade ihre vierte Abtreibung hinter sich ...«

Ich wiederholte meine Musterung im Schnelldurchlauf und tastete mich mit einer Hand zum Telefon und mit der anderen zu dem Reizgas unter dem Ladentisch. Ein verkappter Perverser!

»... aus lauter Angst, daß es ein Junge werden könnte, verstehst du.«

In den harmlosen grauen Augen blitzten boshafte Funken auf. Ich ließ meine Hand auf den Hörer sinken.

»Mann, bist du geschmackvoll!«

Er zuckte mit den Schultern.

»Tut mir leid. Kannst du es als Geschenk einpacken?«

Als er mir die einhundertundfünfzig Mark für das Buch auf den Kassentisch blätterte, fragte er nach meiner Telefonnummer. In heller Panik, daß meine Arbeitgeberin zurückkommen könnte, kritzelte ich die Nummer auf den Kassenbon und hielt ihm auch noch die Ladentür auf.

Eine Woche später traf ich ihn in der Küche meiner WG wieder. Ich wohnte damals mit Regula und Gesche, zwei Germanistikstudentinnen, in Moabit. Beim ersten Versuch, mich anzurufen, war er mit Regula am Telefon ins Plaudern gekommen. Als er erwähnte, daß er Fotografie studierte, hatte sie ihn spontan zu uns eingeladen. Regula versuchte sich gerade in Modeling und brauchte dringend einen Fotografen, der ihr eine Mappe machte.

Ich hatte mich gerade zu den beiden an den Küchentisch gesetzt, als auch noch Gesche anrückte und den Typ zum Abendessen einlud. Während sie eine grauenvolle Mischung aus zwei Dosen Ravioli, einer Dose Erbsen und zwei Dosen Gulaschsuppe, über die ein halbes Pfund geriebener Gouda gestreut wurde, zubereitete, befragte sie unseren Gast über seine Berufsaussichten. Gesche war äußerst karrierebewußt.

Zwischen Erbsen und Ravioli gestand der Ärmste, daß er sich zwar besonders für Porträts interessierte, aber befürchtete, wie die meisten Kollegen nie Claudia Schiffer vor die Linse zu kriegen, sondern irgendwann für die freie Wirtschaft Dummies abzulichten.

»Dummies?« fragte Regula.

»Attrappen, die die Designer für die Werbefotografie basteln. Nimm zum Beispiel so einen ›Dany & Sahne‹.«

Er nahm einen der drei Schokopuddings, die Gesche als Nachtisch vorgesehen hatte, in die Hand und drehte den Becher zwischen den Fingern.

»Wenn du davon ein Werbefoto machen willst, kannst du es nicht einfach aus dem Kühlregal nehmen. Du brauchst ein formvollendetes Exemplar, wo das Sahnehäubchen symmetrisch aussieht und die Farbe der Geschmacksrichtung leuchtet. Und das Ganze muß auch noch die Temperatur im Fotostudio aushalten. Also macht man Kunststoffdummies.«

»Geil«, sagte Regula strahlend.

Er ist dann ziemlich schnell gegangen, und ich fragte die beiden anderen: »Wie heißt der Typ eigentlich?«

»Daniel«, lächelte Regula.

»Abgekürzt Dany, wie Dany & Sahne«, fügte Gesche gehässig hinzu.

»Süß ist er ja«, gab Regula zu.

»Aber nicht gerade ein Senkrechtstarter«, sagte Gesche mit einem Seitenblick auf mich, »vergiß ihn. So ein Sahnehäubchen wird schnell sauer.«

»Nicht temperaturresistent«, kicherte Regula.

Wir trafen uns nie mehr in meiner WG. Da seine genauso nervig war, zogen wir ziemlich schnell in den Pankegrund siebzehn.

Als ich mit meiner Karstadttüte die Treppe hochgekeucht kam, stand er in der offenen Wohnungstür.

»Ich warte seit Stunden auf dich. Es ist kein Krümel im Kühlschrank.«

»Ich dachte, ihr macht Überstunden wegen dem Gartenfritzen.«

Die Agentur, bei der Dany angestellt war, arbeitete an dem Frühjahrsprospekt für einen Gartenmöbelhersteller.

»Keene Böcke mehr«, maulte er und griff gierig nach der Einkaufstüte.

Er fand es unter seiner Würde, weiße Plastikmöbel und falsche Marmorkübel auf giftgrünem Kunstrasen zu fotografieren, aber bisher war ihm kein besserer Job angeboten worden.

Zwei Minuten später starrte er irritiert auf das Sammelsurium von Lebensmitteln auf dem Küchentisch: zwei Piccolos spanischer Sekt, ein Glas Heringe in Curryrahm, ein Beutel gestreifte Marshmellows, ein Päckchen japanische Sojabohnenchips, ein Glas Pesto, ein Liter Zitronenbuttermilch, eine riesige, knallrote Fleischtomate, eine Tüte salzige Lakritzen und drei Becher Dany & Sahne in gelb, braun und rosa.

Ganz langsam drehte er sich zu mir um: »Du bist doch nicht schwanger oder so?«

Achte Woche

I hate Mondays.

»Immer noch da?« muffelte Dany, als er in Wollsocken und Jogginganzug in die Küche tappste.

Ich hing in meinen alten Skipullover gehüllt am Frühstückstisch und versuchte, die Geschmacksmischung von Erbrochenem und Zahnpasta in meinem Mund mit der vierten Tasse Pfefferminztee zu kompensieren. Draußen war es stockdunkel. Meine Hände zitterten vor Kälte, obwohl ich die Backröhre des Gasherds auf die höchste Stufe gestellt hatte. Eine andere Heizmöglichkeit gab es nicht in unserer Küche.

Unter halb geschlossenen Augenlidern beobachtete ich, wie Dany sich aus dem Jogginganzug pellte und bibbernd in die Duschkabine kletterte, die wir zwischen Fenster und Kühlschrank geklemmt hatten. Das Fenster schloß seit drei Wintern nicht richtig. Die Vermieterin kümmerte sich einen Dreck darum. Ich stellte mir vor, wie ich mit einem Baby auf dem Arm in die Duschkabine kletterte. An der Nase des Babys hing ein Eiszapfen, und das Bübchenbad war mal wieder gefroren.

Dany wimmerte und fluchte. Die Mischbatterie gestattete nur kreislauffördernde Wechselbäder. Ich haßte Dany. Nach der Dusche würde er vergnügt vor sich hinpfeifend in seine zugigen Ramones steigen, die Lederjacke überwerfen und beim Bäcker an der Ecke zwei Rosinenbrötchen kaufen. Dann würde er bei eineinhalb Litern liebevoll aufgebrühtem Darjeeling First Flush zweimal die Zeitung durchlesen und gegen halb elf mit seiner klapprigen Ente zur Arbeit aufbrechen. In der Werbebranche hatten sie unorthodoxe Arbeitszeiten. So hatte er zum Beispiel den ganzen vergangenen Samstag im Labor verbracht. Danach war er mit seinem Kollegen Jens trinken gegangen. Auch am Sonntagnachmittag war eine Stippvisite in der Firma notwendig gewesen.

Am Abend hatten wir uns mit Danys Freund Lutz und dessen derzeitiger Flamme in einer Pizzeria getroffen. Auf diese Weise waren wir am Wochenende kaum ein Stündchen allein gewesen. Ich hatte den Verdacht, Dany machte das absichtlich. Er wollte nicht *darüber* reden. Der penetrant dezente Geruch von *Jil Sander Man* kroch aus der Duschkabine. Das Duschgel hatte er beim letzten Julklapp in seiner Werbeagentur geschenkt bekommen. Angeblich wußte er nicht, wer der Spender war. Ich tippte auf eine Spenderin, aber über seine Kolleginnen schwieg Dany sich beharrlich aus.

Schon fast dynamisch hüpfte er aus der Kabine, schlang sich mein Lieblingsbadetuch um die Hüften und verschwand im Schlafzimmer, ohne mich eines Blickes zu würdigen.

Ich mußte los. Der Laden hatte seit zehn Minuten geöffnet. Einzig und allein meinem Kollegen Moritz hatte ich es zu verdanken, daß ich mir so viel Zeit lassen konnte.

Ach, Moritz!

»Liebes, das ist ja wunderbar!« hatte er drehbuchmäßig ausgerufen, als ich ihm am Freitag in der Mittagspause mein süßes Geheimnis zwischen zwei Bissen Croissant ins Ohr gekrümelt hatte. »Ich übernehme von Montag an das Ladenaufschließen. Könnte ja sein, daß dir morgens mal nicht so ist. Dann laß dir bitte alle Zeit der Welt.«

Wie man sich Männer wünscht, anteilnehmend, verständnisvoll und praktisch.

Als ich ins Schlafzimmer wankte, um den Skipullover gegen ein publikumsfähiges Oberteil zu tauschen, war Dany verschwunden. Ich entschied mich für den auberginefarbenen Kaschmirpullover, den Danys Mutter ihm zu Weihnachten geschenkt hatte.

Leider traf ich ihn dann im Treppenhaus, pfeifend und die Brötchentüte schwingend. Er sah aus wie vor sieben Jahren bei *Mona Luna*. Unwillkürlich begann mein Herz höher zu schlagen. Die Brötchentüte kam zum Stillstand, als er mich erspähte. Er sagte: »Ich hoffe, daß du nicht wieder meine japanische Teekanne für deine stinkende Kräutermischung verwendet hast.«

Wortlos schob ich mich an ihm vorbei.

»Wir besitzen noch andere Teekannen«, brüllte er mir nach.

Seine Jil-Sander-Wolke reichte bis zur Haustür. Ich ließ sie knallend hinter mir ins Schloß fallen. Der Sprung in der Verglasung verbreiterte sich um einen halben Millimeter.

Draußen hatte sich eine sanfte Vormittagsdämmerung ausgebreitet. Es war Balsam, in eine von hektischen Berufstätigen und nervigen Schülern befreite U-Bahn zu steigen. Ich zog das Buch über die sanfte Geburt, das ich im Schrottregal gefunden hatte, aus meiner Umhängetasche.

Das Telefon auf meinem Schreibtisch schrillte genau in dem Moment los, in dem ich den Laden betrat. Es war Romana. Glück gehabt! Während ich den Hörer ans Ohr preßte, betrachtete ich die üppige Obstschale auf meinem Schreibtisch. Grasgrüne Weintrauben, rotgrün schillernde Mangos, violette Eierpflaumen, eine Ananas ... Ich griff nach einem winzigen, leicht oval geformten Apfelsinchen und rollte es zwischen den Fingern. Das Früchtchen hatte eine makellos zarte Apfelsinenbabyhaut. Wie niedlich! Ob es eßbar war?

Vom anderen Ende der Leitung trötete Romana in mein Ohr. Es ging um einen Rekonvaleszenzurlaub in einem Sanatorium im Schwarzwald, den sie im Sinne ihrer Galle sofort antreten mußte. Sie war sich jedoch der Tatsache bewußt, daß ihre erste Sortimenterin, Birte, gerade über den Wolken gen Neuseeland schwebte und die Verantwortung für das Geschäft somit in meinen Händen liegen würde.

Ich betrachtete die Miniaturapfelsine auf meiner Handfläche. Fing ich schon an, alle kleinen Dinge süß zu finden?

»Kein Problem, Romana. Erhol dich schön«, sagte ich.

»Es ist nicht fair, dich mit den beiden Ossis alleine zu lassen«, jammerte sie.

Geistesgegenwärtig legte ich die Frucht zurück und schaltete das Zimmermikrofon des Telefons an.

»Vor allem die Kleine ist manchmal ein bißchen naiv«, schallte Romanas Stimme durch den Laden. »Laßt sie in der Mittagspause nicht allein im Geschäft. Hörst du, Joe? Nicht daß ihr stundenlang in der *Lilalinde* rumhängt ...«

»Aber nein, Romana«, sagte ich.

Aus den Augenwinkeln konnte ich beobachten, wie die Kleine fassungslos das Staubtuch sinken ließ, mit dem sie gerade den Sekretär ihrer Chefin polierte.

»Und paß auf, daß Monsieur Babelsberg die Berlinradierungen nicht verknickt.«

»Klar!«

»Grüße an alle!«

»Tschau Romana. Und schreib mal!«

Ich legte auf.

»Was hat die Alte vor?« brüllte Monsieur Babelsberg von der Stehleiter, auf der er gerade die letzten Weihnachtssterne vom Ladenhimmel entfernte.

»Will in einem Sanatorium im Schwarzwald ihre Galle auskurieren. Sechs Wochen.«

»Jippie!« brüllte Moritz und hüpfte von der Leiter.

Annett stürmte wortlos hinter das Kamasutra. Sechs Wochen schutzlos Moritz und mir ausgeliefert zu sein, mußte sie hart treffen.

»Wie geht's dir denn?« fragte Moritz leise. Wir hatten Stillschweigen über meine Schwangerschaft vereinbart. Ich konnte noch nicht darüber reden. Eigentlich war ich nicht abergläubisch, aber die meisten Fehlgeburten passierten innerhalb der ersten zehn Wochen. Am Samstagvormittag hatte ich, da Dany »arbeiten mußte«, mehrere Stunden in der Buchabteilung von Karstadt verbracht und die Schwangerschaftsratgeber durchgeblättert. Am Nachmittag, als ich, immer noch allein, an der Panke spazieren gegangen war, hatte ich einen leichten, ziehenden Schmerz in der Gegend des rechten Eierstocks gespürt. Das könnte zum Beispiel ein Hinweis auf eine Eileiterschwangerschaft gewesen sein.

»Unfug«, flüsterte Moritz und strich mir flüchtig über den Handrücken.

So gesehen, war ich ganz froh über Romanas Kur, die es mir erlaubte, die offizielle Bekanntgabe der Schwangerschaft ein paar Wochen hinauszuzögern.

»Kann man die essen?«

Ich deutete auf die kleinen orangefarbenen Dinger in der exotischen Pracht.

»Kumquats«, sagte Moritz strahlend. »Und dies sind Minneolas, Mangos, Karambola, Litschi, Kiwis ...«

Ich war gerührt.

»Wunderschön, Moritz. Aber du hättest nicht so viel Geld ausgeben sollen.«

»Alles vom Türkenmarkt am Frenkelufer. Mein Lover wohnt da«, strahlte er. »Du brauchst Vitamine, Liebes. Und außerdem ...«, er strich mit den Fingerspitzen über die herbstwaldfarben gesprenkelte Haut einer Mango, » haben diese Früchte sinnliche Formen.«

»Hm.«

»Eine Schwangerschaft ist sinnliches und erotisches Erleben«, dozierte er.

»Hm.«

»Der schwellende Bauch entwickelt eine sinnliche Form.«

Er deutete auf die Mango und strich mit der Handfläche über den teuren Kaschmir, der den Schwimmring kaschierte, den ich seit ungefähr zehn Jahren auf den Hüften trug.

»Ich kann schon was fühlen«, kicherte er.

Noch am selben Vormittag kam es zum ersten Krach zwischen Moritz und Annett. Es war ruhig im Laden. Moritz dekorierte die Schaufenster um, Annett machte im Packraum Remittenden versandfertig, und ich räumte meinen Schrott auf und kümmerte mich um die wenigen Kunden, die ein Atempäuschen bei uns einlegten, bevor sie sich wieder in den Schlußverkaufstrubel in den Kaufhäusern stürzten. Ich war dabei, einen »kulinarischen Autoatlas«, der mir schon lange ein Dorn im Auge war, an den Mann zu bringen, als ich erhobene Stimmen aus dem Packraum vernahm. Ich schaffte es gerade noch, meinen Kunden zur Ladentür hinauszuschieben, bevor das Geschrei losging.

Sie standen sich in der Teeküche gegenüber wie zwei Kampfhähne vor dem Angriff. Annetts Elfenbeinteint war rosagefleckt vom Ausschnitt der Hemdbluse bis zu den Schläfen. Ihre Kaltwelle sträubte sich widerspenstig in alle Richtungen. Moritz deutete mit einer strangulierten Cabinet light auf den Rauchverbotsaufkleber, der sich über Nacht zwischen die Prilblumen an den Kacheln geschlichen hatte. Als wiedergeborenem Nichtraucher hatte ihm die Qualmerei seiner Kolleginnen, d.h. von Romana, Annett und mir, schon lange gestunken. Jetzt nutzte er meine Schwangerschaft zum entscheidenden Schlag gegen die Raucherfront aus! Rauchen, meine Güte, ja, ich mußte es natürlich aufgeben. Bisher war ich noch nicht dazu gekommen, weil die Situation so angespannt war und auch Dany noch mehr rauchte als sonst. Aber natürlich hatte Moritz recht. Ich mußte damit aufhören, aber wieso Annett?

»Ich lasse mich nicht wie ein Hund vor die Ladentür jagen, wenn ich eine rauchen will«, jaulte sie gerade. Es klang sehr sächsisch.

Moritz deutete mit der malträtierten Kippe zwischen seinen Fingern auf mich: »Der Arzt hat ihr Rauchen ab sofort verboten. Kannst du denn kein bißchen Solidarität zeigen? Ich dachte, wenigstens das hätten die euch beigebracht!«

»Ich habe gesagt, ich mache das Fenster auf«, krisch Annett.

»Dazu ist es zu kalt draußen«, brüllte Moritz, »außerdem raucht hier keiner mehr außer dir.«

»Und was ist mit Romana?«

»Die ist im Moment nicht da.«

»Und so lange schwingst du das Zepter, wie?« zischte Annett und ihre wäßrigen blauen Augen traten erschreckend weit vor. Sie brachte ihr Gesicht nahe an Moritz'.

»Du willst mich hier rausekeln, mich fertigmachen. Das findet ihr heutzutage schick, nicht wahr? Auf denen rumtrampeln, die schon am Boden liegen ...« Ihre Stimme hatte sich in ein schrilles Heulen verwandelt.

Hoffentlich kam keine Kundschaft. Wenn das so weiterging, würde ich das Kamasutra durch eine Schallschutztür ersetzen lassen müssen.

»Ich habe nur gesagt, daß hier nicht geraucht wird, du abgehalftertes Stasi-Liebchen«, brüllte Moritz.

Entsetzt flüchtete ich nach vorne.

Ein Rundgang durch den Laden zeigte, daß Moritz auch hier

ganze Arbeit geleistet hatte: Die handgetöpferten Aschenbecher aus förderungswürdigen Keramikwerkstätten am Prenzlauer Berg, die Romana an strategisch günstigen Stellen verteilt hatte, waren mit einem würzigen Kräuterpotpourri gefüllt. Auf dem Rauchtisch in der Schmökerecke stand eine Schüssel mit Trockenobst, und am Schrottregal war eine Scherzpostkarte angepinnt, auf der ein greinendes Babygesicht behauptete: »Raucher stinken«. Die Karte entfernte ich sofort. Das war meine Abteilung!

Da uns der gemeinsame Besuch der *Lilalinde* untersagt war, ließen Moritz und ich uns gegen eins am Packtisch nieder. Moritz bestrich Vollkornbrötchen mit Kräuterquark, während ich versuchte, eine der wunderschönen Mangos in mundgerechte Stücke zu zerteilen. Ich hätte Moritz gerne mehr über meine Fehlgeburtsängste erzählt, aber wir saßen keine zwei Minuten zusammen, als Annett hereingerauscht kam. Die Kampfhenne mußte ihr Terrain verteidigen. Schließlich machte sie normalerweise um eins am Packtisch Mittagspause. Ich beschloß, die Grundsatzdiskussion darüber, wer wann Pause machen durfte, im Vertrauen auf die Saure-Gurken-Zeit zu verschieben und sah zu, wie sie schwungvoll einen Beutel Pfefferminztee in ihre angeschlagene Blümchentasse warf und kochendes Wasser aus dem Boiler darüber laufen ließ. Mit einem kleinen Knall und einem mißbilligenden Seitenblick auf den Bio-Bananensaft, den Moritz besorgt hatte, stellte sie die Tasse auf das uns entgegengesetzte Ende des Tisches. Dann zog sie den Gefrierbeutel mit dem hellblauen Plastikklipp aus ihrer Umhängetasche. Darin befanden sich zwei belegte Vollkornbrote und Rohkost der Saison. Mehr aß sie während des ganzen Arbeitstages nicht. Kein Wunder, daß sie so mager war.

Ein intensiver Leberwurstgeruch breitete sich im Packraum aus. Mein wunder Magen erhob sich prompt. Moritz riß schnell das Fenster auf. Nach einer Minute war es eiskalt. Annett kaute langsam und genüßlich. Als sie fertig war, zog sie das neueste Pilcher-Leseexemplar zu sich heran und schlug es an der mit einem Lesezeichen gekennzeichneten Stelle auf. Während sie las, fuhr ihr Händchen blind in die Zellophantüte und förderte ein

Stückchen geputzte Paprikaschote oder Möhre zutage, an dem sie herumknabberte. Das rhythmische Knacken ihres Kiefers und das Knistern des Zellophans füllten den Raum. Während ich mir den klebrigen Mangosaft von den Fingern leckte, kriegte ich eine unbändige Lust auf Mohrrüben.

»Was dagegen, wenn ich das Fenster zumache?« fragte Annett.

Moritz stand auf und knallte den Fensterflügel zu.

»Bedient euch, wenn Ihr mögt«, sagte sie und schob die Knistertüte gen Tischmitte.

Bevor Moritz eingreifen konnte, schnappte ich mir die letzte Mohrrübe, schob den Teller mit der pappsüßen Mango in ihre Richtung und sagte: »Bedien dich auch.«

Das Buch klappte prompt zu.

»Was hast du denn für ein Leiden«, fragte sie, während sie an einem Mangostück nuckelte.

»Störungen des vegetativen Nervensystems aufgrund von extremem Vitaminmangel und Überarbeitung«, antwortete Moritz, bevor ich in Panik geraten konnte.

»Verstehe«, sagte sie, etwas zu trocken für meinen Geschmack.

»Erstes Symptom: nervöse Magenbeschwerden, Übelkeitsanfälle«, fuhr Moritz mit Grabesstimme fort.

»Du Ärmste!«

Entweder sie heuchelte, oder sie wollte nach der Kriegserklärung zwischen ihr und Moritz mit mir fraternisieren. Dann würde sie mich heute noch Joe nennen.

»Aber greift die Säure dieser Früchte nicht die Magenschleimhaut an?«

Moritz und ich wechselten einen ratlosen Blick.

Er zuckte mit den Schultern.

»Die Säure dieser Früchte wirkt anders. Das sind keine Aldi-Apfelsinen, verstehst du.«

Er goß mir ein zweites Glas Bananensaft ein. Ich konnte nicht protestieren, aber der Saft war mir eher unangenehm, viel zu süß und zu sämig.

»Weißt du noch, wie man früher stundenlang beim Konsum

anstand, um ein paar Bananen für die Kinder zu kriegen?« fragte Annett.

»Ich habe keine Kinder«, sagte Moritz unfreundlich.

»Zweimal im Jahr gab es Orangen. Strohtrocken aus Kuba. ›Castros Rache‹ haben wir die genannt.«

Moritz' Mund hatte sich zu einem Strich verengt. Geräuschvoll knüllte er die Brötchentüte zusammen und ließ die Kühlschranktür knallen, als er die Bananensaftflasche zurückstellte. In meinem Rücken hörte ich ihn etwas murmeln, das wie »als ob du jemals für irgendwas angestanden hättest, blöde Kuh« klang. Ich sah höllische sechs Wochen vor mir liegen. Vielleicht sollte ich mich krankmelden. Aber bei wem? Zuerst brauchte ich mal einen anderen Geschmack im Mund. Am liebsten hätte ich eine Zigarette geraucht, aber das war innerbetrieblich nicht zu verantworten. Zum Glück fand ich in meinem Rucksack noch eine angebrochene Packung »Salzige Heringe«.

»Was ist das denn?« fragte Moritz entsetzt.

»So 'ne Art Lakritzkaubonbon«, klärte ihn Annett auf. Endlich ein Punkt an sie.

Am nächsten Morgen stand neben meiner Obstschüssel ein Glas mit sauren Gurken aus dem Spreewald.

»Na, wie geht es dir heute, Joe?« fragte Annett freundlich.

Zehnte Woche

So hatte ich es mir nicht vorgestellt.

Wie in dem Schwangerschaftsratgeber, den ich in der Buchabteilung von Karstadt gekauft hatte, empfohlen, kaute ich jeden Morgen noch im Bett liegend einen Vollkornzwieback durch. Vergebens. Erst die dritte Tasse Pfefferminztee brachte meinen Magen einigermaßen ins Gleichgewicht. Der Pfefferminztee schmeckte leicht nach Gummi, weil ich ihn in unserer alten Thermoskanne aufbrühen mußte. Dany behauptete steif und fest, Thermoskannen seien geschmacks- und geruchsneutral, aber Dany war auch nicht schwanger. Gerüche folterten mich den ganzen Tag. Immer wieder kamen ahnungslose Kunden mit brennender Zigarette in die Buchhandlung. Wenn ich in der Mittagspause aus dem Laden ging, um frische Luft zu schnappen, roch es in ganz Charlottenburg penetrant nach gegrilltem Fleisch. Die Leute in der U-Bahn stanken nach anverdauten Zwiebeln, Dosenbier oder *Jil Sander Man*. Wenn ich Pech hatte, mußte ich zwei Stationen vor meinem eigentlichen Fahrtziel fluchtartig den Wagen verlassen. Trotz der Kotzerei hatte ich permanent Hunger. Ich war ständig auf der Jagd nach geruchsneutralen Nahrungsmitteln wie vegetarische Familienpizza, Kräuterquark ohne Knoblauch und Gummibärchen. Mit Annett hatte ich ausgemacht, daß sie sich heimlich an der Obstschale auf meinem Schreibtisch bediente, die Moritz liebevoll und beharrlich auffüllte, und als Ausgleich diskret für einen ständigen Vorrat an Gummibärchen sorgte, denn Moritz sah es nicht gern, wenn ich Süßigkeiten anschleppte. Kein Wunder, mein Teint schimmerte gräulich, und Pickel sprossen. Das Haar hing mir schlapp und strähnig auf die Schultern. Meine Gebärmutter ziepte immer noch (Wachstumsschmerzen, harmlos, behauptete Dr. Müllerstraße), und ich hatte keine Lust auf Sex. Trotzdem hätte ich mich nur halb so elend gefühlt, wenn Dany sich anders verhalten hätte. Nicht gerade wie ein besorgter werdender Vater (ein Moritz langte gerade), aber wenigstens wie ein liebender Freund oder freundlicher Liebhaber. Dany behandelte mich wie eine Grippekranke. Morgens verschanzte er sich hinter seiner Zeitung, abends kam er vor neun nicht aus dem Büro. Dann zog er entweder mit Jens in eine Kneipe oder traf sich mit Lutz in einer anderen. Manchmal rief er zu Hause an, um zu fragen, ob ich nicht auch dorthin kommen wolle. Dabei wußte er genau, daß ich mich »in letzter Zeit« nach Geschäftsschluß in einem Zustand physischer und psychischer Erschöpfung befand, in dem ich weder Jens noch Lutz ertragen konnte. Jens, seinen Kollegen aus der Agentur, hatte ich einmal getroffen. Er kleidete sich wie ein Yuppie und riß Witze wie ein Mantafahrer. Lutz, Danys alter Studienfreund, war zwar ganz nett, wurde aber zu einer unerträglichen Nervensäge, sobald er Liebeskummer hatte. Den hatte er dauernd. Also saß ich nächtelang allein zu Hause und grübelte über die mentale Verfassung meines Kindsvaters nach. Ich mußte mit jemandem darüber reden. Moritz kam nicht in Frage. Bei ihm hatte ich mich schon so oft über Danys Ignoranz beklagt, daß er allmählich ein ganz falsches Bild von meinem »Macho-Freund« entwickelte. Also verabredete ich mich mit Regula bei unserem Stammspanier in Moabit. Regula sollte die erste meiner Freundinnen sein, die von der Schwangerschaft erfuhr. Sie hatte es verdient. Sie war treu, hilfsbereit, weltoffen und witzig.

Als ich das *Miró* betrat, war ich mir nicht mehr sicher, ob die Idee so gut gewesen war. Bei aller Aufgeschlossenheit lehnte Regula Mutterschaft ab. Was hatten wir uns immer über die Kommilitoninnen aufgeregt, die ihre sabbernden Babys mit in die Mensa schleppten! Wir hatten vollkommen darin übereingestimmt, daß man Frauen als Gesprächspartner abschreiben konnte, sobald sie Mütter wurden. Das Telefon nahmen sie nur ab, um einem mitzuteilen, daß sie gerade nicht reden konnten. Hatte man sie endlich für einen Abend vom häuslichen Herd losgeeist, sprachen sie auch in der aufregendsten Kneipe nur über ihre Babys.

Regula hatte sich für einen Tisch mitten im Lokal entschieden. Vor ihr stand ein halber Liter Weißwein. Sie rauchte ihre roten Gauloises und blätterte in einem schwarzledernen Timeplanner. Außerdem hatte sie eine neue Frisur. Ihre hennafarbenen Locken waren mit dem Bügeleisen behandelt worden und fielen in topaktuellen Siebziger-Jahre-Strähnen um ihr schmales Gesicht. In Regulas Gesellschaft hatte ich mich schon immer etwas unscheinbar gefühlt. Heute kam ich mir vor wie ein Scheuerlappen.

Mit halbgeschlossenen Lidern Rauchwölkchen Richtung Tresen blasend, nahm sie mir die Beichte ab. Nach einigen Schweigeminuten, die der umherhuschende Kellner dazu nutzte, uns diskret zwei Karten vorzulegen, fragte sie endlich: »Und was hat er dazu gesagt?«

»Er« war Dany.

»Nichts.«

»Wie, nichts?«

»An dem Abend, an dem ich ihm sagte, daß ich schwanger bin, hat er während des ganzen Essens geschwiegen. Danach hat er freiwillig gespült.«

Ihre grünen Augen nahmen den nachdenklichen Ausdruck an, den Männer sinnlich fanden, von dem ich als Regulas beste Freundin jedoch wußte, daß er Langeweile signalisierte.

»Später im Bett hörte ich ihn murmeln: ›... und dann das Gebrüll jede Nacht ...‹« fuhr ich fort.

»Und der Sekt, den du gekauft hattest?«

»Steht immer noch im Kühlschrank.«

Jetzt verstand Regula das Ausmaß der Tragödie.

»Oh, Scheiße«, seufzte sie und hielt mir ihre Zigaretten hin. »Komm, rauch erst mal eine.«

Ich schüttelte den Kopf, und sie zündete sich selbst eine an. Die Fünfte, seitdem ich da war. Der Laden war total verqualmt.

Das *Miró* war eine unserer Stammkneipen aus den alten Moabiter Tagen. Aber außer dem Namen war nichts wie früher. Anstelle von Tropfkerzen auf verkratzten Biertischen beleuchteten Halogenlämpchen ein Bistroambiente in Kiefer. Die Wände waren nicht mehr mit Konzertplakaten bepflastert, sondern in Pastelltönen gewischt. Auf der Karte waren Paellas, Tortillas und Spaghetti mit Meeresfrüchten durch Charlottenburger Cuisine abgelöst worden. Wir trafen uns trotzdem oft hier. Regula störte die Veränderung des Lokals nicht so wie mich. Außerdem lag es in Laufnähe zu unserer alten WG, die Regula, nachdem Gesche karrierebedingt nach Hamburg gezogen war, in ein Ein-Personen-Wohnstudio umgewandelt hatte. Mein ehemaliges Zimmer benutzte sie als begehbaren Kleiderschrank.

»Haben die Damen gewählt?« fragte der Kellner, ein aparter Schwarzhaariger mit bodenlanger weißer Schürze, an dem Moritz seine Freude gehabt hätte.

Eilig beugten wir uns über die Karten. Da ich seit drei Wochen kein tierisches Eiweiß zu mir genommen hatte (abgesehen von den Kräuterquarkbrötchen, mit denen Moritz mich mittags bei *Belle et Triste* fütterte), entschied ich mich für den Mallorquinischen Fischtopf für neunzehn Mark. Es war das billigste Gericht auf der Karte. Regula bestellte Wachteln in Knoblauchsauce an Blattspinat, noch einen halben Liter Weißwein und eine Flasche Perrier für mich.

Der Kellner schenkte ihr ein strahlendes Lächeln, als er unsere Karten zusammenklappte.

Alle Männer lagen Regula zu Füßen. Die einzige mir bekannte Ausnahme war Dany. Als armer Gartenmöbelfotograf hätte er sie sich sowieso nicht leisten können. Das Kleid, das sie trug, irgendwas Chinesisches aus knisternder Seide, hatte mindestens sechshundert Mark gekostet. Sie badete in Chanel, und das Wohnstudio war für eine Person auch nicht gerade billig. Regula machte mehr oder weniger ehrenamtlich das Lektorat für einen Verlag, der sich auf erotische Literatur spezialisiert hatte, schrieb Szenereports für ein Berliner Stadtmagazin und arbeitete als Aushilfssekretärin in einem Architekturbüro. Da diese Jobs finanziell wenig lukrativ waren, steuerte ihr Liebhaber zu ihrem Lebensunterhalt bei. Zur Zeit war das Dietmar, der Architekt, für den sie tippte.

Der Kellner brachte Wein und Mineralwasser und ein paar verschrumpelte Oliven, die wir nicht bestellt hatten.

»Trinkst und rauchst du gar nicht mehr, seitdem du schwanger bist?« fragte Regula, während er ihr Wein eingoß.

Ich wartete, bis der Kellner weg war, bevor ich antwortete: »Am Anfang ist es für das Kind am schädlichsten.«

Sie schnüffelte mit geschlossenen Augen an ihrem Wein. »Und wie steht es mit Sex?«

»Hä?«

»Ist der auch schädlich?«

Das hatte ich zwar noch nicht gehört, aber vielleicht sollte ich mich vorsichtshalber erkundigen.

»Wie oft habt ihr miteinander geschlafen, seitdem du schwanger bist?« brüllte sie durch das Lokal.

Glücklicherweise redeten die meisten Gäste selbst.

»Gar nicht«, flüsterte ich. »Wie sollen wir denn miteinander schlafen, wenn wir nicht mal miteinander reden?«

Um meine Verlegenheit zu verbergen, steckte ich eine verschrumpelte Olive in den Mund. Sie schmeckte modrig.

»Die Sache läuft andersrum«, trompetete Regula. »Paare haben sich nichts mehr zu sagen, weil sie sich sexuell nicht mehr attraktiv finden.«

Ich strich mit der Hand über meinen Hosenbund. »Aber man sieht doch noch gar nichts! Und schrei nicht so, Regi!«

»Siehst du, du bist verklemmt! Du kannst nicht frei über deine Sexualität reden, weil du schwanger bist. Ursache: Du findest dich sexuell nicht mehr attraktiv. Wie soll Dany dich dann attraktiv finden?«

Ich konnte ihr nicht folgen. Die Leute am Nebentisch, ein blondes Studentenpärchen, ungefähr zehn Jahre jünger als wir, scheinbar auch nicht.

Regula, die seit ihrer Tätigkeit beim Erotik-Verlag Sexualität als ihr Spezialgebiet betrachtete, war nicht mehr zu bremsen. »Nach meiner ersten Abtreibung war ich monatelang so traumatisiert, daß ich zu keinem Orgasmus fähig war ...«

Die blonde Studentin starrte sie mit unverhohlener Bewunderung an.

»Regula, das ist nicht das Problem«, zischte ich.

»Doch!« rief sie. »Ich empfand meinen Körper als verstümmelt. Das übertrug sich auf meine damaligen Partner. Wir kriegten gar nichts auf die Reihe.«

Die Blonde flüsterte ihrem derzeitigen Partner etwas ins Ohr. Der legte einen Finger an die Lippen.

»Ich glaube, daß ich Mutterschaft und Sexualität vereinbaren kann«, erklärte ich laut und entschieden, um das Thema auch für den Nebentisch auf den Punkt zu bringen.

»Ach«, sagte Regula, »und die Kotzerei jeden Morgen? Du wirst doch nicht behaupten, daß euch das anturnt.«

»Wir sind beide keine Morgenmenschen«, sagte ich spitz.

»Wundert mich sowieso, daß zwischen dir und Dany nach so vielen Jahren noch was läuft«, sagte meine beste Freundin arglos.

Ich setzte mein Wasserglas so heftig auf die Tischplatte, daß das edle Naß in ihren seidenen Ausschnitt spritzte. Obwohl die Modelzeiten lange vorbei waren, konnte sie es Dany nicht verzeihen, daß er nie Lust gezeigt hatte, sie zu fotografieren.

Das blonde Gänschen nebenan begann hemmungslos zu kichern.

Beschwichtigend legte Regula eine Hand auf meine. In der anderen hielt sie schon wieder eine Zigarette. »Ich wollte nicht fies sein, Joe. Dany ist ein netter Typ, aber wir haben uns doch immer ehrlich die Meinung gesagt, oder?«

Ich nickte. Früher hatten Regula und ich nie gestritten. Im Gegenteil, Regula hatte immer geschlichtet, wenn Gesche und ich uns in den Haaren lagen.

Zum Glück kam das Essen. Da wir beide noch die guten alten Zeiten mit feisten, nach Knoblauch duftenden Spaghetti in Erinnerung hatten, erschraken wir ein bißchen. Der Mallorquinische Fischtopf, der in einer Terrine aus Bone China serviert wurde, entpuppte sich als klare Brühe mit Reiseinlage, in der winzige Muscheln schwammen, die aussahen, als seien sie ebenfalls aus Bone China. Von Regulas Teller grinsten uns die verbrutzelten Wachteln wie kleine Schrumpfköpfe an. Um einen mikroskopisch kleinen, grünen Kleks waren sternförmig fünf Waffelkartoffeln angeordnet.

»Gespenstisch, was?« sagte Regula, diesmal im Flüsterton.

»Dein Kleid gefällt mir«, sagte ich, froh, daß wir auf normale Themen zurückkamen.

Regula liebte Komplimente.

»Weihnachtsgeschenk von Dietmar«, strahlte sie.

Mir fiel ein, daß ich sie seit Mitte Dezember nicht mehr gesehen hatte.

»Was hast du denn Weihnachten gemacht?«

»Heiligabend war ich bei Mutter. Dann bin ich über Silvester mit Dietmar und den Kindern in ein Chalet nach Chamonix gefahren.«

Ich erinnerte mich vage, daß Dietmar zwei Kinder im Oberschulalter hatte.

»Und seine Frau?« fragte ich.

»Magda hat Silvester bei einer Freundin in New York verbracht. Sie wollte ein paar Sachen für ihr Lädchen kaufen.«

Ich kannte Magda flüchtig. Ihr Lädchen war eine stadtbekannte Boutique in der Nähe von *Belle et Triste*. Magda bekam jedes Jahr unseren großen Weihnachtsprospekt zugesandt, obwohl sie noch nie unseren Laden betreten hatte. Wir ihren auch nicht. Ihre Klamotten waren sogar Romana zu teuer. Regulas neues Kleid sah ganz nach Magdas »Lädchen« aus.

Ich fischte eine Venusmuschel aus der Brühe. Wie erwartet, war die Schale hohl. Den Eiweißschub konnte ich vergessen.

Regula pokelte ein paar Fleischfasern von den Totenköpfen und hielt sie mir unter die Nase. »Probier mal.«

Ich drehte den Kopf zur Seite.

»Ich vertrage zur Zeit nichts Gebratenes. Wenn ich an einer Dönerbude vorbeigehe, wird mir schlecht.«

Regula nickte mitfühlend. »So ging es Magda, als sie mit Dana schwanger war. Damals hatten sie und Dieter ihre erste Sexkrise.«

Sie schob den ganzen Spinat mit einem Gabelbissen in den Mund und kaute genüßlich. Wahrscheinlich hatte sie den ganzen Tag noch nichts gegessen. Regula war sehr diszipliniert, was ihre Figur betraf.

»Dann kam die lange Stillphase. Magda fühlte sich nur noch als Mutter. Der Ofen ging völlig aus. Na, und als er wieder anging, war Adrian unterwegs.« Sie lachte fröhlich über die Tükken des Schicksals. An einem Schneidezahn klebte Blattspinat.

»Und mit Adrian und Dana warst du also in Chamonix«, kam ich auf das Weihnachtsthema zurück.

»Von denen hab ich nicht viel gesehen. Kids in dem Alter haben eine irre Kondition, Clubbing bis morgens um vier und um neun schon wieder auf die Piste. Dietmar und ich haben eher auf gemütlich gemacht. Gegen Mittag auf die Piste, abends was Schickes essen und früh in die Federn. Ehrlich, Joe, ich kam mir richtig alt vor.«

»Aber immer noch jünger als Magda«, sagte ich gehässig.

Sie zuckte mit den Schultern.

»Es ist nicht Dietmar, sondern Magda, die gerade ihre Sexualität auslebt. Das ist häufig bei Frauen der Fall, die ihre besten Jahre der Mutterschaft geopfert haben.« Sie hatte ihren Lektorinnentonfall angenommen. »Die entwickeln während des Klimakteriums eine große, sexuelle Vitalität. Sie spüren, daß ihnen nicht mehr viel Zeit bleibt, um nachzuholen, was sie versäumt haben.«

Das reichte. Ich schob die Terrine mit der Fischbrühe in die Mitte des Tisches und griff nach meinem Anorak.

»Was ist denn?«

»Tut mir leid, Regi. Die Luft hier drin geht mir auf den Kopf.«

Nachgiebig wie immer, griff sie ebenfalls nach ihrem Mantel. »Früh ins Bett tut mir auch mal gut.«

Sie wickelte sich in einen bodenlangen, schwarzen Webpelz mit einem breiten Lackgürtel, der ihre Wespentaille betonte, und stöckelte vor mir her zum Tresen. Während der hübsche Junge unsere Rechnung addierte, sagte sie ungeniert: »Ich bin seit Chamonix etwas klamm. Kannst du mir die Zeche auslegen?«

Was blieb mir anderes übrig? Der Ausflug in die Moabiter Studentenzeiten kostete mich schlappe siebzig Mark, inclusive drei Mark für die vermodderten Oliven, die wir nicht bestellt hatten. Was »auslegen« bei Regula bedeutete, wußte ich aus Erfahrung. Wenn man sich nicht zu einer eingeschriebenen Zahlungsaufforderung herabließ, sah man sein Geld nie wieder.

Die schneidende Kälte draußen brachte meinen Kreislauf ins Wanken. Ich mußte den Mallorquinischen Fischtopf auskotzen, noch bevor ich die Bushaltestelle erreicht hatte.

»Deine Freundin Regula hatte schon immer eine Klatsche«, war Danys einziger Kommentar, als ich ihm, auf dem Futon zusammengerollt, die Zusammenhänge zwischen Sexualität und Mutterschaft erläuterte.

»Glaubst du, sie hat mich einmal gefragt, wie ich mich fühle? Sie hat nicht mal ›ach, wie schön‹ oder ›ich freue mich so für dich‹ gesagt, wie man es ja eigentlich von einer Freundin erwartet, wenn man schwanger ist.«

»Sie ist eine alte Egozentrikerin, war sie doch schon immer«, behauptete Dany.

Dann startete er mit der Ente hinaus in die Nacht, um eine vegetarische Familienpizza zu organisieren, weil wir das Knurren meines Magens nicht mehr ertragen konnten. Besonders scharf war ich auf die Artischocken.

Dreizehnte Woche

Anfang März war die knackende Kälte vorbei. Das Barometer pendelte sich auf wenige Grade über Null ein, und das endlose feuchte Grau in Grau begann, das irgendwann unmerklich in einen zaghaften Berliner Frühling übergehen würde.

In der zweiten Märzwoche kam Birte aus Neuseeland zurück, und Romana hatte ihre Schwarzwaldkur beendet. Beide wollten freitags wieder ins Geschäft kommen, um sich die Schrecken eines blauen Montags zu ersparen. Dabei bestand kein Grund zur Panik. Die Frühjahrsneuerscheinungen waren noch nicht draußen. Die Studenten hatten noch Semesterferien. Ein paar Stammkunden steckten zwar routinemäßig ihre Nasen herein, aber nicht mal an den Samstagen war der Laden voll. Vielleicht lag es auch an der kursierenden Magen- und Darmgrippe, die sich nahtlos an die normale Frühjahrsgrippewelle angeschlossen hatte. Auch Moritz hatte sie erwischt, weshalb ich seit einigen Tagen wieder morgens den Laden aufschloß.

Als ich am Freitag pünktlich vor *Belle et Triste* aus der Ente sprang – nachdem ich mich zweimal morgens in der U-Bahn übergeben hatte, fuhr Dany mich zur Arbeit –, sah ich Romana schon hinter ihrem von Annett auf Hochglanz gebrachten Biedermeiersekretär hantieren.

Sie hatte eine neue Frisur, sehr kurz und blond, ein Drittel Falten weniger im Gesicht, trug Lindgrün anstelle Lila und sprühte geradezu vor Energie. Mittags lud sie uns zu *Brut d'Argent* und belegten Brötchen in die Schmökerecke ein. In der Schmökerecke setzten wir uns nur zu besonderen Anlässen zusammen. Ich beschloß, die feierliche Atmosphäre zu nutzen, um meine Mutterschaft bekannt zu geben.

Daß ich den Sekt ablehnte, fiel niemandem auf, da Birte, die am Jet-lag litt, ebenfalls auf Orangensaft bestand. Dafür schlürfte Annett um so genüßlicher. Obwohl die vier Wochen mit den beiden Ossis ganz harmonisch verlaufen waren, war unsere Azubi beim Anblick ihrer Chefin sichtlich aufgeblüht. Schon am Donnerstag nachmittag war sie losgezogen, um einen üppigen Frühlingsblumenstrauß für den Sekretär zu besorgen. Moritz hatte vorgeschlagen, gerechtigkeitshalber Birte wenigstens ein Primeltöpfchen in die Kinderbuchecke zu stellen, aber neuerdings perlten seine Sticheleien an Annett ab wie Öl.

Da wir unter uns Frauen waren, schlug Romana nach dem zweiten Glas Sekt ihren verschwörerischen Ton an und gestand, daß das Sanatorium, in dem sie gewesen war, über eine Beauty-Abteilung verfügte. Zur ärztlichen Diät waren Moorbäder, Ganzkörperpeelings, Lymphdrainagen und Gesichtsmasken gekommen. Zur Wiedergeburt ihres Egos hatte ihr jedoch der Friseur ihres Lebens geholfen. Ich dachte sofort an Regulas Theorie von Müttern im Klimakterium. Aber war Romana nicht kinderlos?

»Sinnliche Fingerspitzen«, schwärmte sie und drückte ihre Zigarette achtlos in dem Keramikschälchen mit Kräuterpotpourri aus. »Erotik über die Kopfhaut. So was solltest du mal probieren«, sagte sie zu Birte gewandt. »Beim Friseur die Seele baumeln lassen, dich in würzigem Schlamm wälzen, deinen Körper lustvoll entspannen. Diese Fernreisen strapazieren dich zu sehr. Dafür sollte ich dir gar keinen Urlaub geben!«

»Ich lasse es mir gern als Bildungsreise vergüten«, sagte Birte, die kaum aus ihren schwarzumränderten Augen blicken konnte, spitz.

Sollte ich nun, oder sollte ich nicht? Vielleicht besser jetzt, bevor die Stimmung noch schlechter wurde.

»Hast du uns nicht was mitgebracht?« fragte Annett und deutete auf die Papiertüte zu Romanas Füßen.

Romana baute die Mitbringsel auf dem Glastisch auf. Die Flasche Original Schwarzwälder Kirschwasser war für mich (»damit du mal von deinem Ouzo-Trip runterkommst, Schätzchen«). Den Strohhut mit den fünf großen, roten Bommeln sollte Birte sich zu ihrer Sammlung fernöstlicher Masken hängen (»wozu in die Ferne schweifen, wenn das Gute liegt so nah, hahaha»). Das Kochbuch »Spezialitäten aus dem Schwarzwald«

war für unsere häusliche Annett (Untertitel: Es muß ja nicht immer Soljanka sein. Ein kulinarischer Ausflug in die alten Bundesländer). Die niedliche Kuckucksuhr, made in Taiwan, war für Moritz bestimmt (»vielleicht kommt unser Monsieur le Regisseur damit pünktlich aus den Federn, nachdem schon so viele Wecker versagt haben«).

Annett und ich, die Augenzeugen waren, wie Moritz fünfeinhalb Wochen pünktlich den Laden aufgeschlossen hatte, wechselten einen kurzen Blick.

Jetzt!, beschloß ich, aber Birte kam mir zuvor.

»Wenn überhaupt irgendwas, dann interessiert mich nur das Kochbuch«, sagte sie mürrisch.

»Gern«, flötete Annettchen, »ich steh zur Zeit sowieso total auf Mikrowelle.«

Romana blickte mit offenem Mund von einer zu anderen. Auch ich konnte mich erinnern, daß Annett vor einigen Monaten etwas von westlicher Dekadenz gemurmelt hatte, als Birte sich ihre Mikrowelle angeschafft hatte. Und eine Redewendung wie »ich steh total auf« hatte ich noch nie aus ihrem Munde vernommen!

Annett griff nach dem von Birte verschmähten Trachtenhut.

»Wenn ich den im Sommer an der Ostsee aufsetze, fallen die alten Seilschaften reihenweise in Ohnmacht.«

Uns blieb die Spucke weg.

»Vielleicht hängst du ihn lieber im Flur auf«, sagte Romana.

Falls die alten Seilschaften dich besuchen kommen, wollte ich hinzufügen, verkniff es mir aber. Sie war wirklich ganz nett gewesen in den letzten Wochen.

Ich hatte mich in die Kuckucksuhr verliebt. Ich könnte sie über die Wiege hängen oder in der Küche über den Kühlschrank. Das Baby wäre hellbegeistert und würde zu jeder vollen Stunde seine süßen, zarten Fingerchen nach dem Vögelchen ausstrekken. Jetzt!!

Ich räusperte umständlich einen Kloß im Hals weg und sagte, ich würde Moritz das Kirschwasser ans Krankenbett bringen und, wenn es Romana recht wäre, mit der Kuckucksuhr vorlieb nehmen. Denn ich tränke keinen Alkohol mehr ...

Das war das Stichwort. Leider reagierte keine meiner Mitarbeiterinnen darauf. Auch Annett nicht, die mir am Morgen angeboten hatte, das Ladenaufschließen zu übernehmen, solange Moritz krank war. Da sie täglich mit öffentlichen Verkehrsmitteln aus Marzahn anreiste, war das ein ziemlich selbstloses Angebot. Ob sie *es* gemerkt hatte? Mütter bemerkten eine Schwangerschaft wahrscheinlich eher als Nichtmütter.

Romana drückte kopfschüttelnd ihre zweite Zigarette in dem Potpourri aus, pustete ein verbranntes Blütenblatt von ihrem Zeigefinger, schnüffelte daran und sagte: »Wer raucht hier denn so ein Kraut?«

Am Nachmittag fand Romana den Brief von Iris in ihrem Poststapel. Iris teilte ihr darin mit, daß sie nicht nur ein Kind erwartete, sondern zwei. Die letzte Ultraschalluntersuchung hätte den Verdacht auf Zwillinge bestätigt. Romana, die bisher nicht mal von einem Baby gewußt hatte, weinte fast. Bei allem Engagement für die kulturelle Einheit hatte sie es kaum erwarten können, den mitunter unkonventionellen Moritz wieder gegen die liebenswürdige und gewissenhafte Iris einzutauschen. Sie schrie ihre Frustration laut in den fast leeren Laden. Sogar Annett war es peinlich, und sie flüsterte mir zu: »Gut, daß Moritz krank ist.«

Jetzt konnte ich es auf keinen Fall sagen. Romana bekäme glatt wieder eine Gallenkolik.

Außerdem enthielt Iris' Brief eine Einladung zu Dorians zweitem Geburtstag am Samstag in einer Woche. Es sollte ein Fest für alle kleinen und großen Freunde der Familie werden. Sie versprach kulinarische Überraschungen und bat um gute Laune sowie eine kleine Spende für den Kinderladen »Die vollen Hosen« anstelle von Geschenken.

»Das kann ich wenigstens von der Steuer absetzen«, sagte Romana trocken. »Das arme Mädchen. Zwillinge, bei ihrer Figur. Das wird sie auseinanderreißen.«

»Ach was, mich hat das auch nicht auseinandergerissen«, sagte Annett gut gelaunt.

Nein, jetzt nicht, beschloß ich.

»Mehrlingsgeburten werden immer häufiger, besonders bei Frauen, die lange die Pille genommen haben«, fuhr unsere Azubi fort.

Ich traute meinen Ohren nicht. Ich mußte bei der nächsten Vorsorgeuntersuchung auf einen Ultraschall bestehen. Das Ergebnis würde ich Romana schriftlich mitteilen.

Vierzehnte Woche

Am Samstag nach Ladenschluß fuhr die gesamte *Belle et Triste* Belegschaft, außer Moritz, der immer noch krank war, in Romanas klapprigem Käfer zu Dorians Geburtstagsparty. Romana besaß dieses Auto seit ihrer Studentenzeit, was erstaunlich war, denn sie fuhr wie ein Henker. Wohlweislich hatte ich mich zu Annett auf den Rücksitz gequetscht. Aber als wir die Potsdamer Straße erreicht hatten, war mir trotzdem schlecht. In den letzten Tagen hatte ich außer Vollkornzwieback, Gummibärchen und fleischloser Pizza kaum etwas zu mir nehmen können. Sogar Dany zeigte Anflüge von Mitleid. Seit meinem Treffen mit Regula hatten wir zweimal miteinander geschlafen. Das erste Mal noch am selben Abend. Ich hatte Dany gewaltsam davon abhalten müssen, ein Kondom zu benutzen. Insgeheim fürchtete ich, daß die verstärkte Übelkeit daher rührte, daß ich, nach zwölf Jahren Pille, auch Zwillinge erwartete. Mein nächstes Rendezvous mit Dr. Müllerstraße war erst übernächste Woche. Wahrscheinlich war ich deshalb etwas hysterisch.

»Schneide doch die Kurven nicht immer so. Ich kotze gleich!« brüllte ich los.

Prompt vollführte Romana eine Vollbremsung, bei der sich die Vorderräder zehn Zentimeter in die Luft hoben.

»Entschuldige, Herzchen!« rief sie.

Annett kramte eine geschälte Mohrrübe aus ihrer Tasche.

»Hier, kau was. Das hilft.«

Iris bewohnte ein ausgebautes Dachgeschoß mit Terrasse in einem postmodernisierten Altbau am Winterfeldplatz, beste Wohnlage im mittlerweile saturierten Szeneviertel Schöneberg. Die Fahrstuhlverkleidung und die Wohnungstüren waren von blendendem Kobaltblau. An Iris' Tür klebte ein giftgrüner Fimo-Dinosaurier, auf dessen Bauch stand »Herzlich willkommen bei

Iris, Arne und Dorian Gottschalk«. Iris' Mann Arne hatte eine kleine Softwarefirma, mit der er den kobaltblauen Luxus finanzierte. Ich wünschte, Dany hätte ein kleines Fotoatelier. Aber dazu würde es nie kommen.

Aufgrund der schallgedämmten Neubauausstattung hörte man keinen Partylärm. Nach dreimaligem Klingeln steckte ein etwa Vierjähriger sein Gesicht durch den Türspalt und sagte: »Draußen bleiben. Ich bin die Gesichtskontrolle.«

»Wir sind eingeladen«, sagte Annett und schob den Dreikäsehoch zur Seite.

In der Wohnung war es totenstill. Als wir das Fünfzigquadratmeterwohnzimmer betraten, sahen wir weshalb. Die Party war mit einem Brunch um zwölf eröffnet worden. Jetzt, kurz nach zwei, machten die Gäste, hauptsächlich Eltern von Kleinkindern, Siesta. Ein paar dösten in der kobaltblauen Ledergarnitur, ein paar lagerten zwischen bunten Krabbeldecken auf dem Teppichboden. Der Rest hielt sich mühsam um einen riesigen Eßtisch aufrecht, an dem Iris Kaffee ausschenkte. Das Büffet auf der Theke, die den Wohnraum von der Amerikanischen Küche trennte, sah entsprechend gefleddert aus. Annett seufzte tief. Sie hatte sich den ganzen Vormittag jede Nahrungsaufnahme verkniffen, um für die versprochenen kulinarischen Köstlichkeiten in Form zu sein.

Iris begrüßte uns mit mattem Lächeln und machte sich daran, ein Ende des Tisches für uns zu reinigen. Die lieben Kleinen, die auf den inzwischen an die Wand gerückten Hochstühlen gesessen hatten, hatten ganze Arbeit geleistet. Sogar der Teppich klebte unter den Schuhsohlen.

Erschrocken bemerkte ich, daß Iris innerhalb von sechs Wochen von kosmopolitaner Extravaganz zu kränklicher Mutterschaft mutiert war. Ihre Gesichtszüge waren verquollen, und der strähnige Pagenkopf zeigte einen graubraunen Ansatz. Ihr Bauch war deutlich sichtbar unter einem roten T-Shirt mit der Aufschrift ›Hurra, wir sind zwei!‹, das aussah, als sei es von mindestens zehn Babys als Spucktuch benutzt worden.

»Es ist unverantwortlich, Iris, Kinder mit Kristallzucker zu ernähren«, dozierte eine teiggesichtige Blondine mit Bürstenhaarschnitt, die an dem für uns bestimmten Tafelende saß. »Wenn du konsequent auf Kristallzucker verzichtest, kannst du dir die ganze bescheuerte Fluor-Prophylaxe sparen.«

Es irritierte die Blonde nicht im geringsten, daß Iris sich gerade mit Romana unterhielt.

»Mein Florian hat noch keinen einzigen Krümel Kristallzukker gegessen, bis auf heute«, sagte sie in klagendem Ton, wobei sie den Kopf Birte zuwandte, die sich auf dem Stuhl neben ihr niederließ.

»Florian ist fünf. Wie alt ist denn Ihrer?«

»Ich habe keine Kinder«, sagte Birte und ging zum Büffet. Annett und ich folgten ihr. Leuchtendrote Lachsfetzen, glänzende Kaviarkrümel und erlesene Käserinden zeugten davon, daß es ein phantastisches Büffet gewesen war, bevor der Blitz eingeschlagen hatte.

»Da ist ja wenigstens noch was für dich«, sagte Annett anzüglich und deutete auf eine Schale mit Mixed Pickles. Dann fiel ihr Blick auf die Gesichtskontrolle. Das Knäblein war auf einen Barhocker geklettert, um an das kulinarische Schlachtfeld heranzureichen und rührte gerade genüßlich mit beiden Händen in einer Glasschüssel mit einer gelblichen Mousse.

»Nimm deine Finger aus der Schüssel«, sagte Annett in strengem Ton.

Der Junge maß sie mit einem verächtlichen Blick.

»Ich bin die Gesichtskontrolle.«

»Ist mir egal«, sagte Annett, »da wollen noch andere von essen.«

Energisch griff sie nach der Schüssel und rückte sie aus seiner Reichweite.

Die Gesichtskontrolle stieß einen Entrüstungsschrei aus, ließ sich vom Barhocker auf den Teppichboden plumpsen und rannte heulend zum Eßtisch hinüber.

»Balg«, murmelte Annett und häufte sich gnadenlos Reste von Lachs, Schillerlocke, Kaviar, Mascarpone, Zitronenmousse und Tiramisu auf den Teller.

Mir war der Appetit vergangen. Ich mußte aufs Klo. Obwohl, rein biologisch gesehen, in dieser Phase der Schwangerschaft noch nichts auf die Blase drücken konnte, mußte ich dauernd aufs Klo. Ich sah mich nach Iris rum. Iris diskutierte mit dem Teiggesicht, das die Gesichtskontrolle auf dem Schoß wiegte. Ich beschloß, daß Badezimmer auf eigene Faust zu finden.

Iris' Wohnung hatte einen quadratischen Flur mit mehreren kobaltblauen Türen. Leider war nirgends ein Fimo-Dinosaurier mit einem Töpfchen zu sehen. Auf einer Tür klebte ein handgeschriebener Notizzettel: »Psst – Stillzimmer«. Vorsichtig sah ich hinein. Es war das Schlafzimmer, japanisch. Auf einem riesigen Futon saßen sich zwei barbrüstige Frauen gegenüber und unterhielten sich im Flüsterton. Sie schraken zusammen, als ich fragte: »Entschuldigung, wo ist denn die Toilette?«

»Psst!« zischte die eine und deutete auf die Reisstrohmatten auf der Erde, auf der die frisch gestillten Säuglinge schnarchten.

Aus dem nächsten Raum schlugen mir dichte Rauchschwaden entgegen. Eine Männergruppe saß um drei laufende Monitore. Ich war in Arnes Arbeitszimmer geraten, das den gesättigten Familienvätern als Rauchsalon diente.

Als ich das Badezimmer gefunden hatte, war es besetzt. Zwei blondlockige Engel saßen auf bunten Plastiktöpfchen. Ein Topf stellte eine Ente dar, der andere einen Dino. Das Klo war frei. Trotzdem wartete ich höflich fünf Minuten, bevor ich fragte. »Dauert es noch lange bei euch?«

»Bis Mama Popo putzen kommt«, fiepte das eine Blondchen. Ich war hingerissen. Ob Dany und ich auch so was Süßes kriegten? Meine Blase drückte unerträglich.

»Macht es euch was aus, wenn ich schnell mal Pipi mache?«

Natürlich saß ich kaum auf der Brille, als Mama hereinstürzte. Es war eine der Ammen aus dem Schlafzimmer, inzwischen mit zugeknöpfter Bluse.

»Was machen Sie denn hier?« fragte sie entrüstet.

Wegen der Vorbildfunktion antwortete ich freundlich: »Pipi.«

Sie musterte mich feindselig.

»Das ist die Kindertoilette. Die Erwachsenen benutzen das Gästeklo am Kopfende des Flurs.«

»Das steht nirgends dran«, antwortete ich, während ich meine

Unterwäsche ordnete. »Außerdem haben die beiden es mir gestattet, nicht wahr?« Ich zwinkerte den beiden gutgelaunten Blondchen zu.

Die Mutter schnappte panisch nach Luft.

»Hat die fremde Frau euch angefaßt?«

Mir blieb die Spucke weg. Trotzdem wusch ich mir in aller Ruhe die Hände.

»Sie haben ja wohl eine Macke«, sagte ich. Die elterliche Autorität war mir egal. Wo hatte Iris diese unmöglichen Freunde her? Ich konnte es mir denken. Waren dies auch meine zukünftigen Freunde? Ich beschloß, die Wohnung umgehend zu verlassen. Bestimmte Dinge sollte man sich nicht zumuten, bevor sie unumgänglich waren.

So leicht kam ich leider nicht davon. Als ich zur Festtafel zurückkehrte, war Annett in einen Streit mit dem Teiggesicht verwickelt. Das Teiggesicht war die Mutter des fünfjährigen Florian, alias Gesichtskontrolle. Florian behauptete steif und fest, Annett hätte ihm nicht nur den Pudding weggenommen, sondern ihn auch von dem Barhocker geschubbst, was Annett bestritt. Ich wurde schon sehnlichst zur Zeugenaussage erwartet.

»Der Junge hat sich allein vom Hocker fallen lassen«, bestätigte ich. »Die Schüssel hat meine Kollegin ihm weggenommen, weil er mit seinen dreckigen Händen darin herumgewühlt hat.«

»Wieso dreckig?« fragte Teiggesicht.

»Alle Kinder haben dreckige Hände«, sagte Annett in schönstem Sächsisch und schob sich einen Löffel Tiramisu in den Mund.

»Da, wo Sie herkommen vielleicht«, sagte das Teiggesicht verächtlich.

»Da, wo ich herkomme, gibt es Löffel und Dessertteller, auch für Kinder«, erwiderte Annett ungerührt.

In dem Augenblick schrillte zum Glück die Türglocke. Teiggesicht ließ ihr Balg vom Schoß hinabgleiten und rief: »Schnell, Flo, eine Gesichtskontrolle.«

Wir nutzten die Unterbrechung zum unauffälligen Aufbruch.

»Wir wollen noch irgendwo in der Nähe einen ruhigen Kaffee trinken gehen«, flüsterte Romana mir ins Ohr.

Hervorragende Idee. Im Flur stießen wir auf Iris. Nach kurzer Absprache wickelte sie sich in einen Mantel und schlich sich mit uns aus der Wohnung. Sie hatte auch die Schnauze voll von ihren Gästen.

»Gehen wir ins *Swing*, da sind selten Kinder«, schlug sie vor, als wir auf der Straße standen.

Im *Swing* war es ziemlich kühl und stank nach kaltem Rauch. Trotzdem empfand ich die Atmosphäre als ausgesprochen befreiend. Mit einem erleichterten Ausatmen ließ Iris sich auf die abgewetzte Polsterbank sinken. Romana stellte sich am Tresen für Milchkaffee an.

»Wo war eigentlich das Geburtstagskind?« fragte Birte.

Richtig, Dorian hatten wir gar nicht gesehen.

»Wenn Besuch kommt, verkriecht er sich bei seinem Vater unterm Computertisch.«

Kein Wunder, bei den Besuchern.

»Hätte ich heute auch gern getan«, seufzte Iris. »Ich bin nicht in der Verfassung für Partys. Das mit den Zwillingen macht mir zu schaffen.«

Sie sah kläglich aus. So hatte ich sie noch nie erlebt.

»Als ich erfuhr, daß es Zwillinge sind, habe ich nächtelang geheult, weil ich mir nicht vorstellen konnte, wie ich das schaffen soll«, erzählte Annett. »Aber als sie dann da waren, fand ich sie so süß, daß es mir egal war, ob ich alles schaffte. Komischerweise klappte es dann ganz gut. So wird es dir auch gehen.«

Iris lächelte sie unter Tränen an. »Danke«, flüsterte sie. »Und es tut mir leid wegen Mareike. Mareike ist manchmal etwas extrem. Mich hat sie auch beschimpft, weil in den gekauften Torten Kristallzucker war.«

Mareike war wohl das Teiggesicht.

»Blöde Kuh«, sagte Annett respektlos.

Romana kam mit einem Tablett und verteilte Schalen mit schaumigem Milchkaffee. Dann setzte sie sich und zündete eine Zigarette an.

»Ich hatte noch gar keine Gelegenheit, dir zu sagen, Iris, wie traurig ich es finde, daß ich dich noch länger im Geschäft entbehren muß«, begann sie.

Typisch Romana! Ich bemerkte, wie Birte ihr unterm Tisch kräftig auf den Fuß trat, aber Iris war schon in Tränen ausgebrochen.

»Ich muß mindestens zwei Jahre pausieren«, schluchzte sie. »Danach weiß ich wahrscheinlich nicht mehr, wie ein Buch aussieht. Meine Figur ist hinüber, außerdem haben wir nicht genug Geld für drei Kinder.«

»Ich nehme dich auch nach fünf Jahren noch mit Handkuß, Schatz!« rief Romana, setzte sich neben Iris auf die Bank und legte einen Arm um ihre Schultern.

»Blas mir deinen Rauch nicht ins Gesicht«, heulte Iris und schüttelte den Arm ab.

Betreten drückte Romana die Zigarette aus.

»Ich wollte es mir sowieso abgewöhnen.«

»Gute Gelegenheit«, sagte Annett. »Im Laden raucht außer dir keiner mehr.«

Überrascht sah Romana sie an.

Iris tupfte sich die Augen mit einem Papierserviette ab.

»Joe hat aus gesundheitlichen Gründen aufgehört und ich aus finanziellen. Ich spare hundert Mark im Monat. Außerdem ist es ein Vorbild für die Kinder. Meine kommen ja langsam in das Alter.«

»Ach, deshalb die Trockenblumen in allen Aschenbechern!« rief Romana. »Tolle Idee! Natürlich mache ich mit. Nikotinfreie Zonen sind in. Das könnte uns neue Kundenkreise erschließen.«

Birte, die Nichtraucherin, machte ein skeptisches Gesicht. Nein, nicht jetzt, flehte ich. Aber da kam es: »Was hast du denn für gesundheitliche Gründe, Joe?« fragte sie.

Was sollte ich sagen? Ich schwieg.

Nach einer Minute schwieg das ganze Café. Das Schweigen hallte von den Wänden wieder.

Als erste brach Iris in hysterisches Gekicher aus. Romana stimmte mit ihrem charakteristischen wiehernden Gelächter ein. Annett grinste wissend von einem Mundwinkel zum andern, und Birte konnte sich ein Schmunzeln nicht verkneifen.

»Ich beantrage eine Personalkita. Auf jede Mitarbeiterin kommt ein Kind«, sagte sie trocken.

»Ein-einviertel, wenn Joe auch Zwillinge kriegt«, juchzte Iris.

Ich fuhr von meinem Stuhl hoch.

»Zwillinge sind halb so wild«, beschwichtige Annett.

»Kellner, *Brut d'Argent*« brüllte Romana und wischte sich mit dem Handrücken die Tränen aus den Augen.

Annett brachte den Trinkspruch an:

»Happy birthday to all of you«, mit unverkennbar sächsischem Akzent.

Neunzehnte bis einundzwanzigste Woche

Samos, den 23. April

Liebe Bianca,

Du wunderst Dich bestimmt, daß ich mich so lange nicht gemeldet habe, aber ich war etwas beleidigt, als du am Telefon sagtest »Schwanger? Du? Das war wohl ein Unfall!«

Du hast recht, wenn Du annimmst, daß Dany und ich diese Schwangerschaft weder theoretisch noch praktisch geplant haben, aber gerade deshalb ist der Paddler kein Unfall, sondern ein Glücksfall, klar? Ich nenne ihn »Paddler«, weil er auf den Ultraschallbildern immer so lustig im Fruchtwasser herumpaddelt, ein kleiner, verwegener Kerl mit blonden Locken, wie Dany.

Hier auf Samos ist Frühling. Ein warmer Wind streicht mir um die Nase, während ich auf dem Dorfplatz von Manolates vor Pulverkaffee und einem Teller Gemüsekroketten sitze. An den Hängen blühen Klatschmohn und Margariten. Dany bringt mir jeden Morgen Tee ans Bett, bevor wir zu einem opulenten Frühstück mit gebratenen Eiern, einheimischem Honig und frischem Joghurt ins Dorfkafenion ziehen. Der ganze Schwangerschaftsstreß einschließlich der Morgenübelkeit ist in Berlin geblieben. Inzwischen glaube ich, daß es weniger der kleine Paddler war, der mir zu schaffen machte, als die schwangerschaftsfeindliche Atmosphäre der Großstadt.

Der letzte Hammer passierte mir drei Tage vor Abflug bei meinem Lieblingskarstadt. Ich hatte mir von Romana einen Nachmittag frei geben lassen, um Urlaubsklamotten zu kaufen.

Obwohl ich an Jogginghosen und Leggings gedacht hatte, stand ich dann doch in der Umstandsmodenabteilung, fasziniert von den Scheußlichkeiten in rosa Denim und blaßgrünem Breitcord, in denen man bequem Fünflinge unterbringen kann. Allein die Farben der Umstandsmode sind eine Zumutung, aber dann noch all die applizierten Bärchen und Schaukelpferdchen …

Eigentlich nur, um mir diese komplexen Mechanismen von Gummibändern, Schnallen und Riegeln an den geheimnisvollsten Stellen näher anzusehen, beschloß ich, etwas anzuprobieren. Ich nahm einen Schottenhänger mit Nonnenkragen und eine blaßblaue Steghose vom Ständer und quetschte mich in eine dieser Umkleidekabinen, die im achten Monat auf alle Fälle zu eng sind. Eine tizianrotgefärbte Verkäuferin, die die ganze Zeit einen Schritt hinter mir Kleiderbügel abgestaubt hatte, rückte den Kabinenvorhang zurecht. Die Klamotten sahen fürchterlich aus. In den Seitentaschen der Steghose fand ich zwei mit der Nagelschere von irgendwelchen Kleidungsstücken abgetrennte Sicherheitsetiketten und die dazu gehörigen Preisschilder. Ich konnte die werdende Diebin gut verstehen. Die Sachen sind unverschämt teuer, und ein Baby macht ja nicht gerade reicher. Im Vertrauen auf den Arbeitseifer der Tizianroten schmiß ich die Sachen auf den nächstbesten Kleiderständer und machte mich auf den Weg in die Sportabteilung. Kurz vor der Rolltreppe zupfte mich so ein Tangojüngling am Ärmel. Er sei der Kaufhausdetektiv, und ich solle mal mitkommen. Er führte mich in ein verräuchertes Büro, in dem die Tizianrote saß und qualmte. Neben dem Aschenbecher auf dem Tisch lagen die beiden Sicherheitsetiketten. Der Tangojüngling fragte, ob ich bereit sei, meinen Rucksack auszupacken, ohne daß er die Polizei holte.

»Wenn die Dame ihre Zigarette ausmacht. Ich bin schwanger. Rauch vertrage ich nicht«, sagte ich zickig.

»Erst den Laden ausräumen, und dann auch noch Ansprüche stellen«, empörte sich das Brathuhn und nahm einen tiefen Zug.

Ich verlangte sofort den Filialleiter. Der war ein älterer Herr, seriös, bis auf den schlechtsitzenden Anzug aus eigener Kollektion. Die Tizianrote erklärte ihm die Sache mit den Sicherungsetiketten in der Steghose, die ich anprobiert hatte. Dabei klimperte sie mit den Wimpern, und er lächelte beifällig. Das Betriebsklima mußte toll sein.

»Sind Sie bereit, den Inhalt Ihrer Tasche überprüfen zu lassen?« fragte er mich in strengem Ton.

»Wenn ich mich setzen darf und nicht geraucht wird. Ich bin schwanger.« Die Rote mußte ihre Zigarette wieder in die Pakkung schieben und den einzigen Stuhl im Raum für mich freimachen.

»Hoffentlich liegt überhaupt eine Schwangerschaft vor«, sagte sie spitz. »Ich habe schon alles mögliche erlebt.«

Also schleuderte ich zuerst den Mutterpaß über die Tischplatte, dann räumte ich betont langsam meinen Rucksack aus: Mein U-Bahn-Krimi, eine angebrochene Packung Butterkekse, ein Gefrierbeutel mit geschälten Möhren, eine angebrochene Tüte Gummibärchen, zwei lose Lakritzschnecken, meine Sonnenbrille, ein Pfund Leinsamen aus dem Reformhaus, zwei Packungen unbenutzte Taschentücher, fünf bis sechs benutzte Taschentücher, zwei Tampons, die ich wirklich nicht mit mir herumschleppen müßte, ein Taschenschirm, zwei Lippenstifte, ein Fläschchen Pfefferminzöl und ein Umstands-BH mit Kassenbon aus der Miederwarenabteilung.

»Bitte, packen Sie wieder ein«, sagte der Filialleiter mit leiser Stimme. »Es tut uns sehr leid.«

»Es ist durchaus möglich, daß die Kundin die Ware einer Komplizin gegeben hat«, klammerte die Tizianrote sich an den letzten Strohhalm. »Ich habe schon alles mögliche erlebt.«

»Es tut uns leid«, fauchte er sie an.

Das Betriebsklima hatte sich sichtlich verschlechtert.

»Falls ich heute noch eine Fehlgeburt erleide, wende ich mich an Ihr Haus«, sagte ich und wandte mich, triumphierend den Mutterpaß schwenkend, zur Tür, die der Tangojüngling eilfertig aufriß.

Ansonsten verlief meine Schwangerschaft bisher eher harmonisch. Dany hat eine Weile gebraucht, sich daran zu gewöhnen, aber inzwischen ist der Schwimmring sein Lieblingsmotiv. Mein Kollege Moritz sorgt für frisches Obst im Büro. Meine Chefin hat das Rauchen aufgegeben, und Birte, eigentlich fürs Kinderbuch zuständig, bestellt alle Neuerscheinungen zum Thema Schwangerschaft. Sogar diese Ost-Azubi, mit der ich erst nicht auskam, trägt Kartons für mich durch den Laden. Sie ist richtig zugänglich geworden. Hier unter dem ägäischen Himmel habe ich die Muße, mir Fragen zu stellen wie, ist diese keimende Freundschaft schon so ein »Mütter-unter-sich-Phänomen«, oder kann ich sie wirklich gut leiden? Die einzige Sorge, die ich mir mache, ist, ob ich mich während des Erziehungsurlaubes nicht langweilen werde. Babys schlafen ja ziemlich viel, und ich bin nicht gerade der Haushaltstyp. Ich habe auch keine Lust, dauernd mit engagierten Müttern über Fluorprophylaxe und Kristallzuckermißbrauch zu diskutieren. Ich möchte lieber etwas Vernünftiges machen. Regula meinte, das Erziehungsjahr wäre eine gute Gelegenheit, endlich meine Magisterarbeit zu schreiben. Viel Lust auf Uni habe ich nicht. Andererseits hat Regi recht, das Leben geht auch mit Kind weiter. Vielleicht küßt mich hier auf Samos die Muse, und mir fällt ein Thema für eine Magisterarbeit ein.

Ah, Dany kommt zurück! Ich muß Schluß machen. Im Nachbardorf ist eine Taverna, in der wir zu Mittag essen wollen. Moussaka, Souvlaki, gefüllte Weinblätter und Tzaziki, Tzaziki, Tzaziki. Ich könnte mich reinlegen. Ist gesund für das Baby.

Pfingsten komme ich nach Bremen und erzähle Mama, daß sie Oma wird. Dann werde ich dich besuchen, und wir können die Bäuche vergleichen.

Herzliche Grüße und alles Gute für Dein Baby,

Joe

Zweiundzwanzigste Woche

Als wir aus Samos zurückkamen, waren die Linden in Berlin grün, und die Temperatur hatte sich auf frühlingshafte zwanzig Grad eingependelt. Voll Elan machte ich mich an mein letztes Vierteljahr *Belle et Triste*. Die Kollegen und die Stammkunden bewunderten meine Ägäisbräune und den sich rundenden Bauch.

In der ersten Woche nach dem Urlaub hatte ich einen Termin für eine Ultraschallfeindiagnostik bei Dr. Müllerstraße. Durch diese Untersuchung, laut Dr. Müller »reine Routine, kein Grund, sich Sorgen zu machen, liebe Frau Seidel«, konnten vorhandene Mißbildungen oder Schäden am Foetus festgestellt werden. Für mich war es unvorstellbar, daß mein fötaler, blondgelockter Adonis an einem Schaden leiden sollte, aber Dany, der zum erstenmal die von Lilienduft durchströmten Hallen der Geburtshilfe betrat, war ziemlich nervös. Während Dr. Müllerstraße mit dem Fühler des Ultraschallgerätes auf meiner Bauchdecke herumkurvte, beobachtete Dany gebannt den Monitor. Zwei Oberschenkelknochen, zwei Arme waren erkennbar, gleichfalls ein Brustkorb, ein pochendes Herz, etwas, das eine Lunge sein sollte. Dr. Müllerstraße stellte mit seinem Zaubergerät etliche Maße fest, murmelte immer wieder »sehr schön« und gab seine Begeisterung über unser pränatales Produkt in Form von Abkürzungen und Zahlen an die mürrische Ayse weiter, die mit einem Klemmbrett auf den Knien in zweiter Reihe saß. Dany sog die fachmännisch wohlwollenden Kommentare begierig ein. Mich interessierte nur eines: war mein blonder Paddler ein blonder Paddler, oder sollte mich mein brandneuer Mutterinstinkt täuschen?

»Das sieht mir sehr nach einem Mädchen aus«, sagte Dr. Müllerstraße und kniff ein Auge zusammen. »Wissen Sie, man kann sich da leicht irren, aber ich bin mir ziemlich sicher, daß es ein Mädchen ist. Kaufen Sie mal Rosa. Sonst ist alles in Ordnung.«

Was hieß hier »sonst«?

Er gab meinem Bauch einen freundlichen Klaps – er war ein Spezialist für freundliche Klapse – und reichte mir eine Kleenexschachtel, um das glibberige Gleitmittel wegzuwischen.

In Gegenwart von Dr. Müllerstraße meinte Dany, ob Paddler oder Paddlerin sei doch egal, Hauptsache gesund, oder? Aber zu Hause gestand er mir, daß er sich insgeheim eine Tochter gewünscht hätte, eine Miniaturausgabe meiner selbst, ein kleines Hannele, wie es im Schwäbischen hieß. Vor Rührung brach ich in Tränen aus. Es war toll, vor Glück zu weinen.

Dany rief einen Lieferservice an und bestellte eine Familienpizza mit allem Drum und Dran, da die fleischlosen Zeiten seit Samos vorbei waren, sowie eine Flasche Chianti. Bisher hatte ich streng abstinent gelebt, aber nachdem Dr. Müllerstraße gesehen hatte, daß an dem Paddler bzw. der Paddlerin alles dran war, mußte ich mir ein Glas genehmigen. »Ab und zu« und »ausnahmsweise«, meinten die Schwangerschaftsratgeber, der von Karstadt sowie das halbe Dutzend von Birte, dürfe man. Als die Party ihren Höhepunkt erreicht hatte, kam Dany die Idee, unsere Eltern anzurufen.

Zuerst meine. Meine Mutter war eine halbe Minute Ferngespräch lang sprachlos. Immerhin wurde ich im August einunddreißig. Meine Schwester Marianne war sechsunddreißig, alleinstehend und züchtete seit zwölf Jahren Schafe. Auf Enkelkinder hatte Mama nicht mehr zu hoffen gewagt. Aber sie hatte ihre Gefühle wie immer gut im Griff und fragte nur: »Ist alles in Ordnung bei dir?«

Dann holte sie Papa ans Telefon.

Papa, ein typisch männlicher Telefonierer, sagte: »Das ist schön. Ich spendiere den Kinderwagen«, und legte auf.

Dany war ein Einzelkind. Seine Mutter brach sofort in Tränen aus. Sie redete zehn Minuten lang, aber wegen der Heulerei verstand Dany nicht viel.

Drei Tage später rief sie uns zurück. Sie wollte wissen, ob es mir immer noch gut ginge, und erzählte, daß meine Eltern sie und Danys Vater über Pfingsten nach Bremen eingeladen hätten, damit wir mal alle zusammen wären, denn es gäbe ja so viel zu besprechen.

»Das hat gerade noch gefehlt,« stöhnte Dany.

Ich zuckte mit den Schultern. Erstens befand ich mich in einer psychischen Verfassung, die nichts erschüttern konnte, zweitens mochte ich Danys Eltern, abgesehen von ihrem schwäbischen Dialekt. Zum Glück redete sein Vater weniger als seine Mutter. Dafür kochte seine Mutter phantastisch, nicht gesundheitsbewußt und fettarm wie meine, sondern richtig lecker, hausgemachte Spätzle mit feister brauner Soße und Schweinebraten mit einer dicken Fettkruste. Dany und ich hatten in den vergangen Jahren oft einen Kurzurlaub bei ihnen eingelegt. Meine Eltern hatten wir dagegen nur einmal gemeinsam besucht, anläßlich des sechzigsten Geburtstags meines Vaters. Sie hatten ein Geschäft für Lampen und Elektroartikel in einem Bremer Vorort, wo mein Vater seine ganzen und meine Mutter halbe Tage verbrachte, um die Buchhaltung zu machen und im Verkauf zu helfen. In der verbleibenden Zeit wienerte Mama ihr Reihenhaus an der Weser, bis es blitzte wie ein Spiegelkabinett. Wenn ich sie besuchte, mußte ich ihr mit dem Eimerchen in der Hand durchs Haus folgen, wenn ich mich mit ihr unterhalten wollte. Sie war nicht die Frau, die sich zu gemütlichen stundenlangen Pläuschen mit ihrer Tochter bei Kaffee und Streuselkuchen niederließ, und ihre bevorzugten Themen waren auch ziemlich ungemütlich. Sie klagte, wie hart und arbeitsreich ihr Leben und wie undankbar wir Kinder waren, besonders Marianne. Meine ältere Schwester Marianne war der wunde Punkt in unserer Familie. Als sie mit achtzehn ausgezogen war, hatte es einen Riesenkrach gegeben. Als sie mit vierundzwanzig zugunsten der Schafzucht ihr Jurastudium abgebrochen hatte, hatte Mama sich von ihrer Mutterschaft losgesagt und Marianne sie beim Wort genommen. In den folgenden zwölf Jahren war Marianne zu keinem Weihnachts-, Oster- oder Familienfest erschienen. Es wurde auf diesen Festen, insbesondere vor Verwandten und Bekannten, nie von Marianne gesprochen, und ich mußte die komplette Last der mütterlichen Zuwendung allein tragen. Zu Marianne hatte ich kaum Kontakt. Sie war immer die schwierige und besserwisserische große Schwester für mich gewesen. Ihre späteren Lebensentscheidungen hatte ich genauso schlecht nachvollziehen können wie Mama. Ich war ein Stadtmensch. Nächtliche Kneipenzüge und ein anregendes kulturelles Umfeld fand ich erstrebenswerter, als mit den Hühnern aufzustehen und Ställe auszumisten. Ein- bis zweimal im Jahr fuhr Marianne zu Freunden nach Berlin. Dann kam sie auf einen Tee vorbei, polterte in Holzpantinen durch unsere Wohnung, rümpfte die Nase über mein fruchtloses Dahinstudieren und meine wechselnden Frisuren (sie trug das Haar kurzgeschoren wie ihre Schafe), und ich fand sie schnell genauso nervig wie zu Kinderzeiten. Dany dagegen verstand sich gut mit ihr. Ihre besserwisserische Art fiel ihm gar nicht auf. Dazu kam, daß Marianne fotografierte, sich sogar eine Dunkelkammer in ihrer Kate eingerichtet hatte und wie Dany Teefanatikerin war. Beim letzten Besuch hatte sie ein Pfund Spezialitäten aus dem Bremer Teekontor mitgebracht. Mit Marianne brauchten wir Pfingsten sicher nicht zu rechnen.

Einerseits fand ich es praktisch, daß Mama Danys Eltern eingeladen hatte, weil es uns eine Bauchvorführrunde im Schwabenland ersparte. Andererseits fragte ich mich, was es groß zu besprechen gab.

»Mutter ist katholisch«, sagte Dany. »Mach dich auf einiges gefaßt.«

Fünfundzwanzigste Woche

Wir kamen am Pfingstsamstag in Bremen an. Danys Eltern und mein Vater holten uns vom Bahnhof ab. Meine Mutter war zu Hause und bereitete Scholle Finkenwerder Art vor, mit Margarine anstelle von Butter. Bereits auf dem Bahnhof umarmte Danys Mutter mich mehrmals und betastete ausgiebig meinen Bauch. Zum Essen gab es Badischen Wein, den Danys Eltern mitgebracht hatten.

Mama sagte: »Ich glaube, du hast schon Wasser in den Beinen.«

Am Nachmittag gingen wir alle an der Weser spazieren.

Zum Abendessen gab es Labskaus, den ich schon als Kind gehaßt hatte. Mama bestand darauf, daß ich davon aß, da ich wahrscheinlich an Eisenmangel litt. Nach zwei Bissen spürte ich das vertraute Gefühl der Morgenübelkeit und legte die Gabel neben den Teller. Die Stirn meiner Mutter umwölkte sich. Um sie ein bißchen zu provozieren, fragte ich: »Was von Marianne gehört?«

Danys Mutter wurde hellhörig.

Mama erzählte, daß Marianne, ihre Älteste, einen Hof an der Küste betreibe. Sie sagte, wieviel Hektar Land und wieviel Schafe und daß es sehr idyllisch sei. Verlogenes Stück!

»Ich wußte gar nicht, daß du eine Schwester hast, Johanna!« rief Danys Mutter. »Kommt sie auch über die Feiertage?«

Mama sagte, daß sie die Schafe leider nicht alleinlassen könne.

»Dann fahren wir einfach raus«, schlug Danys Vater vor. »Wir wollten sowieso die Gegend erkunden, nicht wahr, Resi?«

Danys Mutter nickte.

Mama sagte, für morgen wären doch die Stadtbesichtigung und der Spaziergang im Rhododendrongarten geplant.

»Die Rhododendronblüte ist in diesem Jahr einmalig schön«, schwärmte sie mit leuchtenden Augen.

Danys Eltern nickten gehorsam.

»Und übermorgen sehen wir Männer uns das Schiffahrtsmuseum in Bremerhaven an«, erinnerte Papa.

Als guter Hanseate verbrachte mein Vater mindestens einen Feiertag an Weihnachten, Ostern und Pfingsten im Schiffahrtsmuseum von Bremerhafen.

Danys Vater schlug sich an die Stirn. »Genau, das U-Boot müssen wir unbedingt sehen, wenn wir schon mal hier sind, nicht Resi?«

Resi nickte.

»Sie werden bestimmt öfters herkommen in den nächsten Jahren«, sagte Mama mit schelmischem Lächeln.

Während Dany und ich das Geschirr in die Spülmaschine räumten, stellte Papa, fröhlich vor sich hinpfeifend, zwei Flaschen Sekt in den Kühlschrank.

»Laß uns bloß verduften«, flüsterte ich Dany zu.

Zu ihrer Enttäuschung teilten wir den vor dem Fernsehgerät versammelten Eltern mit, daß wir etwas frische Luft schnappen gingen.

»Aber nicht zu lange!« rief Mama.

Da mein Magen knurrte, gingen wir zuerst in eine Pizzeria, die ich schon zu Schüler- und Lehrlingszeiten besucht hatte. In Sachen Kneipen war man in Bremen traditionsbewußter als in Berlin. Bei *Mama Rosa* war es so schmuddelig und verraucht wie eh und je, die Familienpizza so gut wie vor zehn Jahren. Dany, dem der Labskaus im Magen lag, trank Grappa. Danach hatte er Lust, auch meine anderen Jugendkneipen kennenzulernen. Da die Paddlerin gut in Form war, kamen wir erst gegen zwei nach Hause. Die Alten schliefen schon. Danys Eltern hatten mein Zimmer bekommen. Also quetschten Dany und ich uns auf die schmale Schlafcouch in Mariannes ehemaligem Zimmer, das inzwischen als Wäschekammer diente, und beschlossen, den Stadtrundgang am Sonntag vormittag ausfallen zu lassen.

Als ich kurz nach elf aufstand, bereitete Mama in der Küche Forelle blau vor. Papa machte mit seinen Gästen den Stadtrundgang.

»Schon wieder Fisch?« fragte ich.

Sie ignorierte mich.

Ich nahm mir einen Joghurt aus dem Kühlschrank und goß etwas kalten Kaffee aus einer herumstehenden Kanne in eine Tasse.

»Kaffee ist nicht gut für dich«, sagte Mama mit Nachdruck. »Alkohol auch nicht.«

»Keine Sorge, Dany hat für mich mitgetrunken.«

Sie legte die Fische auf einen Teller. »Das solltest du ihm abgewöhnen. Er hat jetzt eine Familie zu ernähren.«

»Nicht am Samstag abend.«

Ich konnte es mir leisten, meinen Standpunkt zu vertreten. Sie würde ihr erstes Enkelkind nicht verstoßen.

Sie wusch sich die Hände unter dem Kaltwasserhahn und rubbelte sie energisch an einem bretthaften Handtuch trocken. Alle Handtücher in diesem Haushalt waren bretthart. »Komm, ich zeig dir, was ich schon eingekauft habe!«

Mama war eine begeisterte Einkäuferin. Sie hatte Marianne und mir nie Geld gegeben, sondern immer für uns eingekauft: Klamotten, Haushaltgegenstände, Möbel, Sachen, die uns nicht gefielen oder die wir nicht brauchten. Ich hatte mich damit arrangiert. Marianne hatte ihr eine Szene nach der anderen gemacht, bevor sie zu den Schafen geflüchtet war. Danach bekam ich natürlich noch mehr.

Im Elternschlafzimmer lag ein offener Schrankkoffer mit Babykleidung. Ich wollte in der Tür umkehren. Noch hatte ich keine einzige Anschaffung für die Paddlerin getätigt. Ich fand es makaber, für einen Menschen, der noch nicht auf der Welt war, Kleider einzukaufen. Außerdem hätte ich mir dazu ein Bild von der Paddlerin machen müssen. Da sie so unbeschreiblich schön war, war dies schier unmöglich. Für Gefühlsduseleien hatte Mama wenig Sinn. Energisch zog sie mich vor den Koffer. Auf dem Firmencomputer hatte sie ein Verzeichnis der erstandenen Sachen angefertigt:

3 kurzärmelige Flügelhemdchen Gr. 56
7 kurzärmelige Flügelhemdchen Gr. 62

7 langärmelige Flügelhemdchen Gr. 62
7 langärmelige Flügelhemdchen Gr. 68
3 Frotteehöschen Gr. 56
7 Frotteehöschen Gr. 62
1 Strampler Gr. 56
4 Strampler Gr. 62
4 Strampler Gr. 68
1 Ausfahrgarnitur Wolle, mintgrün, Gr. 62
1 Ausfahrgarnitur Baumwolle, flieder, Gr. 62
1 Ausfahrgarnitur Wolle, blaßlavendel, Gr. 68
1 Ausfahrgarnitur Wolle, apricot, Gr. 68
3 Jäckchen zum Binden Gr. 56
7 Jäckchen zum Binden Gr. 62
7 Jäckchen zum Schlüpfen Gr. 68
3 Erstlingsmützen Baumwolle frottiert, mintgrün, flieder und blaßlavendel
1 Wollmütze, weiß
4 Paar Söckchen …

»Die komplette Ausstattung für das erste halbe Jahr«, sagte sie strahlend.

Ein halbes Jahr lang Mintgrün, Flieder und Apricot! Allmählich konnte ich mir doch ein Bild von der Paddlerin machen. Ob man das Zeug färben konnte?

»Ist das nicht süß?« Mama hatte einen apricotfarbenen Strampler mit applizierten weißen Satinhäschen ausgebreitet. In ihren Augen schimmerten Tränen. »Es ist ewig her, daß du so klein warst.«

Sie schloß mich in die Arme. Ein leichter Fischgeruch stieg mir in die Nase. Die Paddlerin rollte sich in meinem Bauch zu einem Klumpen zusammen. Sie mochte keinen Fisch. Ich machte mich los und griff nach einem Paar Babyschuhe, die oben auf dem Koffer lagen. Sie waren alt, zerknautscht, das rosa Leder stellenweise abgeschabt.

»Die sind noch von dir. Ich konnte mich nie davon trennen.«

Sie waren nicht nur von mir. Marianne hatte sie zuerst getragen. Marianne, die jetzt Schuhgröße einundvierzig hatte und deshalb bevorzugterweise in Holzpantoffeln herumlief. Und die, egal wie klein und süß sie mal gewesen war, in diesem Haus nicht mehr erwähnt wurde. Ich merkte, daß sich in meiner Brust auch ein Kloß bildete.

»Die Schuhe nehme ich gleich mit.«

»Den ganzen Koffer nehmt ihr gleich mit«, sagte Mama energisch. »Wozu hast du einen starken Mann?«

Der starke Mann saß mit strähnigem Haar und blutunterlaufenen Augen an der Festtafel. Seine Mutter musterte ihn mit weidwunden Blicken. Er drehte den Kopf zur Seite. Das Essen rührte er nicht an. Ich aß nur Kartoffeln mit Dill. Zu der Forelle gab es wahlweise zerlassene Butter oder zerlassene Margarine. Mama und Danys Mutter nahmen die Margarine. Die Väter sprachen über das bescheuerte U-Boot im Schiffahrtsmuseum. Mir fiel auf, daß unsere Eltern sich duzten.

Nachdem Dany und ich die Geschirrspülmaschine eingeräumt hatten, trotteten wir hinter den Alten her durch den Rhododendronpark. Irgendwann nahm Danys Mutter ihren Sohn beim Arm und zog ihn von mir weg. Mama nahm meinen Arm.

»Natürlich komme ich sofort nach der Entbindung«, sagte sie. »Und bleibe mindestens vier Wochen. Danach schaffst du es vielleicht allein.«

Ich hörte wohl nicht recht. Mama hatte es immer abgelehnt, mich in Berlin zu besuchen, weil ihr unsere Wohnung zu primitiv war.

»Das ist nicht nötig«, sagte ich. »Dany nimmt Urlaub, wenn das Kind kommt. Außerdem wird es zu eng bei uns. Wir wissen ja nicht mal, wo wir das Kinderbett hinstellen sollen.«

»Natürlich müßt ihr umziehen«, sagte Mama, als sei das in Berlin die einfachste Sache der Welt. »Wir werden euch eine Eigentumswohnung kaufen.«

Überrascht blieb ich stehen. Seit Jahren taten sie so, als gingen sie finanziell auf dem Zahnfleisch mit ihrem Lampenladen. Während des ganzen Studiums hatte ich keine müde Mark gesehen, und jetzt eine Eigentumswohnung. Wahnsinn! Ich wollte eine am Winterfeldplatz, mit kobaltblauen Türen und Fahrstuhl.

»Könnt Ihr euch das denn leisten?« fragte ich vorsichtig.

»Wir machen halbe-halbe mit Resi und Hugo. Ihr werdet eine geringe Miete bezahlen, mit der wir den Kredit abstottern. Später geht die Wohnung in euer Erbteil über.«

Tolle Idee! Ich umarmte Mama. Das war wirklich Rettung in höchster Not. Wie sollten wir ohne Bad und Heizung mit einem Baby im Pankegrund überleben? Wie sollte ich mehrmals täglich den guten Kinderwagen, den Papa spendieren wollte, in den vierten Stock kriegen? Ließ ich ihn unten stehen, wurde er als Mülleimer benutzt oder geklaut. Außerdem wollte ich nicht, daß die Paddlerin in Wedding aufwuchs. Schöneberg wäre genau das Richtige. Ich würde mich mit Iris zusammentun. Wir könnten abwechselnd die Kinder bei den »Vollen Hosen« abholen und Teiggesicht Mareike Manieren beibringen. Ich freute mich schon darauf.

»Vergiß es«, zischte Dany mir vor dem Abendessen zu.

Zum Abendessen gab es wahlweise geräucherten Aal oder Rindfleischsalat. Außer Mama aßen alle den Rindfleischsalat, obwohl er staubtrocken war. Die Paddlerin rollte sich zu einem festen Klumpen zusammen und ging auf Diät.

Nachdem Dany und ich wieder den Spülmaschinendienst versehen hatten, bat mein Vater uns ins Wohnzimmer. Er hatte eine der Sektflaschen von gestern im Arm. Auf dem Tisch standen Salzbrezeln und Erdnußflips. Papa schenkte den Sekt in die guten Kristallgläser, und Mama schaltete mit einer energischen Bewegung das Fernsehgerät aus.

»Heute für mich keinen Alkohol«, sagte Dany.

»Aber anstoßen wirst du doch«, rief seine Mutter und hob ihren Sektkelch. »Auf das junge Paar!«

Gehorsam nahm Dany einen Schluck. Er war seiner Mutter gegenüber erstaunlich nachgiebig. Wie hatte sie das hingekriegt?

»Wann ist es denn so weit?« fragte sie gerade mit glänzenden Augen.

»Achtzehnter September«, antwortete ich erstaunt, denn mittlerweise hätte das Geburtsdatum meiner Tochter allen Anwesenden so präsent sein müssen wie ihr eigenes.

»Doch nicht die Geburt! Die Hochzeit!« rief sie.

Ich sah Dany an. Dany schenkte mir seinen »Vergiß-es-Blick« und nahm einen Schluck Sekt.

»Über Heiraten haben wir noch gar nicht geredet. Wir haben zur Zeit so viel andere Sachen im Kopf«, rief ich fröhlich.

»Aber das tut man doch normalerweise, bevor man ein Kind kriegt«, polterte Papa los. »Eigentlich tut man es ja, bevor man das Kind macht.«

Danys Mutter zuckte ob der direkten norddeutschen Art meines Vaters zusammen, und Mama sagte: »Aber Hans, diese Zeiten sind wirklich vorbei.«

»Irgendwann werdet ihr sowieso heiraten, das Kind muß doch einen Namen tragen«, jammerte Danys Mutter. »Also könnt ihr es auch vor der Geburt tun.«

»Und zwar flink, wenn du noch in ein Brautkleid passen willst«, fügte Papa hinzu.

»Hans, du bist wirklich erzkonservativ«, seufzte Mama. »Als ob sie in ihrem Alter noch in Weiß heiraten könnte.«

»Ja, in was denn sonst?« fragte Danys Mutter erstaunt.

Betretenes Schweigen hing im Raum, bis der werdende Vater sich räusperte, das Sektglas in die Hand nahm und seinen Trinkspruch anbrachte: »Wir werden vor der Entbindung keine Hochzeit vom Zaun brechen. Wenn es sich später so ergeben sollte, okay. Wenn nicht, auch okay. Oder, Joe?«

»Ja«, sagte ich mit gefaßter Stimme, als stünde ich bereits vor dem Traualtar.

Dany und ich stießen an.

Mama brach in hysterisches Gekicher aus. »So sind deine Töchter«, sagte sie zu Papa und wischte sich mit dem Handrükken nicht vorhandene Lachtränen aus den Augen.

Papa schüttelte stumm den Kopf.

»In diesem Fall gebe ich meine Zustimmung für den Erwerb der Eigentumswohnung nicht«, sagte Danys Mutter mit hoher, entschiedener Stimme. Sie preßte ihre Lippen ähnlich aufeinander wie Dany, wenn er wütend war. »Ich wünsche geklärte rechtliche Verhältnisse und den Segen Gottes für eure Verbindung und mein Enkelkind.«

Ich sah meine Winterfeldplatzwohnung die Panke runtergehen. Danys Vater seufzte hörbar. Papa blickte sehr erstaunt, und Mama sagte: »Aber Resi!«

Resi schüttelte den Kopf.

»Für'n Arsch, Mutter«, sagte Dany und erhob sich. »Komm, wir gehen irgendwo in Ruhe einen trinken, Joe.«

Pfingsten war gelaufen. Danys Eltern gingen am Montagmorgen demonstrativ in den katholischen Gottesdienst. Papa schnitt die Rosen im Vorgarten, und Dany blieb im Bett. Ich saß in der Küche und löffelte einen Joghurt, während Mama Frikadellen und Wirsinggemüse für die Mittagsmahlzeit vorbereitete.

»Das ist ja eine schöne Familie, in die du da reinheiratest«, sagte sie bitter, während sie mit beiden Händen die Hackfleischmasse durchwalkte. Ich ärgerte mich, daß ich von den Frikadellen nichts abbekam, da ich bei Bianca zum Mittagessen eingeladen war. Frikadellen waren so ziemlich das einzige, was Mama gut konnte. Sie nahm zwar unverhältnismäßig viel eingeweichte Brötchen, aber gerade das mochte ich.

»Ich heirate nicht rein, das ist ja das Problem«, antwortete ich und stand auf, um mir Honig für den sauren Magermilchjoghurt zu holen.

»Ich finde, Resi spinnt«, sagte Mama und streifte sich das Hackfleisch von den Fingern. »Andererseits brauchtet ihr nicht so stur zu sein.«

»Ich bin nicht stur, Dany ist es.«

»Kannst du ihn nicht rumkriegen?«

Der Honig war steinhart. Ich mußte ihn mit einem Messer aus dem Glas schaben.

»Ich will ihn nicht rumkriegen. Mir ist es egal, ob ich heirate oder nicht.«

»Allein können Papa und ich die Wohnung nicht finanzieren. Nicht in Berlin.«

Ich winkte ab. Das Thema war gegessen. Dany hatte seinen Standpunkt dazu, und nachdem ich Spätzle-Resi besser kennengelernt hatte, mußte ich ihm zustimmen.

Ich machte mich auf den Weg zu Bianca.

Um zu Bianca zu kommen, mußte ich vom Haus meiner Eltern aus nur zwei Straßenbahnstationen geradeaus fahren. Bianca und Kai hatten kurz vor Annes Geburt ein Reihenhaus gekauft, das dem meiner Eltern zum Verwechseln ähnlich sah. Im Vorgarten blühten Flieder und Rhododendron in Schattierungen von blaßlila bis leuchtend pink. Auf dem Plattenweg zur Haustür parkte ein Dreirad.

Bianca wartete schon. Den Wettbewerb um den dickeren Bauch hatte sie gewonnen. Sie war mindestens so umfangreich wie Iris, obwohl sie keine Zwillinge erwartete. Anne, die Erstgeborene, hielt sich an Biancas Hosenbein fest. Die beiden waren in feiertäglichem Partnerlook herausgeputzt. Bianca trug mintgrüne Umstandshosen und ein zartgelbes Sweatshirt mit aufgedruckten pastellfarbenen Schmetterlingen. Anne hatte mintgrüne Jeans an und das gleiche Sweatshirt wie ihre Mutter. Ich war gespannt, was Kai trug, aber Kai war nicht da.

»Der ist mit einem Kumpel segeln. Da haben wir wenigstens unsere Ruhe«, sagte Bianca, während sie, Anne am Bein, vor mir her in die Küche watschelte. Die Küche hatte eine verglaste Veranda mit Ausgang zum Garten. In der Veranda gediehen Küchenkräuter in Tontöpfen. Draußen trocknete Wäsche über dem Sandkasten auf saftiggrünem Rasen. Bunte Förmchen lagen frühlingsblumengleich darauf verstreut. Drinnen wurde das familiäre Idyll durch eine brandneue Einbauküche in Eiche Furnier und blitzendem Edelstahl ergänzt. Bianca streute selbstgezogene Kräuter in die Salatsauce, während auf dem Herd etwas Wohlriechendes vor sich hin köchelte. Bianca hatte Anne auf meinen Schoß gesetzt, wo sie artig ein Bilderbuch ansah, wie es sich für eine Buchhändlerinnentochter gehörte. Mir fiel ein, daß auch Iris an ihrem ersten Schwangerschaftstag begonnen hatte, Bilderbücher zu sammeln. Es wurde Zeit, daß ich auch etwas in der Richtung unternahm.

»Ich hoffe, du magst Gulasch«, sagte Bianca. »Kais Mutter hat sich gestern ihr Gebiß daran rausgezogen, aber inzwischen hat es noch etwas gekocht.«

Die Paddlerin und ich mochten alles, was nicht nach Fisch roch.

Während Anne mit hinterhältigem Gesichtsausdruck Papierschnipsel aus dem Bilderbuch rupfte, erzählte ich Bianca von der Wohnung am Winterfeldplatz, die uns gerade durch die Lappen gegangen war.

»Wenn mir jemand so ein Angebot gemacht hätte, hätte ich sogar buddhistisch geheiratet und in lila«, sagte sie kopfschüttelnd. »Aber Kais Eltern sitzen auf ihrem Geld. Was glaubst du, wann wir die Hütte hier abbezahlt haben? In zwanzig Jahren, wenn alles gutgeht.«

Sie goß die Kräutersauce über den Salat.

»Keinen einzigen Urlaub haben wir uns geleistet, seitdem wir das Haus haben. Mal eine Woche in dem Ferienhaus von Kais Eltern an der Küste, nicht zweimal im Jahr Griechenland oder Italien, wie ihr das macht. Na, die Zeiten sind für euch jetzt auch vorbei. Wir können essen.«

Ich nahm Anne das malträtierte Bilderbuch weg und hob sie auf ihren Kinderstuhl. Anne konnte angeblich schon richtig schön alleine essen.

»Jetzt kriege ich Vorwürfe gemacht, daß ich mich so schnell habe wieder schwängern lassen und kein Geld verdiene. ›Also, das hätte ja noch ein paar Jährchen Zeit gehabt, bis ihr aus dem Gröbsten raus seid‹«, fuhr Bianca in boshaft näselnden Tonfall, zweifellos eine Imitation von Kais Mutter, fort.

Sie legte jedem von uns zwei Semmelknödel auf den Teller, die Fertigen, die man in der Folie kocht, nicht Resis Niveau. Dann griff sie zum Gulaschtopf. Als der erste Löffel dicke, braune Sauce auf Annes Knödel troff, brach ein markerschütterndes Geheul los.

»He, was soll das? Gestern hast du die Klöße auch mit Sauce gegessen«, rief Bianca.

Das Kind warf den Kopf in den Nacken und schrie weiter.

»Hast du noch keinen Hunger?«

Das Kind schrie in den höchsten Tönen.

Bianca vertauschte Annes Teller mit ihrem, auf dem die Knödel noch nackt und unberührt schimmerten.

»Willst du sie ohne Sauce?«

Das Kind hörte nicht auf zu schreien.

»Entschuldige, Anne, daß ich da einfach Sauce draufgemacht habe, aber die sind jetzt doch ohne.«

»Will nicht Mamas«, schrie Anne.

Bianca stand auf und ging mit dem Teller zum Herd. Unter Annes wachsamen Blick warf sie die beiden Knödel in den Topf zurück, ließ sie einige Sekunden in dem Wasser schwimmen und nahm sie dann wieder heraus.

»Hier hast du neue Knödel!«

Das Kind, das den Trick durchschaut hatte, schmiß seine Gabel auf den Fliesenboden, wobei es weiterkreischte.

»Kannst du mir vielleicht sagen, was ich jetzt tun soll?« fragte Bianca mich in anklagendem Ton.

»Kleb ihr eine«, schlug ich vor.

»Na, das probier mal!«

Ich probierte es.

Mutter und Tochter starrten mich mit aufgerissenen Augen und Mündern an. Anne griff nach der Gabel, die Bianca aufgehoben hatte, und teilte mit energischen Bewegungen die beiden Klöße in kleine Stücke, die sie stetig und treffsicher mit der rechten Hand zu ihrem Mund führte, während sie sich mit der linken die malträtierte Backe hielt.

»Du bist ja wahnsinnig«, hauchte Bianca. »Wenn das Kai gesehen hätte!«

»Der ist ja segeln«, sagte ich fröhlich und hob ihr meinen Teller entgegen. »Gulasch bitte, bevor alles kalt ist.«

Zum Abendessen gab es roten und weißen Heringssalat. Ich aß zwei Frikadellen, die Mama mir vom Mittagessen aufgehoben hatte. Da es die letzte gemeinsame Pfingstmahlzeit war, gaben sich alle Mühe, nett zu sein. Resi hatte ihren Sohn inzwischen beiseite genommen und ihm gesagt, daß sie uns auch zu der Wohnung verhelfen würde, wenn wir weiter in wilder Ehe lebten, als Kompromiß wünsche sie jedoch sein Versprechen, daß das Kind eine katholische Taufe erhielte. Dany hatte ihr erklärt, daß er ihr diesbezüglich nichts versprechen könne, da es auch mein Kind sei, und ich sei schon vor Jahren aus der Kirche ausgetreten. Dies hatte eine neue Tränenflut bei Resi bewirkt. Als

Dany dann fortfuhr, daß er die Idee mit der Eigentumswohnung unabhängig von jeder Konfession sowieso ablehne, hatte sich ihr Mund zu dem vertrauten harten Strich verzogen.

Das Flensburger Pils, das Papa zu dem Heringssalat ausschenkte, hatte die Mundwinkel zwar etwas gelockert, aber Stimmung kam trotzdem nicht auf, bis das Telefon klingelte. Mama ging, um abzunehmen.

»Es ist Kai Breddersen, für dich«, sagte sie.

»Was fällt dir ein, mein Kind zu schlagen«, brüllte Biancas Göttergatte in mein Ohr.

Ich hielt den Hörer einen halben Meter von meinem Kopf weg.

»Was erlaubst du dir eigentlich, dich in unsere Erziehungsmethoden einzumischen«, schrie er weiter. »Ist dir klar, was du da angerichtet hast? Weißt du, wie sensibel Kinder sind?«

Ich mußte lachen. Ausgerechnet Kai! Der wußte nicht mal, wie sensibel seine Frau war. Aber warum nur hatte Bianca ihm den Vorfall erzählt?

Mein Gelächter provozierte ihn.

»Ich werde dich anzeigen, du blöde Kuh«, schrie er.

Ich legte auf und ging mich vor Lachen ausschüttend zum Abendbrottisch zurück, wo ich vor versammelter Mannschaft die Gulaschepisode zum Besten gab.

»Das hätte ich auch so gemacht«, sagten die beiden Mütter einstimmig.

»Tischsitten müssen sein«, polterte Papa.

Man war froh, sich endlich wieder einig zu sein.

Nur Dany sah mich komisch von der Seite an.

Das Telefon klingelte wieder.

»Das ist bestimmt noch mal Kai«, rief ich, als Mama sich erhob. »Sag ihm, daß er eine Klatsche hat!«

Mama hielt den Hörer eine ganze Weile am Ohr. Dann sagte sie: »Du hast doch eine Klatsche, Junge«, und legte auf.

Es wurde noch ein ganz lustiger Abend.

Sechsundzwanzigste bis achtundzwanzigste Woche

Unmittelbar nach Pfingsten setzte eine Schlechtwetterperiode ein, die fast den ganzen Juni anhalten sollte. Laue, verregnete Tage, die zur gemütlichen Lektüre der Frühjahrsneuerscheinungen inspirierten, aber nicht zu außerhäuslichen Aktivitäten wie Wohnungssuche. Leider wurde unsere Wohnsituation immer unerträglicher. Die Radüchels hatten sich einen Videorekorder angeschafft. Wenn ich mich an meinem freien Tag auf dem Futon entspannen wollte, knallten mir die Stimmen von Käpt'n Blaubär, Benjamin Blümchen und dem gesamten Disney Club um die Ohren. Sobald sich ein Sonnenstrahl zeigte, packten die Gören ihre Rollerskates und City-Bikes und lärmten im Hof, so daß ich alle Fenster schließen mußte. Die alten Radüchels nutzten die kinderfreie Wohnung, um sich lautstark zu streiten. Früher hatte ich die kontinuierliche Eheschlacht meiner »Untermieter« als in der Miete inbegriffenes Unterhaltungsprogramm betrachtet. Seit einiger Zeit löste sie unkontrollierbare Heulkrämpfe aus. Ich stellte fest, daß ich immer sensibler und harmoniebedürftiger wurde. Eine schallisolierte, kobaltblaue Wohnung im sonnigen Schöneberg wäre Balsam für meine werdende Mutterseele. Außerdem benötigte ich einen Fahrstuhl. Der Paddlerin machten die vier Treppen zu schaffen. Wenn ich mich nach der Arbeit bis vor unsere Wohnungstür im vierten Stock geschleppt hatte, hatte sie ihre Gliedmaßen zu einem bleischweren Klumpen verknotet. Laut der von Birte ausgewählten Schwangerschaftsliteratur sollte der Bauch Anfang des siebten Monats noch nicht so oft hart werden. Und vor einigen Tagen hatte auch noch der Duschboiler seinen Geist aufgegeben. Wenn ich heiß duschen wollte, mußte ich ins zehn Minuten entfernt liegende Sommerbad gehen. Da Romana mir leicht gleitende Arbeitszeiten eingeräumt hatte, stand ich jeden zweiten Morgen um sieben Uhr dreißig vor der Schwimmbadpforte, trotz grauem

Himmel und leichtem Niesel. Das Herumplantschen zwischen den rüstigen Rentnern genoß die Paddlerin sehr, und es vertrieb das Wasser aus meinen Beinen. Aber der anschließende Kampf im Duschraum um die wärmste Brause war entwürdigend. Neidisch dachte ich an Iris, die sich wahrscheinlich gerade mit den Zwillingen im Whirlpool entspannte. Nicht mal während der Schwangerschaft konnte ich meine Kleine vor den Härten des Lebens schützen. Das Wasser schoß mir schon wieder in die Augen.

»Geh'n Sie mal unter meine Brause«, sagte eine freundliche Oma mit Plastikbadekappe, »damit das Baby sich nicht erkältet.«

Vor dem Schwimmbad wartete Dany in der Ente. Er hatte noch Schlaf in den Augen und eine Tüte mit frischen Croissants auf dem Beifahrersitz. Ich beruhigte die Paddlerin mit den Croissants, während er mich zu *Belle et Triste* fuhr. Dany war und blieb ein Rohling. Als einziges Argument für eine neue Wohnung ließ er das Platzproblem gelten. Er brachte es nicht übers Herz, seine platzraubende Fotoausrüstung zugunsten von Wickeltisch und Gitterbett in den Keller zu verbannen.

Meine findige Freundin Regula hatte inzwischen Angebote von Wohnungsbaugesellschaften, mit denen Dietmar zusammenarbeitete, für uns eingeholt. Es handelte sich um Neubauwohnungen in Neukölln und Wedding, die seit Monaten leer standen, weil die Leute, die sie sich leisten konnten, nicht in diese Bezirke ziehen wollten. Da wir auch nicht dorthin wollten, nahmen wir es nicht weiter tragisch, daß *wir* die Wohnungen nicht bezahlen konnten. Drei bis fünf Zimmer kosteten zwischen eintausendsechshundert und zweitausendzweihundert Mark im Monat.

Am Sonntagmorgen besuchte ich Regula in ihrem Moabiter Wohnstudio. Sie arbeitete gerade an einem Essayband mit dem Titel »Erotik und Selbstfindung während der Schwanger- und Mutterschaft«. Es war das erste Buch, das sie selbst herausgab. Sie brauchte noch ein paar Erfahrungsberichte von Schwangeren. Ich hatte ihr einen hochkarätigen Beitrag versprochen, wenn sie mir ihren PC für die notwendige Korrespondenz bei der Wohnungssuche zur Verfügung stellen würde. In sicherem Abstand vom Bildschirm ließ ich mein Becken auf Regulas orangefarbenem Gymnastikball kreisen, während ich den fast noch druckfrischen Wohnungsmarkt der Sonntagszeitung studierte. Regula verwendete den Ball für ihre Rückengymnastik, aber laut Birtes Literaturtips war er vor allem zur Entspannung der Beckenbodenmuskulatur während der Schwangerschaft geeignet. Wenn ich mit der freien Hand nach dem Glas Zitronentee auf der Fensterbank greifen wollte, wurde meine Sitzposition lebensgefährlich.

Regula hieb emsig in die Tasten. Sie formulierte eine Suchanzeige, die wir in allen Berliner Tageszeitungen schalten sollten. Das erschien ihr sinnvoller, als uns auf diesen Massenwohnungsbesichtigungen zu stressen, bei denen sowieso nichts rauskam, wenn man den Makler nicht ordentlich schmierte. Eine Sache, die Dany niemals tun würde, dazu war er zu sehr Schwabe. Ein Fußtritt traf meinen Magen. Ich stöhnte auf.

»Ist was?« fragte Regula.

»Sie tritt mich den ganzen Morgen ununterbrochen!«

Ich hüpfte leicht auf dem Gymnastikball auf und ab, um die Paddlerin zu beruhigen.

»Sie will dich antreiben. Ist ja auch höchste Zeit«, murmelte Regula. »Ich bin fertig. Hör zu: *Ambitionierter Fotograf und erfolgreiche Buchhändlerin freuen sich auf ihr Wunschkind. Zum vollkommenen Familienglück fehlt nur noch eine Drei- bis Fünf-Zimmerwohnung im attraktiven Westteil unserer Stadt. Daniel und Johanna träumen von einer charmanten Zimmerflucht mit Aussicht, Zentralheizung und Whirlpool. Höher hinaus als in den zweiten Stock wollen sie nicht, es sei denn, es gibt einen Fahrstuhl. Damit für die kleinen Freuden des Familienlebens noch etwas übrig bleibt, gerne unter 1500 DM warm. Seriöse Angebote unter Chiffre: Sanfte Geburt.*

Auf meinen Ensetzensschrei hin vollführte die Paddlerin einen Salto, der mich fast vom Ball geworfen hätte. »Whirlpool! Du hast Nerven! Und was soll der Quatsch mit unseren Namen? Das habe ich noch nie in einer Anzeige gesehen!«

»Originalität zieht. Die normalen Anzeigen liest doch niemand. Du mußt den Leuten deine Persönlichkeit nahebringen.«

Ihr Lektorinnentonfall imponierte mir kein bißchen. »Ich

träume nicht von einer Wohnung. Ich brauche eine, verstehst du, sonst wird das eine sanfte Geburt unter der Brücke, bei den Radüchels halte ich es nämlich nicht mehr lange aus ...«

Die Paddlerin stimmte mir mit vollen Kräften zu. Vorsichtshalber verließ ich den Ball und setzte mich auf das Ledersofa.

»Okay, okay«, Regula winkte mit beiden Händen ab. Sie klemmte sich eine Haarsträhne hinters Ohr und machte sich wieder über die Tastatur her.

»Und laß das mit dem attraktiven Westteil weg«, befahl ich.

»Wieso? Willst du dein Kind in Marzahn auf die Schule schikken?«

Die Paddlerin strampelte energisch. Sie wollte nicht in Marzahn auf die Schule.

»Es klingt arrogant. Vielleicht liest es jemand von unserer Ostkundschaft.«

Ich ging in die Küche, um mir ein weiteres Glas Zitronentee zu holen. Regulas zweite Version war lebensnaher:

Gibt es im Moloch Gesamtberlin noch eine bewohnbare Drei- bis Fünf-Zimmerwohnung mit Bad und Heizung? Hart arbeitendem Fotograf und Buchhändlerin steht das Fruchtwasser bis zum Hals. Damit sie sich die Pampers noch leisten können, ist die Miete auf 1400 DM begrenzt. Untere Stockwerke oder Fahrstuhl bevorzugt. Ernstgemeinte Zuschriften unter Chiffre: Blasensprung.

Seufzend setzte ich mich vor den Monitor. Regula war schon immer zu lyrisch gewesen. Während sie Rückenübungen mit dem Gymnastikball machte, entwarf ich folgendes: *Fotograf und Angestellte im Buchhandel, ab September mit Kind, suchen 3–4-Zi-Whg. mit Bad und Heizung bis 1400 DM warm. Kreuzberg und Schöneberg bevorzugt.*

Um die Chiffregebühr zu sparen, gab ich die Telefonnummer von *Belle et Triste* an.

»Da meldet sich kein Schwein«, prophezeite meine beste Freundin.

Sie hatte fast recht. Der einzige Anrufer wollte eine Drei-Zimmer-Wohnung in Treptow für ein Jahr untervermieten. Die

Wohnung hatte dreiundsechzig Quadratmeter, zwei schmiedeeiserne Balkone und eine nagelneue Einbauküche, für die der Anrufer eine Kaution von zwanzigtausend Mark wollte. Die Miete betrug exakt eintausendreihundertachtundneunzig Mark. Der Vermieter wollte seinen Namen nicht nennen, sondern schlug zunächst ein anonymes Treffen am Treptower Park vor, zu dem ich die Kaution in bar mitbringen sollte. Annett, die den Anruf entgegengenommen hatte, war außer sich vor Entrüstung.

»Warum hast du dich nicht mit ihm verabredet? Wir hätten den Kerl an die Polizei ausliefern können«, schimpfte sie. »Der will sich doch mit den Zwanzigtausend absetzen.«

Ich hatte sowieso keine Zwanzigtausend.

Dany, der sich wie immer eisern von Regula distanzierte, fuhr eine eigene Schiene bei der Wohnungssuche. Er beantwortete Chiffreangebote auf meiner alten Reiseschreibmaschine. Die Paddlerin tauchte in diesen Briefen nicht auf, aber die Wendung »ambitionierter Fotograf« übernahm er aus Regulas Fassung. Erstaunlicherweise erhielt er Antworten. Die erste Wohnung mußte er sich allein ansehen. Der Besichtigungstermin war freitagabends um fünf. Da Moritz noch auf Gran Canaria in Urlaub weilte und Birte krank war, konnte ich nicht früher in der Buchhandlung Schluß machen. Es machte mir nichts aus. Die Wohnung lag in Pankow und kam schon deshalb nicht in Frage. Pankow klang nach einem anderen Stern. So weit wollte ich nicht wegziehen. Der zweite Besichtigungstermin war gleich am darauffolgenden Samstag. Diese Wohung lag direkt an der U-Bahnstation Jannowitzbrücke. Das war zwar auch Osten, aber von der Infrastruktur her in Ordnung und außerdem kreuzbergnah. Der Preis, achthundertsiebzig Mark für hundertzwei Quadratmeter, erschien mir seriös. Ich schlüpfte in den hellgrauen Sommertrench, den Regula mir für die Wohungsbesichtigungen geliehen hatte, und nötigte Dany, sich den ledernen Timeplanner, ein Geschenk meiner Mutter, das er nie benutzte, unter den Ellenbogen zu klemmen. Für mich hatte ich vor kurzem in einem schicken Lederwarengeschäft in der Nähe von *Belle et Triste* eine sogenannte City-Bag erstanden. Die Tasche war großformatig wie eine Aktentasche mit zwei langen Riemen, so daß man sie bequem über der Schulter tragen konnte. Sie ermöglichte der berufstätigen Großstädterin, die das Rucksackalter hinter sich hatte, mit angemessener Grandezza ihre Akten nebst einigen frischen Lauchstangen und einem Vollkornbrot vom Büro nach Hause zu transportieren. Natürlich konnte man auch Pampers und Ölpflegetücher darin unterbringen, sofern man keine Jogginghosen trug, was ich niemals tun würde. Die Grandezza hatte heruntergesetzt vierhundert Mark gekostet. Dany fand die Tasche mindestens so affig wie den Timeplanner.

Ich hatte mir die Brückenstraße nicht so verkehrsreich vorgestellt. In dem Maklerbrief war sie als »lebhaft« bezeichnet worden. Die Wohnung lag im vierten Stock. Da die Fenster nicht besonders in Schuß waren, hörte man den Autolärm ziemlich gut. Aber Berlin war nun mal eine Großstadt, und die Fenster konnte man reparieren. Circa zwanzig Bewerber standen im Halbkreis um den Makler herum. Der war zwar etwas schmierig, aber mit seiner Seidenkrawatte, auf der ein weißer Hai abgebildet war, bewies er Humor. Die meisten Bewerber waren studentisch gestylt. Die Schwangere studierte wahrscheinlich Biologie. Unter dem Rippenshirt aus naturbelassener Baumwolle wölbten sich acht bis neun Monate Bauch.

»Ist doch genau das Richtige für eine junge Familie, oder?« fragte der Makler mit anzüglichem Grinsen.

Ich war froh, daß ich die Paddlerin dezenter gekleidet hatte. Dany und ich wirkten im Gegensatz zu den anderen entschieden saturiert. Ich bemerkte, wie der Blick des Maklers mehrmals wohlwollend auf uns ruhte. Er erklärte, daß die Wohnung noch mit Öfen beheizt wurde, der Einbau einer Gasetagenheizung jedoch für diesen Sommer geplant sei. Die Miete würde sich dadurch voraussichtlich nur geringfügig erhöhen.

»Hahaha«, sagte Dany.

Die anderen schwiegen betreten. Wie wir gleich sehen würden, fuhr der Makler fort, sei die Wohnung zum Teil renoviert, d.h. nur der Raum, in dem wir uns gerade befänden. Dafür müsse man sie beim Auszug auch nur teilrenoviert zurücklassen, d.h. nur diesen Raum.

»Wird das im Vertrag so festgeschrieben?« fragte ein Student mit Nickelbrille. »Klar«, sagte der Makler.

»Das ist ja wohl lächerlich«, hob Dany an, aber ich trat ihm auf den Fuß, bevor er weiterreden konnte.

Abschließend gestand der Makler, daß er kein kommerzieller Makler sei, sondern ausschließlich für die Vermieterin dieses Hauses als Berater fungiere. Er kassiere daher auch nicht die in Maklerkreisen übliche Provision von drei Monatsmieten, sondern gebe sich mit einem schlappen Tausender zufrieden.

»Echt sozial, Mann, ey«, pöbelte Dany.

Dann sahen wir uns die Wohnung an. In einem Raum befand sich eine Fototapete mit einem Sonnenuntergang hinter Palmen, in einem anderen ein raschelnder Herbstwald. Die Küche hatte eine Wand mit Jagdszenen. Der Rest war mit brauner Ölfarbe gestrichen. Ansonsten war die Küche toll. Sie hatte zwar keinerlei Einrichtung, aber mindestens zwanzig Quadratmeter Stellfläche. Da paßten ein Laufstall und drei Krabbeldecken nebst einem freistehenden Herd, einer riesigen Arbeitsplatte und einer Bar rein. Die Paddlerin klopfte zustimmend gegen meine Bauchdecke: »Ja! Drei Krabbeldecken!« Das Bad war auch riesig. Die ockerfarbene Badewanne und die windschiefe Kloschüssel wirkten richtig verloren darin. Der Student mit der Nickelbrille drehte den Hahn über der Badewanne auf. Wasser kam keins, aber das konnte man ja ändern. Ich würde mir einen Whirlpool anschaffen und eine Massageliege, und unter dem Fenster würde ein Bistrotisch mit einem Cocktailshaker stehen. Ich sah Regula und mich Schönheitsorgien feiern, bei denen ich problemlos meine Schwangerschaftsstreifen loswerden würde, während die Paddlerin auf ihrer Krabbeldecke ... »Ja! Krabbeldecke!«

»Da ist ja eine Menge zu tun«, sagte die Schwangere einen Schritt hinter uns resigniert. Die Hormonumstellung wirkte sich eben bei jeder Frau anders aus. Ich hätte am liebsten sofort die Ärmel hochgekrempelt und den Pinsel geschwungen. Aber wenn sie die Wohnung nicht wollte, um so besser für uns!

»Das Schwierigste dürfte sein, diesen halbrenovierten Zustand wieder hinzukriegen, falls man mal ausziehen will«, sagte Dany in vertraulichem Ton zu ihr.

Sie lachte.

»Eure wievielte Wohnungsbesichtigung ist es denn?«

»Die zweite«, sagte Dany.

»Bei mir ist es die siebenunddreißigste. Aber ihr habt ja noch ein bißchen Zeit«, seufzte sie, mit einem bedeutungsvollen Blick auf Regulas Trenchcoat.

Mist. Ich hatte gedacht, man würde es noch gar nicht sehen.

Der Makler hatte sich mit einem Schreibbrett neben die Wohnungstür postiert. Ich setzte mein strahlendstes Lächeln auf, als wir auf ihn zusteuerten. Er lächelte zurück. »Na, haben die Herrschaften Interesse?«

»Nö«, sagte Dany und zerrte mich an ihm vorbei ins Treppenhaus.

Auf der Straße bekam ich einen Wutanfall. Aus der Wohnung konnte man etwas machen, und sie war superbillig!

»Allein für die Schönheitsreparaturen butterst du locker zwanzigtausend Mark rein« überschrie Dany den Verkehrslärm in der Brückenstraße. »Und dann hast du noch keine Heizung. Wie willst du Küche und Bad eigentlich warm kriegen?«

»Während des Mutterschaftsurlaubs habe ich jede Menge Zeit zum Tapezieren und Streichen«, brüllte ich zurück.

»Dich will ich in einem Monat mal Fußleisten lackieren sehen«, sagte Dany gehässig.

Die dritte Wohnung, in die wir am Sonntagmittag, Punkt eins, eingeladen waren, lag direkt am Flugfeld von Tempelhof, hatte allerdings nagelneue Schallschutzfenster. Die drei winzigen Zimmer waren frisch renoviert. Das Bad war neu eingebaut mit glänzenden rosafarbenen Kacheln. Allein wegen dem Bad hätte ich sie genommen, obwohl sie mit eintausendvierhundertfünfzig Mark Miete knapp über unserem Limit lag. Der Haken am Vertrag war, daß das dritte Zimmerchen, das am Ende des langen Flurs lag, im Falle eines Hausumbaus, der in circa fünf Jahren zu erwarten war, zur Nachbarwohnung dazugeschlagen werden würde, so daß aus der Drei- eine Zwei-Zimmerwohnung würde.

»Prima, bis dahin sind wir das Gör sowieso leid«, freute sich Dany.

Der Hauseigentümer, ein bulliger Typ mit Hornbrille, runzelte die Stirn. »Planen Sie Nachwuchs?«

Die Paddlerin bollerte so heftig gegen meinen Bauch, daß Regulas Mantel flatterte.

»Erraten«, sagte Dany fröhlich. »Aber eigentlich wollten wir mit den Kindern zusammen in einer Wohnung leben. Also vielen Dank erst mal.«

Beim Rausgehen erkannte ich den Nickelbrillenstudenten aus der Brückenstraße hinter uns, scheinbar auch ein Chiffreanzeigenspezialist. Als wir vor dem Haus standen, deutete er auf den Flugplatz. »Ich habe im Flugplan nachgegesehen: Sonntagmittags ist da drüben tote Hose. Was glaubt ihr, was hier sonst für ein Lärm ist. Da nützen auch die popeligen Fenster nichts.«

»Außerdem will man ja nicht nach Flugplan lüften«, sagte Dany.

Hin- und hergerissen zwischen hormongesteuertem Optimismus und unmotivierten Heulkrämpfen, hatte ich schon heimlich beschlossen, einen Monteur für den Boiler zu bestellen und mit den Radüchels Bruderschaft zu trinken, als Dany mich in der darauffolgenden Woche bei *Belle et Triste* anrief, was er nur in äußersten Notfällen zu tun pflegte. Ich machte gerade Pause. Annett, die vorne bediente, stellte mir den Anruf in den Packraum durch.

»Der Alte aus Pankow hat sich gemeldet«, nuschelte Dany am anderen Ende der Leitung. »Wenn wir wollen, können wir am Freitag abend den Vertrag machen.«

Ich schob mir ein Stück der Pizza in den Mund, die Moritz beim Italiener nebenan geholt hatte, und fragte: »Deshalb rufst du an? Heute ist doch erst Mittwoch. Und was für ein Vertrag?«

Ich hatte keine Ahnung, wovon er redete.

»Einen Mietvertrag. Die Wohnung, die ich mir letzten Freitag angesehen habe. Die anderen Bewerber scheinen sie nicht zu wollen.«

»Pankow?« Ich wollte sie auch nicht.

»Sag Romana, daß sie dir bis Freitag eine Verdienstbescheinigung fertig machen soll. Den Rest besprechen wir heute abend.«

Er legte auf.

»Sehr witzig«, sagte ich und schob mir eine Artischocke in den Mund. Ich hatte die Füße aufs Fensterbrett gelegt und genoß die ersten Sonnenstrahlen des Monats auf meinem Gesicht. Ich dachte nicht im Traum daran, nach Pankow zu ziehen.

»Mein Angebot steht noch«, sagte Moritz.

Er hatte sich auf Gran Canaria von seinem Freund getrennt und war nun alleiniger Bewohner einer Drei-Zimmer-Wohnung am Prenzlauer Berg, die ausreichend Platz für Frau und Kind bot. Er brannte geradezu darauf, das Kinderzimmer anzustreichen. Sonnengelb. Leider wurde Dany in seinen Plänen nicht berücksichtigt.

»Der Typ heiratet dich doch sowieso nicht.«

Erstaunlicherweise war Moritz wie mein Vater der Ansicht, daß eine schwangere Frau unbedingt geehelicht werden müsse.

»Am besten heiratest du Dany, damit du endlich vor Moritz deine Ruhe hast«, sagte Birte, die am Packtisch einen Stapel neue Kinderbücher auspreiste.

»Zeig mal her!« Ich grabschte mir ein neues Petterson-Bilderbuch. Über die Abenteuer von dem alten Petterson und seinem raffinierten Kater Findus konnte ich die ganze Welt vergessen. Ich hatte nämlich mit meiner Bilderbuchsammlung begonnen.

Dany war von der Pankower Wohnung nicht abzubringen. Er bewies mir anhand des U-Bahn-Planes, daß Pankow durchaus verkehrstechnisch erschlossen war. Von der Station Vinetastraße konnte ich in knapp vierzig Minuten zum Ernst-Reuter-Platz fahren. Ich würde also nur fünfzehn Minuten länger für den Weg in die Firma brauchen als vom Wedding aus. Und das war doch ein geringes Opfer für ein gekacheltes Bad (weiß, nicht rosa), Parkett im Wohnzimmer und ein von Abendsonne durchflutetes Kinderzimmer. Leider wollte der Vermieter den Nachweis über ein gemeinsames Nettoeinkommen von fünftausend Mark. Überdies war er nicht blind, und die Paddlerin würde Diskussionen auslösen, auf die ich nicht besonders scharf war. Denn, wie ich mir hatte sagen lassen, reduzierte ein Baby das Familieneinkommen beträchtlich. Dany meinte, ich solle die

Schwangerschaft einfach verbergen. Der Ausdruck »verbergen« erschien mir paradox. Eine Baby wurde durch verbergen nicht unsichtbar, jedenfalls nicht mehr im siebten Monat.

Am Donnerstagabend vor dem Vertragstermin rollte Regula mit einem Arm voll Übergrößen, die sie vor Jahren, als flattrig in gewesen war, getragen hatte, bei uns ein. Inzwischen war es nämlich so warm geworden, daß der Trenchcoat als solcher schon Verdacht erregte. Ich posierte in einem bronzefarbenen Maxikleid aus flattrigem Crinklestoff vor dem Spiegel an der Innenseite der Schranktür. Die Farbe schmeichelte meiner Samosbräune. Seit dem Urlaub strahlte mein Teint vor porentiefer Reinheit, und meine Augen leuchteten sternengleich.

»Na also, man sieht doch gar nichts«, rief Dany, der auf dem Futon lümmelnd unsere Modenschau beobachtete und Dosenbier trank.

Regula und ich wechselten ein langen Blick und seufzten. Natürlich sah man nichts, solange ich vor dem Spiegel stand und höchstens sanft die Hüften wiegte. Aber sobald ich einen Schritt tat, schob sich die Paddlerin keck durch die Crinklefältchen. Regula reichte mir eine hüftlange, schwarze Seidenbluse.

»Trag das offen drüber. Es gleicht die Proportionen aus.«

Ich legte die mondäne Lauchstangentasche dazu an. Der perfekte Knesebeck-Ranger lächelte mich aus dem Spiegel an, nur ein kleines bißchen schwanger, aber das Bißchen war unübersehbar.

»Mehr ist nicht zu machen«, sagte Regula.

Erschöpft ließen wir uns neben Dany auf den Futon plumpsen. Regula griff nach der zweiten Bierdose. Es war ziemlich schwül in unserer Wohnung. So kalt sie im Winter war, so warm war sie im Sommer. Ich schüttelte den Kopf.

»Ich geh da nicht hin, Dany. Das regt mich auf. Mir wird schlecht bei dem Gedanken.«

»Die Wohnung ist erste Sahne, spitzenmäßiges Kinderzimmer«, sagte er zum hundertsten Mal.

Dann pfiff ich eben auf das Kinderzimmer. Ich konnte und wollte die Paddlerin nicht verleugnen. Es ging mir gegen die Schwangerenehre. Wenn dieser 5000-Netto-Typ die Wohnung nicht an die Paddlerin vermieten wollte, dann sollte er sie sich sonstwohin stecken!

Dany verdrehte die Augen. »Du siehst das zu verbissen. Andere Frauen haben auch Bäuche!«

»Naja«, murmelte Regula und strich über das Waschbrett unter ihrem Rockbund.

»Geh doch du an meiner Stelle«, schlug ich ihr vor. »Der Vermieter kennt mich nicht und wird mich wahrscheinlich nie kennenlernen. Du schnappst dir meine Verdienstbescheinigung und unterschreibst den Vertrag mit meinem Namen.«

Zum Glück kannte Regula keine Skrupel, wenn es galt, ihrer besten Freundin zu helfen. Ohne mit der Wimper zu zucken, schlüpfte sie in mein Buchmessenkostüm. Es sah unverschämt sexy an ihr aus. Sie entschloß sich spontan, bis morgen abend ihr Hennahaar zu bleichen und mit einem dezenten Braunton, der meinem glich, zu überfärben. Ich hielt das für ein unnötiges Opfer, aber sie beteuerte mir, daß sie sich schon länger einen seriöseren Touch geben wollte. Dann malte sie fünfundzwanzigmal meine Unterschrift auf einen Zeitungsrand. Da wir beide eine rechtsgeneigte Handschrift hatten, war die Fälschung kein Problem. Ich war unendlich erleichtert. Zwar fand ich es immer noch schade, daß ich nach Pankow anstatt nach Schöneberg ziehen würde, aber zu gewissen Kompromissen mußte man wohl bereits sein, für ein abendsonnendurchflutetes Kinderzimmer im zweiten Stock ...

Am nächsten Morgen schmiß ich mich in das Bronzefarbene und die Seidenbluse, klemmte mir die Lauchstangentasche über die Schulter und ließ mich in vollem Genuß meiner Schwangerschaft von Dany ins Büro chauffieren. Den ganzen Vormittag prasselten die Komplimente von Kollegen und Kunden auf mich nieder. Tatsächlich hatte mein Bauch bereits einen umsatzsteigernden Nebeneffekt gezeigt. Die weibliche Kundschaft ließ sich am liebsten von mir bedienen. Viele Kundinnen wurden bei meinem Anblick richtig wild darauf, in Schwangerschaftserinnerungen zu schwelgen. Sie erzählten mir von ihren Vorlieben für saure Gurken, antroposophische Farben und sentimentale Filme. Natürlich kamen auch Dinge wie vorzeitiger Blasensprung und postnataler Haarausfall zur Sprache, aber das berührte mich kaum. Nur einmal wurde mir übel, als eine Frau erzählte: »... und dann blieb Marissa im Geburtskanal stecken. Für eine Narkose war es zu spät, und mir fehlte die Kraft, mich gegen die Zange zu wehren. Man sieht es Marissas Kopf heute noch an ...«

Meistens kauften die Schwangerschaftsnostalgikerinnen spontan ein oder zwei Frauenbücher, weil unsere Unterhaltung ihr Weiblichkeitsbewußtsein stimuliert hatte. Natürlich kamen auch echte Schwangere, die von mir etwas zum Thema empfohlen haben wollten. Aufgrund von Birtes Engagement hatten wir eine große Auswahl. Zudem kam ich, zu Birtes Ärger, immer öfter in der Kinderbuchecke zum Einsatz, weil viele Kunden mich wegen meines Bauches für besonders kompetent auf diesem Gebiet hielten. Auch männliche Kunden, vor allem ältere Semester, suchten meine Nähe. Sie verfolgten mich minutenlang mit fast lüsternen Blicken, lobten meine positive Ausstrahlung und wünschten überschwenglich alles Gute, bevor sie mit einem fetten Bildband oder Autoatlas den Laden verließen. Romana strahlte. »Wir sollten immer eine Schwangere im Laden haben«, hörte ich sie zu Birte sagen, »wie wär's denn mit dir, meine Liebe, bevor die biologische Uhr abgelaufen ist?«

»Frag doch Moritz«, gab Birte patzig zurück.

An jenem Freitag verkaufte ich ein verstaubtes Taschenbuchlexikon und zwei ekelhaft kolorierte Radierungen vom Charlottenburger Schloß an einen lüsternen Touristen. Die Glückssträhne war vorüber, als in meiner Mittagspause das Telefon klingelte. Es war Regula. Ihre Stimme klang sehr gedämpft.

»Ich habe keine Haare mehr.«

»Wie bitte?«

»Ich habe keine Haare mehr. Sie haben die Entfärbung nicht überstanden. Wahrscheinlich hätte ich nicht zwei Packungen von dem Mittel benutzen sollen.«

Regula ohne Haare mußte ein irrer Anblick sein. Ich fing unbeherrscht an zu kichern.

Regula stimmte ein. »Ich, ein Skinhead! Es sieht ja so scharf aus. Wenn du mich nur sehen könntest, Joe«, gluckste sie.

»Es tut mir so leid, Regi.«

»Mir auch, denn deinen Mietvertrag mußt du jetzt wohl selber machen.«

Plötzlich trat mir der Schweiß aus allen Poren. Was sagte sie da?

»Ein Bauch ist immer noch unverfänglicher als eine Vollglatze.«

Ich wagte es nicht, ihr vorzuschlagen, eine Perücke zu kaufen, sondern hauchte nur: »Oh, Regi.«

Mir blieb nichts anderes übrig, als Dany anzurufen und ihn zu bitten, mich anstelle von Regula nach der Arbeit abzuholen. Dany hielt die Geschichte für den Witz des Jahrhunderts und machte keinen Hehl daraus, daß er Regula die Glatze gönnte. Auch die Belegschaft von *Belle et Triste*, einschließlich einiger intimer Stammkunden, lachte sich fast kaputt über Regulas Glatze. Nur ich geriet bis zum Feierabend von Minute zu Minute mehr in Panik. Ich wollte keine Wohnung in Pankow. Ich wollte lieber die Radüchels, die lauwarmen Brausen im Stadtbad oder besser noch ein schallisoliertes Schneckenhaus, in das ich mich bis zum Blasensprung zurückziehen konnte. Die Paddlerin, die wegen des Tumultes um Regulas blöde Haare wach geworden war, zappelte wie verrückt. Meine positive Ausstrahlung war hin, zumal es ein sehr heißer Tag war. Um halb sechs saß ich leichenblaß im Packraum, meine geschwollenen Füße in einem Eimer mit Wasser, während Moritz meine Stirn mit einem feuchten Handtuch abtupfte.

Der Vermieter war das, was Annett einen »Wessi« nannte. Das Haus in Pankow war ihm nach der Wende »rückübereignet« worden. Er selbst lebte in einer Villa in Lichterfelde, einem wohlhabenden Viertel im Westteil Berlins. Dort war auch das Büro, in dem der Mietvertrag geschlossen werden sollte. Im Vorgarten des Hauses wucherten üppige Rosen, zwischen die kitschige Glaskugeln gesteckt waren. Dany pfiff fröhlich vor sich hin, während er die Ente in eine Parklücke quetschte. Er war nicht in der Lage gewesen, mir eine Persönlichkeitsbeschreibung des Mannes zu liefern. »So vom Schlage unserer Alten«, war das einzige, was ich aus ihm hatte rauslocken können. Ich dachte an meinen Vater mit seinem »normalerweise heiratet man ja vorher …« und sah auch diese Wohnung die Panke hinuntergehen. Die Paddlerin pochte beruhigend an meinen Magen: »Wir machen das ganze Theater doch nur Papa zuliebe mit. Wir wollen diese unbekannte Wohnung auf einem anderen Stern doch gar nicht!«

Als ich mich aus dem Auto wuchtete, hatte ich einen Moment lang das Gefühl, der Bauch sacke mir in die Kniekehlen. Aber es war kein Fruchtwasser, daß mir die Schenkelinnenseiten herunterrann, sondern ganz normaler Schweiß. Der bronzefarbene Stoff von Regulas Kleid wies an verschiedenen Stellen dunkle Flecke auf.

Auf unser Klingeln ertönte ein schrilles Kläffen, das mir irgendwie bekannt vorkam. Auch das noch, ein Hundebesitzer! Die Frau, die den stuckverzierten Türrahmen vollkommen ausfüllte, trug einen wildgeblümten Kimono. Über ihrem Arm hing ein blau-weißer Pekinese. Ich fiel fast in Ohnmacht.

»Na so was!« rief die Frau, mit einer Stimme, die fast so schrill wie die des Pekinesen war. »*Sie* kommen wegen der Wohnung? Da hat mein Mann ja einen guten Riecher gehabt!«

Es war Elfi Klaaßen, Inhaberin der *Kristallboutique* am Savignyplatz, Duzfreundin von Romana, umsatzschwächste Stammkundin von *Belle et Triste*. Ich würde ihren Namen nie mehr vergessen. Sie schob uns mit der freien Hand vor sich her in einen mit pastellfarbenen Petit-Point-Polstern ausgestatteten Salon, ließ den Pekinesen auf den mehrere Zentimeter dicken Teppich gleiten und holte eine riesige Glaskaraffe mit Wasser, auf dem einige Zitronenscheiben schwammen.

»Es ist bewundernswert, wie Sie diese Hitze ertragen und dabei so blühend aussehen«, plapperte sie. »Wenn ich an meine Schwangerschaften denke …« Sie verdrehte die Augen gen Himmel. »Ich hatte Beine wie ein Elefant. Ich konnte nur noch Gummistiefel tragen. Und Brüste wie Luftballons.«

Sie schüttelte sich vor dem Grauen der Erinnerung, während sie uns das Wasser in zwei Gläser aus dickem mintgrünem Glas mit Blasen drin eingoß. »Wird's ein Junge oder ein Mädchen?«

»Wir glauben, ein Mädchen«, sagte Dany strahlend.

Sie nickte zufrieden. »Ich habe zwei Söhne. Im Winter ist der letzte ausgezogen. Gott sei Dank.«

Sie ließ sich uns gegenüber auf einem zierlichen, weißen Höckerchen nieder und rieb sich die dicken Knie, die zwischen den Kimonofalten hervorsahen.

»Schade, daß Romana mir nicht erzählt hat, daß Sie eine Wohnung suchen, dann hätten wir das viel unbürokratischer erledigen können. Mein Mann mußte überraschend auf eine Geschäftsreise, deshalb muß ich mit Ihnen den Vertrag machen. Aber er hat alles vorbereitet. Ich geh das Zeug mal holen.«

Sie erhob sich wieder und raschelte aus dem Raum. Der Pekinese, der sich zu ihren Füßen zusammengerollt hatte, bewegte sich mit gefletschten Zähnen auf das Sofa zu, auf dem wir saßen.

»Um Himmels willen, wie heißt dieser Film?« fragte Dany im Flüsterton.

Ich tätschelte sein Knie.

»Ganz ruhig. Das klappt!«

Der Pekinese ließ sich mit leisem Knurren auf seinem Fuß nieder.

Elfi Klaaßen gab jedem von uns eine Kopie des Mietvertrages, stellte eine dreieckige Glasschale mit geeister Wassermelone vor mich hin und ließ uns allein, damit wir die Verträge in Ruhe durchlesen konnten. Der Hund blieb. Nach einer halben Stunde kam sie zurück; um jeden ihrer Zeigefinger klirrte verheißungsvoll ein Schlüsselbund.

»Eigentlich sollten Sie die Schlüssel zum ersten August abholen, aber das ist doch Unsinn. Sie müssen sich doch in Ruhe einrichten«, sagte sie. »Und das mit den Verdienstnachweisen sparen wir uns auch. Ich kenne Sie ja.«

Auf der Straße fielen Dany und ich uns in die Arme, während Elfis Kimono noch zwischen den Rosen flatterte.

»Alles Gute, Kinder, alles Gute«, rief sie gerührt und winkte.

Wir jagten die Ente nach Pankow. Die Hallandstraße lag zwischen Pankow und Prenzlauer Berg. Dany zeigte mir die U-Bahnstation Vinetastraße, von der aus ich in vierzig Minuten zum Ernst-Reuter-Platz fahren konnte. Sie lag wirklich nur fünf Gehminuten entfernt. Es gab auch eine Straßenbahnhaltestelle in der Nähe und, etwas weiter weg, zwei S-Bahnhöfe.

»Von wegen tiefster Osten«, sagte Dany. »Außerdem kannst du von hier aus fast in den Wedding gucken.«

»Na siehst du, alle Aufregung umsonst«, klopfte die Paddlerin.

Das Treppenhaus war sauber und gutbeleuchtet.

»Mütter sind ganz schön spießig«, klopfte es an meinen Bauch.

Die Wohnung hatte zweiundneunzig Quadratmeter und dreieinhalb Zimmer. Das Wohnzimmer hatte tatsächlich einen Parkettfußboden! Iris' kobaltblaue Postmoderne war ein Dreck dagegen!

»Gehören wir jetzt zum Establishment?« fragte ich.

»Das werde ich zu verhindern wissen«, sagte Dany und öffnete die Tür zu dem halben Zimmer, eine Art Wirtschaftsraum zwischen Küche und Badezimmer. »Da kommen meine Fotosachen rein. Wenn ich Zeit habe, werde ich mir ein Labor einrichten.«

Dankbar streckte ich meine Hände gen Himmel. Endlich kein Fotokram mehr in allen Ecken der Wohnung. Das Schlafzimmer hatte hellbraune Dielen, die ich fast so schön fand wie das Parkett im Wohnzimmer. Der Futon würde sich gut darauf machen. Die Küche war klein und gemütlich. Das Linoleum war allerdings in sehr schlechtem Zustand, und die Fliesen über der Spüle waren schadhaft.

»Hier werde ich ein bißchen was machen, bevor wir einziehen«, sagte mein Freund in einem Ton, der mitklingen ließ, daß er oft und gern und mit Leichtigkeit handwerklich tätig wurde, ein Tatbestand, der mir bisher glatt entgangen war.

Das Bad, strahlendweiß gekachelt, hatte nagelneue, blitzende Armaturen. Aus dem Duschhahn kam Wasser. Ich würde unsere Zimmerpalme neben der Wanne plazieren und bis zum Hals in Vanilleschaum baden, dabei »sphärische Klänge für Ungeborene I und II« hören und ein Modemagazin für bessere Zeiten durchblättern.

Das allerschönste war jedoch das Kinderzimmer, abendsonnendurchflutet. Andächtig und stumm blieben wir auf der Türschwelle stehen. »Dany, das ist wirklich … erste Sahne« flüsterte ich, mühsam mit den Tränen kämpfend.

Neunundzwanzigste Woche

Während ich mit entblößtem Bauch auf der Liege neben dem Ultraschallgerät lag, entlarvte sich Dr. Müllerstraße als das, was Iris einen »Gynmacho« nannte. Warum war mir sein wahrer Charakter in all den Jahren, in denen ich zur Vorsorgeuntersuchung zu ihm gegangen war, verborgen geblieben? Weil er sich charmant und unkompliziert gab, geruchsneutrales Rasierwasser benutzte und das Billigparkett im Wartezimmer mit Rattan möbliert hatte? Die Sessel quietschten zwar bei jeder Bewegung, waren aber immer noch heimeliger als die Stahlrohr-PVC-Kombination, die man in den meisten Arztpraxen vorfand. Besonders einfühlsam hatte ich die zarten Blumengebinde auf dem Illustriertentisch gefunden. Trotzdem hatte Dr. Müllerstraße soeben den für einen seriösen Gynäkologen unmöglichen Satz gesagt: »Rein geht immer leichter als raus, Frau Seidel«. Dabei hatte ich ihn nur um eine Empfehlung für einen Geburtsvorbereitungskurs gebeten.

»Alles okay, Frau Seidel«, sagte er, und verpaßte mir einen freundlichen Klaps aufs Schienbein.

Ich schwang die Beine von der Liege und ließ die schwarzweiß gemusterte Siebziger-Jahre-Bluse aus Regulas Beständen über meinen Bauch fallen. Dann setzte ich mich auf den Stuhl vor seinen geschnitzten Schreibtisch. »Ich dachte, so ein Kurs sei wichtig für die Atemtechnik.«

Er kicherte in sich hinein, während er mit einem silbernen Kugelschreiber in meinem Mutterpaß herumkritzelte. Kindsbewegungen ja, Herztöne ja, vaginale Untersuchung ohne Befund, Eisenwerte hervorragend, bißchen zugenommen, fein, keine Ödeme. So einfach sollte er mir heute nicht davon kommen!

»Ich will Ihnen nicht abgeraten haben. So ein Kurs ist was für die Psyche. Sie treffen viele Frauen mit solchen Bäuchen ...« Er beschrieb die Bäuche mit einer Geste über seinem flachen Hosenbund, »... und alle reden nur über Babys, tauschen Strickmuster aus und diskutieren ihre Schwangerschaftsbeschwerden.«

»Und die Atemtechnik?« beharrte ich.

Er zuckte mit den Schultern. »Beschäftigen Sie sich ruhig damit. Es kann nicht schaden. Aber wenn es anfängt, weh zu tun, haben Sie alle Atemtechniken vergessen. Außerdem ist die Hebamme dazu da, Ihnen zu sagen, was sie tun müssen.«

Dr. Müllerstraße erhob sich von seinem orthopädisch geprüften Drehstuhl. Ich blieb sitzen. Einen halben Meter über der Rückenlehne des Stuhles hing ein Ölgemälde, das Laien wie mich entfernt an Kandinsky erinnerte. Es war ein Original. Dafür, daß Dr. Müllerstraße sich solche Gemälde in sein Behandlungszimmer hängen konnte, durfte er gern etwas ausführlicher werden.

»Wo kann ich so einen Kurs machen?«

Er setzte sich wieder. »Den machen Sie in Ihrer Entbindungsklinik. Wo entbinden Sie?«

Ich zuckte mit den Schultern. Er sah in meine Karteikarte. »Sie wohnen im Wedding. Dann gehen Sie ins Uniklinikum. Die leisten gute Arbeit. Melden Sie sich in der gynäkologischen Ambulanz zu einem Vorbereitungskurs an. Meine Assistentin gibt Ihnen die Telefonnummer.«

Mehr war nicht zu wollen. Er geleitete mich zur Tür.

Ayse drückte mir eine Zeitschrift mit dem Titel »Wo bekomme ich mein Baby? Adressen und Beschreibungen der Kliniken und Kurse in Berlin« und eine »Hebammenliste« in die Hand.

»Endspurt, wa?« sagte sie auf ihre charmante Art.

In der Mittagspause rief ich in der Uniklinik an. Die Schwester in der Schwangerenambulanz notierte meinen Namen, mein Geburtsdatum, den errechneten Geburtstag der Paddlerin und fragte: »Ist alles in Ordnung bei Ihnen?« Nachdem ich etwas unsicher bejaht hatte, meinte sie, ich solle einfach zu gegebener Zeit im Kreissaal erscheinen. Wenn ich Fragen hätte, könnte ich die Klinikvorstellung, die jeden zweiten Mittwoch stattfände, besuchen. Bei der Gelegenheit könnte ich mir auch den Kreissaal und die Wochenstation ansehen. Schüchtern sagte ich, daß ich mich zu einem Geburtsvorbereitungskurs anmelden wollte.

»Zu spät!«

Zu spät? Ich war in der neunundzwanzigsten Woche!

»Der Kurs ist schon lange voll. Die Muttis melden sich normalerweise in der ersten Schwangerschaftshälfte an.«

Ihr Tonfall ließ durchblicken, daß ich schon vor Geburt meines Kindes eine äußerst nachlässige »Mutti« war. Wahrscheinlich eine Mutti, bei der doch nicht »alles in Ordnung« war.

»Probieren Sie es mal in der Kulturfabrik oder bei den Bezirksämtern. Aber ich sag Ihnen gleich, eine große Auswahl werden Sie nicht mehr haben.«

Ich legte auf und suchte die Nummer der Kulturfabrik aus »Wo bekomme ich mein Baby?«. Der Kurs, der für mich in Frage kam, fing in der kommenden Woche an und war voll. Aber die Frau, mit der ich sprach, war wenigstens nett und setzte mich auf die Warteliste. »Es sind allerdings noch drei Muttis vor Ihnen!« Muttis! Ich probierte die Bezirksämter, die ich ohne Weltreise vom Pankegrund aus erreichen konnte: Wedding, Moabit und Reinickendorf. Freie Plätze gab es nur noch in den Vormittagskursen. Die konnte ich jedoch nicht wahrnehmen, da ich noch bis zum 25. Juli arbeitete. Die Abendkurse waren schon alle überbelegt. Scheinbar war Weihnachten die halbe Stadt in Produktion gegangen, und am 2. Januar hatten sich alle anständigen »Muttis« zu einem Geburtsvorbereitungskurs angemeldet.

»Was machst du denn für ein Gesicht?« fragte Moritz, der mit den Pizzakartons unterm Arm in den Packraum kam, Annett und Birte auf den Fersen. Romana gönnte sich ein verlängertes Wochenende bei ihrem Traumfriseur im Schwarzwald, und wir wollten die Gelegenheit zu einer gemütlichen, gemeinsamen Mittagspause ausnützen. Vielleicht war es die letzte. Nächste Woche würde meine Schwangerschaftsvertretung zur Einarbeitung kommen. Keiner von uns hatte sie bisher gesehen. Romana tat sehr geheimnisvoll, und wir ahnten Schlimmes.

Während Moritz die Pizzen verteilte, *Margarita* für Birte,

California für Annett und eine extra große vegetarische Familienpizza für ihn und mich, schilderte ich mein Problem.

»Mach doch zu Hause die Übungen aus den Schwangerschaftsbüchern«, schlug Birte vor. »Wenn dein Arzt meint, diese Kurse seien eigentlich nicht notwendig, verpaßt du bestimmt nicht viel.«

Gleichmütig nahm sie ihre *Margarita* in Angriff. Sie nahm immer *Margarita*. Da wußte sie, was drauf war. Sie glaubte alles, was ihr Arzt ihr erzählte. Als gelernte Buchhändlerin glaubte sie auch, daß das gedruckte Wort und ein paar schematisierte Zeichnungen persönliche Anleitung ersetzen könnten. Annett war anders. Nicht nur, daß sie jedesmal eine neue Pizza ausprobierte, sie hatte eine eigene Meinung.

»Das ist wieder so eine typische Westsituation«, schimpfte sie los. »Ich hatte damals Anspruch auf einen Vorbereitungskurs. Als ich mich in der Charité zur Entbindung angemeldet habe, haben die mich gleich einem Vorbereitungskurs zugeteilt.«

Sie schaufelte eine Gabel Maiskörner von ihrer Pizza in den Mund.

»Bei der damaligen Planwirtschaft wußte man natürlich, wie viele Kinder pro Monat zu erwarten waren, und hielt die entsprechenden Kapazitäten bereit«, ergänzte Moritz in bissigem Ton.

»Na ja, der Kurs war ganz schön voll«, gab Annett zu, »wenigstens die zwei Male, die ich da war.«

Mir fiel vor Verblüffung das halbe Artischockenherz, das ich Moritz gerade weggeschnappt hatte, wieder aus dem Mund.

»Zwei Male?«

»Der Kurs war bescheuert«, sagte Annett.

»Wie die meisten Sachen, auf die man einen Anspruch hatte«, grinste Moritz.

»Da wackelten vierzig Frauen auf Plastematten rum und stöhnten«, erzählte sie. »Ich bin in der Zeit Eis essen gegangen.«

Moritz maß sie mit übertrieben bewundernden Blicken. Manchmal tat es mir schon leid, daß ich den Job aufgeben mußte.

»Willste mal kosten, heißt Ananas.«

Annett hielt Moritz ein Stück der Dosenananas von ihrer

Pizza unter die Nase. Wir lachten alle. Annett musterte wohlwollend die Mischung aus Mais, Paprika, Ananas und ominösen Geflügelstücken auf ihrem Teller.

»Platz drei hinter *Marinara* und *Texas*«, meinte sie.

Moritz und Annett brachen die Pause ab, als dreimal hintereinander die Ladenglocke bimmelte. Bei der Hitze draußen war das Geschäft zwar eher ruhig, aber ab und zu kam doch jemand vorbei, der einen Reiseführer bestellte oder ein Taschenbuch als Strandlektüre aussuchte. Birte und ich spülten ab.

»Ruf doch Iris an, wenn du unbedingt in so einen Kurs willst«, riet sie. »Die weiß bestimmt was.«

Die arme Iris! Seit Beginn der Hitzewelle konnte sie ihre Wohnung nicht mehr verlassen. Neulich hatte sie am Telefon erzählt, die meiste Zeit läge sie nackt auf dem Bett oder in der Badewanne. Der Geburtstermin war erst in vier Wochen, und sie wußte nicht, wie sie es bis dahin noch aushalten sollte. Zum Glück kümmerte Teiggesicht Mareike sich um Dorian. Ich beschloß, während der Mittagshitze im kühlen Packraum Prospekte zu stempeln und dabei ausführlich mit Iris zu telefonieren.

Als der Hörer abgenommen wurde, hörte ich zuerst ein leises Plätschern. Iris sagte, sie liege im Whirlpool, um die Wehen zu stimulieren. Ihre Stimme klang matt, aber als ich ihr meine Schwierigkeiten mit dem Geburtsvorbereitungskurs schilderte, wurde sie sofort munter.

»Typischer Gynmacho«, bestätigte sie meinen Verdacht in bezug auf Dr. Müllerstraße. »Ein Vorbereitungskurs ist unbedingt notwendig. Auch eine Schwangerschaftsgymnastik, ein Säuglingspflegekurs und ein bißchen Yoga. Was interessiert dich denn besonders?«

Ich zuckte mit den Schultern, was sie durchs Telefon natürlich nicht wahrnehmen konnte. Sie plätscherte und stöhnte. Bestimmt wurde das Telefon ganz naß.

»Willst du eher in Richtung Yoga und Meditation gehen oder eine psychosomatische Vorbereitung nach Lamaze, Odent und Feldenkrais?«

Keine Ahnung. Ich wollte wissen, wie es geht!

»Vielleicht von allem etwas«, schlug ich vor.

Sie stöhnte auf.

»Geh bloß nicht in einen dieser Bezirksamtkurse, wo sie dir von allem ein bißchen erzählen, dich stundenlang Schenkel dehnen lassen, dir empfehlen, die Brustwarzen mit Topfkratzern zu behandeln und dich dauernd ›Mutti‹ nennen. Das ist ätzend.«

»Genau!« rief ich.

Sie stöhnte wieder.

»Dann vielleicht doch besser Lamaze und ... Wie hießen die anderen?«

»Odent und Feldenkrais ...« hauchte sie.

»Iris, du stöhnst die ganze Zeit so!«

»Ich stöhne nicht. Ich atme!« rief sie. »Wird wirklich Zeit, daß du dich damit beschäftigst. Ich habe eine sehr gute Adresse für dich. Allerdings muß ich dafür aus der Wanne. Mein Adreßbuch ist nämlich schon in der Kliniktasche. Moment mal, ja?«

Ich hörte Plätschern, Keuchen und Stöhnen, unterdrücktes Fluchen, wieder Plätschern.

Ich klopft mit dem Fingernagel an den Hörer.

»Iris?«

Hoffentlich war nichts passiert. Wenn sie mit nassen Füßen im Flur ausrutschte, war ich Schuld. Ich wischte mir den Schweiß von der Stirn. Regulas Bluse klebte unangenehm auf der Brust. War es die Außentemperatur oder verfrühte Wehen? Vielleicht hatte die Paddlerin angeregt durch das Gespräch beschlossen, eine Frühgeburt zu werden. Dann konnte ich mir den Vorbereitungskurs sparen. Sie strampelte wie verrückt. Es war zu heiß in meinem Bauch. Ich stempelte ein paar Prospekte, während ich mit der linken Schulter den Telefonhörer an mein Ohr preßte.

»Du bleibst drin«, zischte ich.

Sie hatte so lange drin zu bleiben, bis ich wußte, wie ich sie sicher und mit dem geringstmöglichsten Schmerzaufwand an die Frischluft befördern konnte. Es dauerte fünf Minuten, bis

Iris wieder am Telefon war. Lautes, gespenstisches Keuchen kündigte sie an.

»Iris?«

»Ich veratme gerade eine Wehe.«

Eine Wehe!

»Dann ist es soweit!«

»Nein, es kann noch Stunden dauern«, stöhnte sie. »Bei Dorian hatte ich elf Stunden Wehen. Macht bei Zwillingen zweiundzwanzig.«

»Leg auf, Iris, und ruf ein Taxi zum Krankenhaus.«

»Was soll ich da?« Sie lachte gereizt und stöhnte. Es plätscherte. Sie hatte es sich in der Wanne bequem gemacht.

»So, hier die Adresse: Marlene Zugriff, eine erstklassige Hebamme, in Steglitz. Mareike hatte sie mir damals empfohlen ...«

Mareike!

»... Schwerpunkt psychosomatische Geburtsvorbereitung nach Odent und Lamaze, Atemübungen, Gebärpositionen, Informationen über Geburtsablauf, Schmerzbewältigung und Stillen ...«, sie stieß einen kleinen Schrei aus, »... Gruppendiskussionen über Schwangerschaftsprobleme, wobei der psychische Aspekt im Vordergrund steht, auch Partnerschaftsprobleme ...«

»Iris, warum hast du gerade geschrien?«

»Die Fruchtblase ist geplatzt.«

Blasensprung!

»Iris, du fährst jetzt sofort ins Krankenhaus!«

»Hör endlich auf zu paniken!« rief sie ärgerlich. »Es dauert noch Stunden. Hast du was zu schreiben? Gut!«

Sie diktierte mir Frau Zugriffs Nummer.

»Ihre Kurse sind echt begehrt. Sie ist ein Geheimtip und nimmt nur sechs Paare. Ruf sie sofort an, hörst du ...?«

Sie stöhnte wieder. Das Stöhnen ging in leises Wimmern über. Ich fühlte mich am ganzen Körper naß. Einen Moment lang befürchtete ich, meine Fruchtblase sei auch geplatzt.

»Für die übrigen Kurse solltest du dich ans Geburtshaus wenden. Die bieten Gymnastik, Yoga, Säuglingspflege und Schwangerenselbsthilfegruppen an. Du kannst dort auch Stilleinlagen aus Wildseide kaufen ...«

Ich konnte mich nicht mehr aufs Zuhören konzentrieren. Nach jedem halben Satz stöhnte sie herzzerreißend.

»Iris, ich muß jetzt auflegen. Ich halte es nicht mehr aus. Bitte bestell einen Krankenwagen«, flehte ich.

»Aber es ist alles halb so schlimm, Joe, meine Kleine«, tröstete sie mich. »Ich gebe dir noch schnell die Nummer des Geburtshauses, dann bist du entlassen. Halt dich im Schatten, und vergiß nicht zu trinken. Konzentrier dich ganz auf deinen Atem. Laß den Atem frei durch deinen Körper fließen. Du schaffst das schon, Joe. Du machst das ganz locker, alles Liebe, Joe ...«

Ein Platschen und Gurgeln beendete das Gespräch.

»Iris!« brüllte ich.

Der Telefonhörer war ins Wasser gefallen. Die Leitung war tot. Mit zitternden Fingern legte ich auf. Wenn sie unter Wehen ertrank? Gebären und geboren werden waren die gefährlichsten Momente im Leben einer Frau, hatte ich gelesen. Iris! Ich konnte mich nicht mehr beherrschen. Tränenüberströmt stürzte ich nach vorne.

»Iris stirbt!«

Birte ließ den Bücherstapel fallen, den sie gerade zum Schaufenster trug. Alle Personen im Laden erstarrten zu Salzsäulen.

»Sie hat starke Wehen und weigert sich, ins Krankenhaus zu fahren«, heulte ich.

Annett, die am Schrottregal bediente, ließ ihren Kunden stehen und kam zu mir.

»Was sagst du da?«

Von Schluchzern geschüttelt, schilderte ich ihr das Telefonat.

»Die hat ja keine Ahnung, wie Zwillinge flutschen können«, polterte Annett los. »Mensch, meine waren in einer halben Stunde da. Sie muß sofort in die Klinik. Hast du die Nummer?«

Sie nahm den Hörer von Romanas Telefon. Ich diktierte ihr die Nummer. Freizeichen. Dann nahm jemand ab. Ich atmete auf. Der Atem durchströmte meinen Körper in Form purer Erleichterung. Es war der Anrufbeantworter. Er teilte uns mit, daß Iris, Arne und Dorian Gottschalk leider außer Haus seien. Man solle eine Nachricht auf dem Band hinterlassen.

»Shit«, sagte Annett in schönstem Sächsisch.

»Am besten schicken wir einen Krankenwagen hin. Und die Polizei, um die Wohnung aufzubrechen, falls sie nicht öffnen kann«, schlug ich vor. Es war bestimmt schwierig, diese kobaltblauen Türen zu knacken.

Mit mahnender Kopfbewegung in Richtung unserer Kundschaft, den Mann in der Schrottabteilung und zwei Nachmittagsbummlerinnen an der Krimisäule, schob Birte Annett und mich Richtung Packraum. Moritz bemühte sich um Annetts Kunden. Der Mann war sichtlich ungehalten.

»Wenn Iris noch daran gedacht hat, den Anrufbeantworter einzuschalten, hat sie die Sache doch im Griff«, sagte Birte im Schutz des Kamasutra mit ruhiger Stimme. Dann bestimmte sie, daß Annett mir jetzt einen Kräutertee kochen würde und wir gemeinsam ein paar Prospekte stempelten. Sie kämen vorne schon ohne uns klar.

Nach einem Liter Kräutertee und fünfhundert Prospekten für »Leseabenteuer am Strand«, die wir noch loswerden mußten, bevor die Ferienzeit vorbei war, war ich halbwegs überzeugt davon, daß Iris die Sache wirklich im Griff hatte. Birte und Annett gingen um fünf. Moritz und ich hatten Dienst bis Ladenschluß. Es herrschte Totentanz. Bei dem Wetter verbrachten die Charlottenburger ihre Happy Hour lieber auf dem Trottoir vor den Café-Bistros, um sich Haut- und Magenkrebs zu holen, anstatt eine guttemperierte Buchhandlung aufzusuchen. Punkt halb sieben schlossen wir ab und machten uns über die Kasse her. Selbst wenn wir die Tageseinnahmen offen ins Schaufenster gelegt hätten, hätte das keinen Einbrecher angelockt.

»Möchte wissen, wovon Romana ihren Friseur bezahlt«, murmelte Moritz.

»Das laß mal ihr Problem sein, solange sie dich bezahlt.«

»Ich bin billiger ...«

Ein verspäteter Kunde rüttelte an der Ladentür. Es war Dany, der die Ente im Parkverbot stehen hatte. Ich griff nach meiner Lauchstangentasche. Wir würden uns erst auf einem Bürgersteig Hautkrebs holen und dann ins Kino gehen. Das brauchte ich heute. Als ich die Türklinke in der Hand hatte, klingelte das Telefon. Moritz nahm ab und winkte mich zurück. Die freundlich säuselnde Herrenstimme kannte ich nicht. Ich mußte zweimal nachfragen, wer es war.

»Ich bin's Arne, Iris' Mann. Sie hat mich gebeten, dich sofort anzurufen, da du so besorgt warst. Also, Max und Moritz sind da. Iris geht es prima.«

Ich stieß einen Erleichterungsschrei aus.

»Dann hat sie es also doch noch ins Krankenhaus geschafft!«

»Moritz schon. Max ist eine echte Unterwassergeburt. Taffes Kerlchen, nicht?« sagte der stolze Vater.

Dreißigste Woche

Nach Max' Unterwassergeburt mußte es eine psychosomatische Geburtsvorbereitung bei Marlene Zugriff sein. Ich bearbeitete die Hebamme eine halbe Stunde lang am Telefon. Es war mir egal, daß ihr Sommerkurs seit Mitte Januar ausgebucht war. Ich berief mich auf Iris' Empfehlung und behauptete, daß sie die Geburt der Zwillinge ohne ihre hervorragende, bei Marlene Zugriff erworbene Atemtechnik garantiert nicht überlebt hätte. Daraufhin setzte Frau Zugriff mich an die Spitze ihrer ellenlangen Warteliste und sagte, daß ich gute Karten hätte, da eines der sechs Paare sich nicht sicher war, ob es teilnehmen konnte.

Paarkurs am Samstagnachmittag, verbunden mit einer Reise nach Steglitz, das, vom Wedding aus gesehen, am anderen Ende der Stadt lag! Dany zog ein langes Gesicht. Er wollte in seiner spärlichen Freizeit lieber in der Pankower Küche herumrenovieren. Außerdem, was sollte er denn in so einem Kurs? Er könnte ohnehin nicht mehr tun, als an den Beinen ziehen, wenn die Paddlerin steckenblieb.

»Da siehst du, wie nötig du den Kurs hast«, rief ich. »Babys kommen mit dem Kopf zuerst!«

Dann griff ich zum Telefon und wählte ohne weiteren Kommentar Moritz' Nummer. Moritz hatte sich schon im Vorfeld als Ersatzpartner für den Kurs angeboten (Da hat dein Kindsvater doch hundertpro wieder keinen Bock drauf). Dany nahm mir den Hörer aus der Hand und sagte: »Geht schon klar, Mutti.«

Ich verzichtete drauf, mich über das »Mutti« aufzuregen, denn sonst würde er mich bis zum Ende der Schwangerschaft und die darauffolgenden achtzehn Jahre so nennen.

Das sechste Paar konnte wirklich nicht, und so fanden wir uns am Samstag nachmittag um vierzehn Uhr in der Physiotherapeutischen Praxis in Steglitz ein, die Frau Zugriff mir als Kursort genannt hatte. Draußen herrschten dreißig Grad. Der Asphalt klebte an unseren Schuhsohlen. Die Praxis war zum Glück in einer kühlen Ladenwohnung untergebracht, die Fenster zur Straße durch breite Lamellen geschützt. Der Gymnastikraum, den man nur auf Socken betreten durfte, war dadurch angenehm dunkel. Zwischen den Gummimatten, die auf dem Holzboden ausgerollt waren, verbreiteten tönerne Duftlämpchen einen zarten, orientalischen Duft. In der Mitte des Raumes stand ein Strauß leuchtendroter Mohn neben einem bestickten Sitzkissen.

»Ist das hier 'ne Opiumhöhle oder 'ne Gebärmutter?« fragte Dany, als er sich neben mich auf eine Matte plumpsen ließ.

Keines der auf der Erde kauernden, händchenhaltenden, schwangeren Paare fand die Bemerkung witzig. Ich auch nicht.

Die Hebamme trug eine glänzende rosa Gymnastikhose und eine weite, in den Farben des Meeres schillernde Bluse. An ihren Armen klapperten Silberreifen, und an ihren schmalen Fußgelenken (meine waren in den letzten Wochen trotz der morgendlichen Ausflüge ins Freibad nicht mehr ganz abgeschwollen) klirrten Ketten mit kleinen Glöckchen. Ihr langes, hennafarbenes Haar war im Nacken locker zu einem Knoten verschlungen. Da ich mir Hebammen blond und breithüftig, mit penibel geschrubbten Händen vorgestellt hatte, war Marlene eine echte Offenbarung für mich. Sie glitt geschmeidig auf das Sitzkissen und begrüßte mit samtener Stimme die Mütter, Väter und die sechs Babys. Die sechs Babys! Mir stieg sofort das Wasser in die Augen. Dany boxte mich in die Seite und grinste hämisch. Während ihrer gesamten Einführung sprach Marlene immer wieder von »lieben jungen Familien« und »unseren Babys«. Während sie über Odent, Lamaze und so weiter referierte, musterte ich diskret die anderen fünf Paare. Sie hatten unser Alter, mit steigender Tendenz. Den Frauen stand die akademische Bildung und der Karrierestart noch ins Gesicht geschrieben, aber einige Unterlippen zitterten schon nervös, und die Augen wandten sich schutzheischend den männlichen Begleitern zu. Die berührten ihre Frauen kraftspendend. Zwei hatten einen Arm um ihren Rücken gelegt. Ein Paar hielt Händchen. Einer massierte die Fußballen seiner Frau. Die beiden neben uns saßen wenigstens Schulter an Schulter. Nur Dany hatte sich im Schutz meines breiten Kreuzes auf einer Matte ausgestreckt. Nach einer Weile hörte ich ihn ruhig und regelmäßig atmen. Er war eingeschlafen. Als Marlene zur ersten Runde Atem- und Entspannungsübungen aufrief, weckte ich ihn mit einem Tritt in die Seite. Die Männer polsterten ihre Frauen mit mitgebrachten Kissen und Decken aus, bis sie bequem lagen. Dany machte es so, daß es immer unbequemer wurde, aber ich verzichtete darauf, durch Protest Aufsehen zu erregen. Dann mußten die Männer die Hände an eine Stelle des Körpers der Frau legen, an die die Frauen hinatmen sollte. Dany, der Witzbold, legte mir einen Finger auf die Nase und sagte: »Wohin denn sonst?«

Dann war Pause. Marlene hatte ein paar Flaschen Selters und einen Turm Plastikbecher der Sorte, die Dr. Müllerstraße zum Pinkeln verteilte, bereitgestellt. Die Paare unterhielten sich im Flüsterton miteinander. Nur Dany war auf dem Klo verschwunden, um eine Zigarette zu rauchen. Ich beschloß, die soziale Komponente des Kurses zu forcieren, und fragte eine sehr dicke Blonde mit bedeutungsvollem Blick auf ihren Bauch, wann das Baby denn käme. Sie sagte »Ende Januar«, wozu mir gar nichts mehr einfiel.

Als Dany vom Klo zurückkam, ging er auf Marlene zu und fragte, ob das Linoleum in Klo und Küche öko sei und woher sie es bezogen habe. Natürlich hatte Marlene keine Ahnung, da sie die Praxis nur für ihren Kurs gemietet hatte.

Nach der Pause erklärte sie uns die Fahrstuhlübung. Ich hatte in den von Birte bestellten Schwangerschaftsbüchern darüber gelesen. Die Übung diente der Kräftigung und Entspannung der Beckenbodenmuskulatur, die man schichtweise zusammenzog. Den anderen mußte Marlene erst erklären, was die Beckenbodenmuskulatur war. Sie gebrauchte dazu den gelblichen Rumpf eines Kunststoffskeletts, dessen unsichtbare Muskulatur sie mit ihren schönen, langen Hebammenhänden beschrieb. Sie betonte, daß das Training des Beckenbodens auch für die Rückbildung wichtig sei. War der Beckenboden nicht in Schuß, konnte dies zu Inkontinenz führen. Einem besorgten Vater mußte sie erklären, was Inkontinenz war. Ein weiterer Anlaß für Dany, albern zu kichern. Dann setzten alle Frauen sich auf ihre

Sitzbeinhöcker und phantasierten sich einen Fahrstuhl in ihr Becken.

UG: Schamlippen, erster Stock: Scheidenmuskulatur, zweiter Stock: Harnröhre, dritter Stock: irgendwelche innere Schichten, vierter Stock: After einziehen, fünfter Stock: Pobacken zusammenpressen. Dann das gleiche rückwärts. Nach einer Übungsrunde übernahmen die Männer das Kommando, indem sie mit monotoner Stimme »UG, erster Stock, zweiter Stock ...« vorsagten. Ziel dieses Trainings war, daß frau die Übung so gut beherrschte, daß sie sie an der Ampel, in der Supermarktschlange, auf der Rolltreppe, beim Anstehen in der Kantine, vor und nach dem Pinkeln im Schlaf machte.

Dany mußte natürlich wieder auffallen, indem er entgegen dem Rhythmus des Gemurmels der anderen Männer die Stockwerke vertauschte und erst »UG« brüllte und dann »Dachterrasse«.

Die anderen Paare warfen uns pikierte Blicke zu.

Nur der Typ neben uns grinste breit und sagte: »Ihr macht wohl die Paternosterübung: Augen zu und aufspringen.«

Schließlich beendete Marlene den Ulk mit einem silberklirrenden Händeklatschen und läutete den sozialen Part der Sitzung ein: Allgemeines Kennenlernen. Jeweils zwei Paare sollten sich mit Papier und Bleistift zusammentun und sich von Frau zu Frau und von Mann zu Mann interviewen. Man sollte einfach fragen, was einen besonders interessierte. Die Interviewergebnisse sollten dann in der Gesprächsrunde vorgetragen werden. Dies würde sichtbar machen, was uns alle gemeinsam in unserer Situation bewegte.

Für uns blieb das Paar neben uns übrig. Die Frau war sommersprossig, rötlich blond mit einer türkisfarbenen Strähne im Haar und ungefähr so schwanger wie ich. Sie sagte, sie heiße Johanna, sei einunddreißig Jahre alt und erwarte ihr Kind am 18. September. Alle nannten sie Hanna. Ich sagte, ich heiße Johanna, sei fast einunddreißig Jahre alt und erwarte mein Kind am 18. September. Alle nannten mich Joe. Das ließ nicht mehr viele Fragen offen. Hanna erzählte, daß sie Polin sei, seit ein paar Jahren in Berlin lebe und seit zwei Wochen mit dem anwesenden Kindsvater, Ede,

Autoschlosser vom Prenzlauer Berg, verheiratet sei. Sie war Schneiderin, hatte Modedesign studiert und soeben Räume für einen Secondhandladen mit Änderungsschneiderei am Prenzlauer Berg gemietet, als sie feststellte, daß sie schwanger war. Jetzt wollte sie einen Secondhand-Babyladen daraus machen. Seit Wochen sammelte sie Babyklamotten auf Flohmärkten.

»Mensch, da hab ich was für dich!« rief ich und schilderte ihr den Inhalt meines Schrankkoffers voll nagelneuer Babykleidung in den schockierenden Farben Mintgrün, Apricot und Blaßlavendel.

Hanna war sofort damit einverstanden, daß ich mit dem Koffer bei ihr anrückte und die ätzenden Neuteile gegen Gebrauchtware in Farben nach meinem Geschmack umtauschte. Wir diskutierten über die Irrwege der Baby- und Umstandsmode, bis Marlene wieder in die Hände klatschte.

Die anderen vier Paare hatten ihre Aufgabe ordentlich gemacht. Wir erfuhren das Fabrikat ihrer Kinderwägen, das Datum der ersten Kindsbewegungen, die Anzahl der Kliniken, die sie besichtigt hatten, welcher Kreißsaal ihnen am besten gefallen hatte, in welcher Stellung sie gebären wollten, wie sie ihre Verdauungsbeschwerden therapierten und was Sex in der Schwangerschaft so prickelnd machte. Hanna und ich stießen mit unserem kleinen Modedisput durchaus auf Interesse. Eine Kurskollegin bot sich sofort an, den Inhalt meines Schrankkoffers komplett für hundertfünfzig Mark zu übernehmen, falls es sich um Markenware handelte.

Was Dany und Hannas Gatte Ede darboten, stieß hingegen auf volles Unverständnis. Anstelle eines Interviews hatten sie sich über die Filme von Detlef Buck unterhalten. Ede war ein Fan von Bucks Filmen, die Dany, mit Ausnahme von »Karniggels«, bescheuert fand. Ede fand »Männerpension«, Bucks neusten, sehr gelungen, Dany hingegen fand den Film schwach bis auf Marie Bäumer, die ihm gut gefiel. Ede meinte, er stünde mehr auf die Makatsch. Das Lispeln der Makatsch sei erotisch. Die anderen Paare unterhielten sich diskret weiter über ihre Kreissäle, und Marlene sagte diplomatisch: »Auch solche Dinge betreffen uns während der Schwangerschaft.«

Zur Strafe wurden Hanna und ich von den anderen Frauen ignoriert, während wir im Umkleideraum mit unseren Sandalenschnallen kämpften. Alles wegen dieser beiden Idioten!

»Was meinst du, Joe, ob wir ohne unsere Cineasten noch auf ein Alkoholfreies gehen?« fragte Hanna.

Klar, es war bestes Biergartenwetter.

So leicht ließen die Typen sich leider nicht abschütteln. Sie beschlossen, daß wir in Danys Ente, die ein paar Straßenecken entfernt geparkt war, in einen Biergarten am Wannsee fahren sollten. Auf dem Weg zum Auto grölten sie an jeder zu überquerenden Straße: »UG, erster Stock, zweiter Stock, los Mädels!«

Beim Einsteigen hörte ich Ede Dany fragen: »Kennst du eigentlich ›Fahrstuhl zum Schafott‹?«

Zweiunddreißigste Woche

Ein Paar im Achtziger-Jahre-Look lustwandelte händchenhaltend unter den Linden im Klinikpark. Er war gerade aus dem Büro gekommen. Sie hatte den Nachmittag beim Friseur verbracht. Das honigblonde Haar wellte sich in frischen Dauerwellen auf dem Kragen des Sommerkleides. Die Kamera fuhr liebevoll über die Puffärmel, die Wölbung des Bauches und den fröhlich schwingenden Saum ein Handbreit unter dem Knie, glitt die graziösen Waden hinab bis zu den weißen Sandalen. Kein bißchen geschwollene Knöchel im neunten Monat. Ob das so eine aus dem Quellekatalog war, wo die Amateurmodels die Umstandsmode mit Sofakissen auspolsterten? Sie gingen geschlagene fünf Minuten spazieren, während schlecht lesbare technische Daten der Uniklinik durch das spärliche Laub der Linden flimmerten. Es ging auf den Herbst zu. Ich überlegte, ob ich pfeifen sollte, um die Handlung voranzutreiben, als eine plötzliche, heftige Bewegung durch den Körper der Frau ging. Sie krümmte sich und griff panisch nach dem Jackettärmel des Gatten. Ob ihr soeben eingefallen war, daß sie den Gasherd nicht abgedreht oder die Telefonrechnung nicht bezahlt hatte? Die beiden flüsterten miteinander. Leider konnte man nur ihre auf und zu klappenden Münder und aufgerissenen Augen sehen. Der Ton war einer jugendlich beschwingten Männerstimme vorbehalten, die erzählte, wieviel Geburten jährlich in der Uniklinik stattfanden. Die Frau beruhigte sich durch das Rückenstreicheln ihres Mannes, und die beiden gingen sehr langsam auf ein flaches Gebäude im Hintergrund zu, das von herbstbelaubten Sträuchern umstanden war und frische, weiße Fensterrahmen hatte.

»Und hier sehen Sie unseren Kreißsaal.«

Eine Hebamme in blauem Schürzenkleid nahm das Paar in Empfang. Liebevoll legte sie eine Hand auf den Arm der Frau und schob sie sanft einen grün-gelben Gang hinunter. Er dackelte hinterher, hilflos ihr Handtäschchen schwingend. Schnitt!

Bleierne Stille herrschte im Vorführraum. Die Frau neben mir keuchte. Eigentlich hatte sie keinen Grund dazu, denn so wie sie aussah, war sie höchstens in der dritten Woche. Entweder hatte sie Asthma oder Probleme mit der schlechten Luft. Die vorderen zwei Drittel des fensterlosen Hörsaals im Souterrain des Klinikgebäudes waren eng besetzt. Auf den hinteren Rängen war es lockerer, aber die Luft trotzdem zum Schneiden dick.

Die nächste Einstellung zeigte die Frau in einem ganz normalen Bett. Soweit die Bettdecke Einblick erlaubte, hatte sie ihr Sommerkleid gegen ein Nachthemd, vorne zum Knöpfen, vertauscht. Ihr Mann trug einen weißen Kittel und sah aus wie Dr. Müllerstraße. Vielleicht war es Dr. Müllerstraße als armer Assistenzarzt. Vielleicht kriegte er noch heute Prämien für die Frauen, die er in die Uniklinik schickte. Ich wollte genauer hinsehen, aber die Kamera fuhr gerade die medizinischen Geräte ab. Langsam kam unter der Bettdecke Leben auf. Die Frau wimmerte ein bißchen, und die Hebamme oder Dr. Müllerstraße tätschelten sie. Als die Stimme im Hintergrund damit fertig war, die verschiedenen Arten der Narkose (Periduralanästhesie und Pudendusblock, kannte ich schon alles) zu erklären, fing die Frau an zu kreischen und ihren Körper von einer Seite auf die andere zu werfen. Der blaue Rücken der Hebamme wurde eingeblendet. Sie fummelte unter der Bettdecke herum. Ganz schön prüde, der Regisseur. He, Junge, wir wollen was sehen! Die Frau wimmerte in einer Tonlage, die mich an panische Jungschafe erinnerte, während die Hebamme enthusiastisch rief: »Prima machen Sie das, ganz prima. Feste, noch fester! Ja! Gleich haben wir es geschafft. Wunderbar! Ach ...«

In dem Moment schwenkte die Kamera blitzschnell vom Rükken der Hebamme zwischen die Beine der Frau. Zwischen rohem Fleisch klemmte ein schwarzer, blutverschmierter Haarschopf. Die Frau tat einen letzten Schrei, ich auch.

»Uäh!«

In meiner unmittelbaren Umgebung ertönten vereinzelte Lacher, aber die meisten Zuschauer hatten das Gesicht starr auf die

Leinwand gerichtet, auf der die Hebamme verkündete: »Es ist ein Mädchen.«

Das blutige Ding wurde in ein Laken gewickelt und der »Mutti« in den knöpfbaren Ausschnitt gelegt. Es saugte selig, während Dr. Müllerstraße selige Tränen auf das Honighaar seiner Frau tröpfeln ließ, die selig lächelte. Ein Raunen der Erleichterung durchzog den Saal. Nur mir war schlecht. Mußten sie es denn so deutlich zeigen?

Dann flimmerten Reihen schlafender Babyköpfe über die Leinwand. Man war auf der Wochenstation angelangt. Die Quelle-Darstellerin hatte Rooming-in. Ihr Baby schlief in einem verglasten Bett neben ihr. Dr. Müllerstraße brachte einen Rosenstrauß vorbei und flirtete mit der Krankenschwester.

»Bei unserem freundlichen Team sind Mutter und Kind rund um die Uhr in den besten Händen.«

Als Dr. Müllerstraße und Gattin schließlich, einen dunkelblauen Babytragekorb zwischen sich, die Lindenallee gen Ausgang wandelten, schneite es. Sie mußte lang geblieben sein! Dem Happy-End wurde noch eins draufgesetzt, indem man eine Gruppe hochschwangerer Frauen in einer Turnhalle einblendete.

»Melden Sie sich zu einem Geburtsvorbereitungskurs unter der fachkundigen Leitung unserer Hebammen und Physiotherapeutinnen an. Wenn Sie während Ihrer Schwangerschaft Fragen oder Probleme haben, sind Sie jederzeit in der Schwangerenambulanz willkommen.«

Der Film zeigte eine munter lächelnde Rothaarige in weißem Kittel, die bestimmt nicht die Ziege war, mit der ich telefoniert hatte. Dann gingen die Lichter an. Ein junger Mann in Wildlederjacke, der die Vorführung eröffnet hatte, eilte zum Rednerpult. »Sie haben bestimmt eine Menge Fragen zu unserem Film.«

Marlene Zugriff hatte uns im Kurs empfohlen, darauf zu achten, ob ein Arzt oder eine Hebamme die Klinikvorstellung leitete. Dies ließe Rückschlüsse auf die Hierarchie im Kreißsaal zu. Wahrscheinlich war er Arzt. Oder gab es Hebammer? Sollte ich fragen? Aber es schwirrten schon jede Menge Fragen durch den Raum. In der vorletzten Reihe verstand ich die meisten schlecht.

Die kritischen Geister saßen vorn und hatten ausgearbeitete Fragenkataloge mitgebracht. Das penetrante Keuchen meiner Nachbarin ermüdete meine Konzentration zusätzlich zur schlechten Akustik. Außerdem hatte ich einen harten Arbeitstag nebst einem Streit mit Moritz hinter mir. Ich hatte ihn gefragt, ob er nicht mit zur Klinikbesichtigung kommen wollte. Dany konnte nicht, da er Überstunden machte. Moritz hatte mit der Bemerkung abgelehnt, er sei nicht mein Mann für gewisse Stunden. Mir war vor Schreck der Mund offen stehengeblieben.

»Na, das sind ja mal Neuigkeiten«, hatte Annett, die zugehört hatte, von der Teeküche aus herübergerufen.

Später hatte sie mir anvertraut, daß Moritz unglücklich verliebt sei und deshalb so reizbar. Sie hätte mich gern in die Klinik begleitet, aber es war Elternabend und einer ihrer Zwillinge baute zur Zeit jede Menge Mist.

Im Hörsaal hatte sich inzwischen eine Diskussion über Dammschnitte entwickelt.

»Wir haben die geringste Rate an Dammschnitten von allen Berliner Kliniken«, rief der Moderator.

»Dafür die meisten Risse!« rief eine Frau aus dem Publikum zurück.

»Ein kleiner Riß verheilt besser als ein Schnitt.«

»Woher wissen Sie denn im voraus, wie klein der wird?« fragte ein besorgter Vater und Partner.

Die Frau neben mir keuchte zweimal hintereinander. Ich beschloß, ihr Marlene Zugriff zu empfehlen. Sie hatte Hilfe nötig.

»Legen Sie routinemäßig eine Braunüle?« fragte eine andere Frau.

»Immer«, sagte der Arzt mit fester Stimme. »Im Ernstfall haben wir nicht die Zeit ...«

Ich schloß erschöpft die Augen. Was war denn eine Braunüle?

Als es zur Besichtigung der Wochenstation ging, weckte mich meine Nebensitzerin mit einem Keuchen. Eigentlich interessierte mich die Wochenstation nicht, da ich beschlossen hatte, ambulant zu entbinden. Ich ging trotzdem mit. Während die Leute sich aus dem Hörsaal in Richtung Fahrstuhl bewegten, zählte ich sechzig Paare und ein paar einzelne Frauen. Als alle im schmalen

Flur der Wochenstation waren, konnte sich niemand mehr rühren. Der Arzt erklärte brüllend, daß in jedem Zimmer zwei bis drei Frauen und ihre Babys untergebracht waren. Er öffnete eine Tür. Der Raum war gerammelt voll mit Besuchern, obwohl es schon nach acht Uhr war. Ans Fenster gedrängt hockte eine blasse, junge Frau auf einem Hocker. Krampfhaft hielt sie ein Stoffbündel umklammert, in dem wahrscheinlich das Baby versteckt war. Die drei Betten standen so eng nebeneinander, daß man den Atem der Nachbarin auf dem Gesicht spüren mußte. Zur Hauptbesuchszeit mußten sich ein paar Leute unter die Decke hängen, wahrscheinlich die Mütter.

»Selbstverständlich können Sie rund um die Uhr Besuch empfangen«, rief der Arzt. »Jedes Zimmer hat einen Fernseher. Am Ende des Flurs ist ein Raucherzimmer.«

Toll! Ich keilte mich durch die Menge und fand allein meinen Weg ins Treppenhaus. Mein Entschluß, ambulant zu entbinden, war unerschütterlich geworden.

Wo der Kreißsaal war, hatte ich im Film gesehen. Natürlich waren die Fensterrahmen nicht mehr strahlend weiß, und das aufmunternde Buschwerk war einem Stück Gras gewichen. Vor der Eingangstür des Gebäudes, an der ein Schild »bitte klingeln« angebracht war, stand eine zehnköpfige türkische Familie in ein lebhaftes Gespräch vertieft.

»Der Kreißsaal ist eines der ältesten Gebäude auf dem Komplex«, verkündete der Arzt stolz.

Ein paar Frauen wagten zu kichern.

»Im Winter dieses Jahres hoffen wir ein neues Gebäude beziehen zu können, in dem Kreißsaal, Wochenstation und Pädiatrische Abteilung untergebracht sind. Dann werden wir auch einen OP in unmittelbarer Nähe der Kreißsäle haben.«

Fein, aber mir und der Paddlerin nützte das wenig, wenn ich mit halbaufgeschlitztem Bauch die ganze Lindenallee entlang bis zum OP gerollt werden mußte.

Während sich der Pulk langsam durch die Glastür schob, hörte ich eine Frauenstimme flüstern: »Erinnert ein bißchen an einen Schlachthof, nicht?«

Im Vorraum mußte jeder einen Kittel überziehen. Mit dem

Ding über Regulas Trench fühlte ich mich wie in einer Zwangsjacke. Unter der Zwangsjacke rann der Schweiß zwischen meinen Brüsten hinunter. Hoffentlich fiel ich nicht in Ohnmacht. Aber in allen Schwangerschaftsbüchern stand, man solle sich unbedingt mit der Umgebung, in der man sein Kind bekommen wollte, vertraut machen. Es war eine schreckliche Umgebung. Ich erkannte den Flur, den die Quellefrau entlanggewankt war. Es standen Polstersessel und Tischchen darin, die aussahen, als warteten sie auf die Sperrmüllabfuhr. An den Wänden hingen Fotos von Babys und Kleinkindern. Es war auch eine gerahmte Fotografie der versammelten Hebammen da. Ich suchte die aus dem Film. Aber wahrscheinlich war die schon in Rente gegangen. Es stank nach Schweißfüßen. Der Arzt übergab uns einer Hebamme. Sie sagte ihren Namen. Er klang wie »Müsli«. Ich konnte sie mir prima hinter der Theke eines Bioladens vorstellen. Sie hatte kurzgeschnittenes Haar und nackte Füße in Gesundheitssandalen. Ob es ihre Füße waren ...?

»Bevor ich Ihnen unsere hübschen Räumlichkeiten zeige, muß ich mich erst mal für den Geruch hier entschuldigen«, sagte sie lachend. »Die Kolleginnen von der Frühschicht haben nämlich ein Raclette gemacht, und das hängt noch ein bißchen in der Luft.«

Ein Raclette! Ich hatte befürchtet, sie würde sagen, daß es sich um eine homöopathische Narkosemethode handelte. Ich würde jeden Abend darum beten, daß ich nicht bei den Kolleginnen von der Frühschicht entbinden mußte. Sie zeigte uns drei »normale« Kreißsäle. Außerdem gab es noch einen mit einem breiten Bett. Das war der, den wir im Film gesehen hatten. Die normalen Entbindungsbetten waren breitere gynäkologische Stühle, die man ausziehen konnte. Die Wände in den normalen Kreißsälen waren mit pißgelber Ölfarbe gestrichen und die Böden mit Fliesen belegt, die die Schlachthausassoziation verstärkten. Ich konnte Müsli mit einem grünen Gummischlauch die Blutlachen wegspritzen sehen. Auf einer Matte auf dem Boden waren »alternative Gebärhilfen« ausgestellt.

»Ach, ein echter Gebärhocker! Darf ich mal?«

»Aber natürlich.«

Müsli hätte sich als Kindergärtnerin geeignet. Sehnsüchtig dachte ich an Marlene Zugriff. Ein paar Frauen fingen an, mit dem Pezziball zu spielen, während zwei werdende Väter mit männlichem Sachverstand die Mechanik des Bettes überprüften.

»Sie müssen sich noch unser Badezimmer angucken. Das ist vielleicht toll, mit einer riesigen Wanne!« rief Müsli.

Leider wollte es keiner ausprobieren.

»Kann man seine Duftlampe mitbringen?« fragte eine Schwangere.

»Klar!« lachte Müsli. »Auch ihre Lieblingsmusik und ihr Lieblings-T-Shirt. Obwohl, da müssen Sie aufpassen, vielleicht wird es etwas blutig.«

Uääh!

»Kann man mit klarem Wasser ausspülen«, rief das Duftlämpchen.

»Darf man filmen?« fragte eine andere.

»Filmen?« Müsli wurde stutzig.

»Mein Mann würde gern die Geburt filmen.«

Die Antragstellerin war stark geschminkt und trug ihren beträchtlichen Bauch auf Leopardenleggings mit Lackstöckeln. Müslis Miene bekam einen reservierten Ausdruck.

»Also eigentlich finde ich es schön, wenn der Partner bei der Geburt dabei ist«, sagte sie gedehnt. »Er sollte die Frau bei der Geburt unterstützen, indem er massiert, stützt oder den Atemrhythmus vorgibt. Aber filmen? Also, ich weiß nicht. Da müssen Sie die diensthabende Hebamme fragen.«

»Dürfte man bei Ihnen filmen?«

Müsli legte die Stirn in Falten.

»Da müßte ich noch drüber nachdenken.«

»Also wissen Sie«, sagte Leopardenleggings scharf, »bei unserer Großen hat mein Mann die ganze Zeit gefilmt. Mit der einen Hand hat er die Kamera gehalten und ist so nach vorne …« sie beugte sich vor, »… und mit der anderen hat er meine Hand gehalten. Es war wunderbar für mich.«

Uääh!

Als ich von der Zwangsjacke befreit durch die laue Sommernacht nach Hause taumelte, mußte ich Dr. Müllerstraße insgeheim recht geben: rein ging wirklich leichter als raus, vor allem was die Räumlichkeiten betraf. Beim Gedanken an die Kreißsäle ergriff mich die pure Gebärangst. Ob ich in der nächsten Sitzung mit Marlene Zugriff darüber reden sollte? Vielleicht kannte sie eine Klinik, in der es den Hebammen untersagt war, Raclette zu machen und Harzer-Käse-Stullen während der Preßwehen zu verzehren.

Ich vertraute mich Hanna an. Hanna hatte sieben Kliniken besichtigt, und alle waren irgendwie seltsam gewesen, und die meisten hatten komisch gerochen. Inzwischen hatte sie beschlossen, ihr Baby im Geburtshaus zu bekommen.

»Das Geburtshaus ist toll«, schwärmte sie, »alles aus biologisch behandeltem Holz, dein Partner kann während der Wehen Tee kochen, und die Stereoanlage ist einwandfrei. Der einzige Nachteil ist, daß sie darauf bestehen, daß wir da noch mal so einen Vorbereitungskurs machen. Andererseits kann man ja gar nicht genug üben, oder?«

Hanna hatte sich auch für einen Säuglingspflegekurs und »Yoga für Schwangere« angemeldet und wollte mich überreden, mitzukommen.

Leider konnte ich ihren pränatalen Enthusiasmus nicht teilen. Der Abend in der Uniklinik hatte meine Begeisterung für geburtsvorbereitende Aktivitäten gedämpft. Ich tendierte fast mehr dazu, mich mit der pißgelben Ölfarbe und den Schlachterfliesen abzufinden, als mich voll Energie in die biologisch behandelte Gebäratmosphäre des Geburtshauses zu stürzen.

Iris, die bestimmt Rat gewußt hätte, war noch mit ihren Zwillingen im Krankenhaus. Die beiden hatten Gelbsucht. Weil mir das Thema keine Ruhe ließ, rief ich Bianca an. Seit Pfingsmontag herrschte Funkstille zwischen uns. Ich konnte ihr nicht verzeihen, daß sie Kai die Ohrfeige gepetzt hatte. Wider Erwarten freute sie sich über meinen Anruf. Sie hatte gerade ihren Mutterschutz angetreten, und bis auf etwas Wasser in den Beinen fühlte sie sich großartig. Sie würde das neue Baby in derselben Klinik entbinden, in der auch Anne geboren war. Und sie würde auf alle Fälle fünf Tage drin bleiben, um sich gut auszuruhen. Die Klinik hatte eine angeschlossene Kinderklinik. Der OP lag genau neben den Kreißsälen. Die Kreißsäle waren nagelneu, mit allen technischen Finessen ausgestattet, die Hebammen zum Anbeißen nett. Selbstverständlich hatten in diesem Krankenhaus die berühmtesten Gynäkologen des Bundesgebietes rund um die Uhr Dienst. Bianca würde nirgendwo anders auf der Welt entbinden.

»Geburtshaus?« rief sie. »Niemals, schon gar nicht in deinem Alter! Beim ersten Kind geht immer etwas schief, und die Geburt dauert ewig. Wegen der Fliesen mußt du dir keine Gedanken machen. Wenn es anfängt weh zu tun, sind dir die Fliesen total egal ...«

Scheinbar war alles egal, »wenn es anfing, weh zu tun«. Wozu dann der ganze Zirkus?

Dany sagte, anstelle mir über die Kacheln im Kreißsaal Sorgen zu machen, sollte ich ihm lieber mal sagen, in welcher Farbe er die Pankower Küche fliesen sollte, rostrot oder moosgrün?

Dreiunddreißigste Woche

Mein letzter Arbeitstag war Dienstag, der 25. Juli, knallblauer Himmel und morgens um neun schon fünfundzwanzig Grad im Schatten.

Als Dany mich ins Geschäft fuhr, machten wir einen Umweg über einen Supermarkt, wo ich drei Familienpackungen Eis, Schlagsahne aus der Sprühdose und zwei Liter Cola light besorgte. Für den Sekt war Romana zuständig. Die Kindercola war für Marion, meine Schwangerschaftsvertretung. Sie schüttete dieses Gebräu, das kein anderer der in vielerlei Hinsicht elitären *Belle et Triste*-Crew zu sich genommen hätte, literweise in sich hinein. Ich war in großzügiger Stimmung. Was ging Marion mich noch an?

Marion war, laut Annett, die immer noch pflichtbewußt alle Frauenbestseller las, die Birte und ich nicht mal abstaubten, die typische Neunziger-Jahre-Emanze. Äußerlich eine bewußte Karikatur des blonden Naivchens, innerlich abgebrüht. Man könne dies z. B. an dem virtuosen Mienenspiel zwischen unschuldigem Schafsblick und durchtriebenem Zwinkern erkennen. Die damit erzielte Erfolgsquote, was persönliche Interessen betraf, sollte enorm sein. Marion war vielseitig und unerschrokken. Die ausgebildete Buchhändlerin hatte sich in den vergangenen fünf Jahren in einem Computergeschäft, einem Videoverleih und einer Herrenwäscheboutique weiterqualifiziert. Romana hatte sie spontan aus den zweihundertsiebenunddreißig Bewerbern, die auf ihre Anzeige im Börsenblatt geantwortet hatten, ausgewählt. Erst nach längerem Grübeln kam ich darauf, daß Marions einziger offenkundiger Makel, zwanzig Kilo Übergewicht, den Ausschlag dazu gegeben hatte. Marion kombinierte teure Boutiquenklamotten »für Frauen, die Weite brauchen und mögen« pfiffig mit Schnäppchen aus der Umstandsmodeabteilung. Romana hatte sich eine Dauerschwangere engagiert! Und daran würde sich trotz Cola light so bald nichts ändern, denn Marion futterte non stop Gummibärchen und Kekse. Wahrscheinlich verhalf ihr der mit Zucker in die Höhe getriebene Adrenalinspiegel zu der beängstigenden Energie, die sie bei der Umorganisation der Schrottabteilung an den Tag legte. Schon das Wort Schrottabteilung lehnte sie ab. Sie wolle sich in ihrem Beruf entfalten, hatte sie mir erklärt, sie habe zu lange mit Männerunterhosen rumgemacht. Sie richtete zehn Meter Frauenliteratur ein, untergliedert in Gesundheit und Schönheit, Sexualität, Politik, Kunst und Literatur und, auf Romanas Drängen, »Schwangerschaft«. Unverdrossen ordnete Marion die komplette Schrottabteilung ihrem Frauenkonzept unter. Was übrig blieb, wie Videoreiseführer, Autoatlanten und Immerwährende Kalender, kam in ein »Allgemeines Regal«, für das Moritz als Sachverständiger ernannt wurde. Um Moritz zu entlasten entwendete sie Künslerinnenbiographien und Bildbände aus der Art-Abteilung, darunter Moritz' heißgeliebten Georgia O'Keefe Bildband und das schöne Marilyn-Monroe-Buch. Dann setzte sie einen permanenten Sondertisch für ihre Abteilung direkt im Eingangsbereich durch. Den bestückte sie, neben dem schönen Marilyn-Monroe-Buch, mit Stapeln von Taschenbuchschrott. Uns fehlten die Worte. Romana faselte was von frischem Wind und höchster Zeit. Ich ging Marion, so gut ich konnte, zur Hand, aber meistens schickte sie mich gleich morgens in den Packraum, um Prospekte für den Sondertisch zu stempeln. Ich aß dabei eisgekühlten Vanillejoghurt und streichelte die Paddlerin, die protestierend gegen meine Bauchdecke boxte. Sie fand wohl, ich sollte mich gegen die plötzliche Degradierung zur Handlangerin in meiner eigenen Abteilung wehren. Ich dagegen war der Ansicht, daß die Schrottabteilung keinen Aufstand mehr wert war. Ich nutzte die Zeit, meine Pläne für das Babyjahr zu entwickeln. Ganz sicher würde ich meine Magisterarbeit schreiben. Mir schwebte ein Thema über Mutterschaft und dichterische Kreativität vor. Regula hatte mir erzählt, daß es in der Allgemeinen und Vergleichenden Literaturwissenschaft an der Freien Universität eine neue Professorin gab, die voll darauf abfahren würde. Danach würde ich mich von einem Verlag anstellen lassen, bei dem ich gleitende Arbeitszeit hatte. Oder Regula und ich würden selbst einen Verlag gründen, und ich könnte die Paddlerin mit ins Büro nehmen oder in der Hallandstraße arbeiten. Die Paddlerin fand diese Idee besonders gut.

Birte und Moritz waren nicht so leicht zu beschwichtigen wie meine ungeborene Tochter. Moritz war sauer, weil Marion Sachen aus seiner Abteilung klaute und ungefragt seine Donald-Duck-Tasse benutzte. Birte tobte, weil sie die allgemein gehaßten Krimisäulen mitbetreuen mußte (ohne Frauenkrimis natürlich), für die Marion angeblich keine Kapazitäten mehr hatte.

»Romana läßt die doch nur machen, weil *Mona Luna* gegenüber die Ladenmiete nicht mehr zahlen kann. Sie beugt einer Marktlücke in der Knesebeckstraße vor«, klärte Annett uns auf.

War das wahr? Ich rief Regula an, die über den Erotikverlag gute Verbindungen zu den *Mona-Luna*-Frauen hatte. Regula arbeitete jetzt auch in der Knesebeckstraße. Nach einem Zerwürfnis mit Dieter, der ihre Glatze überhaupt nicht witzig gefunden hatte, jobbte sie in Magdas Boutique. Sie sagte, es stimmte. *Mona Luna* würde im Oktober dichtmachen. Die Frauen suchten neue Ladenräume am Prenzlauer Berg. Meine Kollegen erklärten sich augenblicklich mit den *Mona-Luna*-Frauen, auf die wir früher freundlich herabgeblickt hatten, solidarisch und redeten mit Romana nur noch dienstlich und mit Marion gar nicht mehr. Die Luft auf beiden Seiten des Kamasutra war zum Schneiden dick geworden.

Als ich mich mit fünf Supermarkttüten behängt durch die Ladentür schob, war ich froh, daß es mein letzter Tag war. Neben meinem Arbeitsplatz stand eine meterhohe, mit rosa und hellblauen Schleifchen dekorierte Birkenfeige. An manchen Schleifchen hing ein rosa oder ein hellblauer Schnuller, ein gelbes Badethermometer und andere Nettigkeiten.

»Marions Idee«, sagte Moritz im Vorbeigehen.

Unter dem Baum erspähte ich ein großes und ein kleines Päckchen. In dem kleinen war ein Buch, in dem großen entweder die Encyclopaedia Britannica oder die gesammelten Reste aus der ehemaligen Schrottabteilung. Ich warf einen vorsichtigen Blick auf »Allgemeines«. Das Regal hatte sich tatsächlich verdächtig gelichtet. Da es mein letzter Arbeitstag war, mußte ich keine Frauenbuchprospekte stempeln, sondern bekam von Marion den Auftrag, meinen Schreibtisch auszuräumen, d.h. die unterste Schublade, in die sie bereits an ihrem ersten Arbeitstag all meine Sachen gequetscht hatte, um alle anderen Fächer für ihren Kram zu benutzen. Ich feierte Wiedersehen mit verschollen geglaubten Lippenstiften, einer alten Puderdose und zwei Haarbürsten. Ich sortierte Notizzettel mit Telefonnummern, die ich keinen Namen mehr zuordnen konnte, entwirrte Kräuterteebeutel von Reservetampons und warf bröselige Zigaretten meiner Marke von vor drei Jahren in den Papierkorb. Einige Funde stimmten mich sentimental, z. B. das Dankesbrieflein einer Professorenwitwe, der ich »mit viel Sachverstand« die Weihnachtsgeschenke für ihre komplette Verwandtschaft zusammengestellt hatte (besonders hatte sie sich über die liebevolle Verpackung gefreut), oder ein angegrautes Tütchen Cognacbohnen, das mir ein Verlagsvertreter augenzwinkernd zugesteckt hatte, bevor er sich von Birte in die Kinderbuchabteilung schleppen ließ. Ich stieß auf meine Sammlung originell gestalteter Verlagsprospekte und eine Klarsichthülle mit ausgeschnittenen Buchbesprechungen, ein paar von mir selbst verfaßt. Einen Moment lang schlug mein Herz bis zum Hals. Ich fürchtete, daß ich den Beruf meines Lebens aufgab für eine diffuse Zukunft zwischen Staubsaugerbeuteln, Windeln, mit Schnullern geschmückten Blattpflanzen und einer Magisterarbeit, vor der ich mich seit Jahren gedrückt hatte. Was tat ich mir eigentlich an? Dann war Mittag, und Romana bat zum Sekt. Ich warf das Knäuel aus Tampons und Teebeuteln und die alten Cognacbohnen in eine von Marions Schubladen und ging in die Schmökerecke.

Romana hatte mir einen gebührenden Abschied vorbereitet. Auf einem Handtuch standen zwölf blitzende Sektgläser, denn alle Stammkunden, die zufällig hereinschneiten, sollten mitfeiern können, wie es Sitte war in dem alteingesessenen Kreis von Kunstschaffenden und Intellektuellen, dem *Belle et Triste* angehörte und den ich zugunsten von Herd und Wiege im tiefen Osten so leichtfertig verließ. Das Gläserklirren beim Anstoßen fiel kläglich aus, da Moritz und Birte sich weigerten, Marions

Glas zu berühren. Romana geriet bei ihren Abschiedsworten ins Stottern. Es fiel ihr sichtlich schwer, sich für eine Arbeit zu bedanken, die sie nach ihrer geheimen Überzeugung sowieso überbezahlt hatte. Außerdem widersprach es ihrer progressiven Grundeinstellung, sich auf den Schnee von gestern zu konzentrieren, zu dem ich ab heute gehörte.

»Trinken wir einfach auf die Zukunft, auf unser aller Zukunft!« rief sie in gekünsteltem Überschwang und blinzelte Marion über ihr Glas hinweg zu.

Birte schüttelte pikiert den Kopf. Moritz sah abwesend ins Leere. Er hatte wirklich einen neuen Liebhaber. Annett saß als einzige entspannt in ihrem Sessel, die schlanken Schenkel unter dem grauen Buchhändlerinnenröckchen übereinander geschlagen. Als Romana ihr vor zwei Wochen in feierlichem Ton eröffnet hatte, daß ihr nach meinem Ausscheiden die Assistenz in der Belletristik übertragen werden würde, eine Aufgabe, nach der sie sich monatelang alle zehn Finger geleckt hatte, hatte sie nur gleichmütig »aber gern« gesagt. Sie setzte die leere Eisschale auf den Glastisch, strich ihren Rock glatt und rief: »Geschenke auspacken, Joe!«

Sie schleppte die beiden Pakete, die unter der Birkenfeige lauerten, heran und legte sie mir vor die Füße. Das kleine war mit einem persönlichen Kärtchen von Romana versehen. Auf der Rückseite einer von Carl Larssons Großfamiliendarstellungen hatte sie in violetter Tinte ihre besten Wünsche für meine Zukunft und Familie ausgedrückt. Es klang, als ob wir uns nie wiedersehen sollten, dabei hatte ich klargestellt, daß mehr als ein Jahr Erziehungsurlaub für mich nicht in Frage kam, länger konnte Dany uns nicht allein finanzieren. Von dem Magisterprojekt hatte ich ihr vorsichtshalber nichts erzählt. Aus dem handgeschöpften Geschenkpapier rutschte ein »Namensbüchlein«. Eins meiner Haßobjekte aus der Schrottabteilung! Ich hatte mir geschworen, nie hineinzusehen. Erstens glaubte ich, daß ein Name Inspirationssache war. Zweitens verabscheute ich kitschige Bücher.

»Sehr nützlich«, sagte ich kühl, »und eine schöne Erinnerung an meine gute alte Schrottabteilung«.

Romana wurde ein bißchen rot. Um ihre Verlegenheit zu verbergen, zwinkerte sie wieder Marion zu, die ihr Schafsgesicht machte. Ich zerrte an den Schnüren des anderen Paketes. Das Mickymauspapier hatte Moritz ausgesucht. Es war ein Karton drin, der nicht dem Format der Encyclopaedia Britannica oder Meyers Taschenlexikon entsprach. Meine durch jahrelanges Bücherkarton-öffnen und -schließen sensibilisierten Hände sagten mir, daß es überhaupt kein Druckerzeugnis war. Was dann? Etwas in lavendelblaßblau oder mintgrün? Oder, wenn nach Annetts Geschmack ausgewählt, in fröhlichen Knallfarben mit der Aufschrift »Hawaii«? Ich lag gar nicht so falsch. Es war ein kleiner tragbarer Farbfernseher. Schreck laß nach! Als Buchhändlerin und Cineast kultivierten Dany und ich seit Jahren unsere Abneigung gegen TV! Wir hatten nie ein Fernsehgerät in unserer Wohnung geduldet. Wenn Dany ein Fußballspiel sehen wollte, ging er zu seinem Freund Lutz.

»Der ist so leicht, den kannst du mit in die Klinik nehmen!« rief Moritz. »Hier, mit Fernbedienung.«

»Manchmal fällt einem in den letzten Wochen so die Decke auf den Kopf, daß man froh ist, wenn man die Glotze hat«, sagte Annett.

»Und die Welt besteht nicht nur aus Büchern«, setzte Birte mit bedeutungsschwangerem Unterton hinzu.

»Vor allem denk an die Zeit danach, wenn du nicht zum Zeitunglesen kommst. Die Tagesschau kannst du dir mit einem Baby an der Brust allemal reinziehen«, sponn Annett den Faden weiter.

Auch Iris hatte auf der Karte unterschrieben. Es war wirklich ein originelles Geschenk für Buchhändler und so teuer! Was mußten die traurig sein, daß ich ging. Mir kamen die Tränen.

»Keine Sorge, das Ding ist gebraucht, allerdings so gut wie gar nicht«, beruhigte mich Annett.

Die Stimmung war gerade wieder auf den Nullpunkt gesunken, als Elfi Klaaßen mit Tiffany hereinrauschte. Irgend jemand mußte ihr gesagt haben, daß es mein letzter Tag war, denn sie hatte einen rosaumwickelten Geschenkkarton unterm Arm. Während der Pekinese, er hieß tatsächlich Tiffany, mein Handgelenk abschlabbern durfte, schließlich waren wir jetzt Bekannte, schenkte Marion eilfertig Sekt für Elfi Klaaßen ein.

»Ist das schade, daß Sie gehen!« röhrte Elfi. »Du bist bestimmt traurig, was Romana?«

»Na ja, so ist das Leben«, murmelte Romana.

»So eine kompetente und charmante Kraft findest du nicht wieder«, prophezeite Elfi und nahm Marion das Sektglas ab, ohne sie eines Blickes zu würdigen.

Ich kämpfte mit der rosa Schleife. Es war ein Fläschchenwärmer darin sowie vier Flaschen aus Jenaer Glas. Der Fläschchenwärmer war hellgrau, und auch die Flaschen bestachen durch ihre Schlichtheit. Sie waren weder mit Dinos noch mit Krokodilen oder fliegenden Untertassen, sondern lediglich mit Maßeinheiten bedruckt.

»Was Praktisches«, sagte Elfi fröhlich. »Aber da wir uns nun kennen, können wir auf Tüttel ja verzichten. Wenn Sie Qualitätsware aus Glas für Ihre Küche brauchen, geben Sie mir Bescheid. Ich besorge es Ihnen zum Einkaufspreis.«

Das war also das Hinterzimmer von Elfi Klaaßen, dem alten Knesebeckranger!

Der nächste Gast war Regula. Sie kam nur auf einen Sprung, um Marion zwei Gläser *Brut d'Argent* aus der Hand zu reißen und mir mitzuteilen, daß sie mich kurz nach sechs mit Magdas Kombi abholen würde, um die Geschenke in den Pankegrund zu karren. Sie war schon fast wieder an der Tür, als Romana, die Regulas Bekanntschaft wegen ihrer Beziehung zum Erotik-Verlag schätzte, sie zurückrief und nach ihrer Meinung über unsere neue Frauenbuchabteilung fragte. Offenbar kannte sie meine Freundin schlecht genug, um auf Gnade zu hoffen. Regula wiegte bedeutsam ihren inzwischen silberblondierten Stoppelkopf: »Wenn Sie meine ehrliche Meinung hören wollen, Frau Lux, Tradition und Erfahrung lassen sich nicht aus dem Boden stampfen, aber andererseits schnell kaputtmachen.«

Sprachs und hüpfte in neuen müllmannorangefarbenen Jeans außen am Schaufenster vorbei. Marion reichte Romana schnell ein neues Glas. Es war ihr fünftes oder sechstes.

Dann kam Iris. In jeder Hand eine Babyautoschale mit einem

Zwilling darin. Es waren winzige Gnome mit noch etwas gelblichen Gesichtern und wirrem, schwarzem Haar.

»Niedlich«, brüllte Elfi Klaaßen und hielt Tiffany, der die Babys ablecken wollte, fest umklammert. Annett sagte, richtig niedlich würden die erst in fünfzehn Jahren, wenn der eine ein pubertierender Punk und der andere ein pubertierender Raver sei. Sogar Moritz vergaß für einige Minuten sein Liebesleben und fragte: »Welchen hast du nach mir benannt?«

Romana und Marion verzogen sich mit einer Sektflasche in die Frauenbuchabteilung.

»Ist das die Neue?« erkundigte Iris sich flüsternd.

»Sei froh, daß du Erziehungsurlaub hast«, zischte Birte wütend. »Vielleicht kriegen wir sie im Laufe des nächsten Jahres klein.«

»Kein Mobbing, bitte«, sagte Annett in breitem Sächsisch. »Wenn Romana die weiter stapelweise Mist einkaufen läßt, arbeitet hier in einem Jahr keiner mehr, weil wir nämlich pleite sind.«

»Mist verkauft sich doch prima«, sagte Moritz und schob dem kleinen Moritz einen Finger in den Mund, woran dieser eifrig zu saugen begann. »Das Kerlchen hat Kohldampf, Iris!«

Während ich Iris half, in der Teeküche zwei Fertigmilchfläschchen zurechtzuschütteln, erzählte sie mir, daß sie den Fernseher zu einem Freundschaftspreis von Teiggesicht Mareike bekommen hatte. »Sie hat ihn von ihren Schwiegereltern zu Weihnachten gekriegt, mußte ihn jedoch weggeben, da ihr Kleiner süchtig danach wurde.«

Wir grinsten uns verschwörerisch an.

»Romana wollte dir eigentlich die Hundertachtzig-Mark-Toskanische-Küche, die wir schon seit drei Jahren rumstehen haben, aufs Auge drücken.«

Empört schüttelte ich das Moritzfläschchen. Ich war von Anfang an dagegen gewesen, diesen Schinken einzukaufen. Unsere Kundschaft legte für sowas abgelutschtes wie toskanische Küche keine hundertachtzig Mark auf den Tisch! Aber Romana war auf den Super-Sonder-Rabatt, den der Vertreter ihr versprochen hatte, scharf gewesen.

»Die anderen haben sich aber geweigert. Was sollst du mit der toskanischen Küche? Außerdem ist das fies von ihr, nachdem du die verdammte Schrottabteilung jahrelang so gut gemacht hast.«

»Es gibt keine Schrottabteilung mehr«, sagte ich bitter. »Ich habe ihre Auflösung miterlebt ...«

Ich merkte, daß mir schon wieder die Tränen kamen. Iris legte mir einen Arm um die Schulter. »Es ist nicht so, wie du denkst, Joe. Auch mit Kind wirst du Karriere machen.«

Sie mußte es ja wissen.

Wir gingen wieder nach vorne. Iris, die offensichtlich zum Gebären geboren war, bewegte sich schon wieder wie eine Gazelle in einem schmalen Sommerkleid mit Spaghettiträgern. Ich war dagegen unbeholfen wie ein Elefant. Und die Paddlerin war längst noch nicht ausgewachsen! Während ich dem kleinen Moritz das Fläschchen gab, hörte ich eine helle Stimme an der Ladentür nach der Schwangeren mit den tollen Buchtips fragen. Schnell drückte ich dem großen Moritz die Pulle in die Hand. Aber bis ich mich schwerfällig aus dem Sessel erhoben hatte, hatte Marion sich schon ins Blickfeld geschoben.

»Womit kann ich Ihnen denn helfen?« fragte sie, drückte ihren Fettwanst nach vorn und machte ihr Schafsgesicht. Die große Tristesse überkam mich.

Vierunddreißigste Woche

In Zimmer hundertfünf des Rathauses Wedding roch es köstlich nach frischgebrühtem Kaffee. Ich überlegte, wo sie die Kaffeemaschine versteckt hatte. Viele Möglichkeiten gab es nicht. Die Einrichtung des Büros war spartanisch. Vielleicht in dem schmalen Spind in der Ecke?

Die Standesbeamtin hatte unsere Papiere auf der krümelfreien, grünen Schreibunterlage ausgebreitet. Sie zog die Tastatur des Computers zu sich heran und begann, mit flinken Fingern Daten einzugeben. Ihre Kaffeetasse stand an der linken Schreibtischkante. Lady Diana Spencer und His Royal Highness, The Prince of Wales, waren in ihrem Verlobungsoutfit darauf abgebildet. Diana trug einen blau-weißen Schalkragen. Über ihrem voluminösen Pony hatte der Lippenstift der Beamtin ein rosa Wölkchen hinterlassen. Royal Wedding, 29th July 1981! Obwohl ich das Weltgeschehen nur sporadisch verfolgte, wußte ich schon seit langem, daß bei den beiden der Haussegen von Anfang an schiefhing. Meine Mutter hatte es damals gleich gewußt: »Die ist verrückt, wenn sie den alten Knopf nimmt.«

1981 hatten Bianca und ich eine Klassenfahrt nach London gemacht. Auf dem Dachboden in Bremen lag ein ganzes Album mit Londonbildern: Joe und Bianca vor dem House of Parliament, Joe und Bianca auf einem Rasenstück vor Westminster Abbey, Joe und Bianca in einem Taubenschwarm auf dem Trafalgar Square, Joe und Bianca mit fassungslos aufgerissenen Mündern vor einem Souvenirstand mit Lady-Di-und-Prince-Charles-Artikeln: bedruckten Taschentüchern, Lesezeichen, Kugelschreibern, Teetassen, Geldbeuteln.

Joe: Den würde ich niiiiie heiraten, und wenn er Millionen hätte.

Bianca: Der hat Millionen! Aber sogar mein Papa sieht besser aus.

Joe: Schön ist sie ja auch nicht gerade. Altmodische Frisur.

Bianca (kopfschüttelnd): Bestimmt keine Liebesheirat.

Joe: Aus Liebe heiratet heutzutage doch sowieso kein Mensch mehr. Ich werde gar nicht heiraten. Ist doch pervers.

Bianca: Du bist ja auch mit keinem Typen länger als vier Wochen zusammen! Ich und Kai dagegen ...

Joe: Mit dem ersten Freund geht es sowieso nicht gut.

Bianca: Erfahrungssache, wie?

Joe: Ob du's glaubst oder nicht, ich habe einfach was anderes vor mit meinem Leben: studieren, Karriere ...

Bianca: Ob ich Kai so eine Lady-Di-und-Prince-Carles-Postkarte schicke?

Joe: Au ja! Und ich schicke Pit eine.

Bianca: Pit? Wer ist denn das schon wieder?

Dany riß mich mit einem zarten Rippenstoß aus meinen Jugenderinnerungen.

»Ob *du* voreheliche Kinder hast, will die Dame wissen.«

Ich schüttelte irritiert den Kopf. Wie kam sie darauf?

»*Gemeinsame* voreheliche Kinder?«

Dany deutete auf die Wölbung unter Regulas Bronzefarbenem.

»Nur das da.«

»Die da!« verbesserte ich ihn.

Die Beamtin tippte weiter, ohne eine Miene zu verziehen. Wahrscheinlich war sie 1981 in einem der unzähligen Touristenbusse gewesen, denen Bianca und ich begegnet waren. Bestimmt hatte sie auch noch eine grüne Plastiktasche von *Harrod's* auf dem Boden ihres Kleiderschrankes liegen. Dort bewahrte meine Mutter die auf, die ich ihr damals mitgebracht hatte. Sie benutzte sie nur, wenn sie zum Bummeln in das eingebildete Hamburg fuhr. (Mama hatte keine Ahnung, daß ich nun wahrscheinlich doch heiratete, Spätzle-Resi auch nicht). Die kühle Beamtin notierte meinen Namenswunsch. Ich hatte mich für Seidel-Krollmann entschieden, auch wenn es jeden Unterschriftenvordruck sprengte. Die Beamtin informierte uns darüber, daß die Voranstellung des Geburtsnamen zwanzig Mark extra kostete, aber erst am Tag des Geschehens. Das mußte Dany übernehmen. Er konnte nicht erwarten, daß ich nach einunddreißig Jahren plötzlich auf Frau Krollmann hörte. Ich war nicht mehr so jung und romantisch wie Lady Di, damals. Vor zwei Nächten hatte ich geträumt, daß eine Oberschwester mit langen Zähnen meine neugeborene Tochter in einen Glaskasten sperrte. Das Baby war sechs Wochen zu früh auf die Welt gekommen. Ich durfte es nur von außen betrachten, weil ich noch nicht reif für die Mutterschaft war. Das Baby wurde immer kleiner, je angestrengter ich durch das Glas stierte. Kurz bevor es ganz weggeschrumpft war, war ich mit einem Schrei aufgewacht.

»Wir sollten eine richtige Familie werden«, hatte Dany geflüstert, während er mich tröstend in den Armen wiegte. »Du und ich und das Kind: ein Name und ein gemeinsames Leben. Okay, zwei Namen, wenn du darauf bestehst.«

»Nächstmöglicher Termin«, sagte er zu der Beamtin.

»Freitag, 18. August, 10.30 Uhr. Finden Sie sich bitte fünfzehn Minuten vorher im Foyer rechts bei den Ledersitzgruppen ein. Parkplätze für Sie und Ihre Gäste stehen hinter dem Gebäude zu Verfügung.«

Ob die dachte, daß wir mit fünf Rolls-Royce anrollten?

»Vergessen Sie Ihre Trauzeugen nicht«, rief sie hinter uns her, als wir den Raum verließen.

Im Büro nebenan mußten wir die Urkunden bezahlen und konnten, wenn wir wollten, ein Familienstammbuch erwerben. Das Paar vor uns stritt sich heftig. Sie wollte weinrotes Leder mit Goldrand. Er fand schwarzen Kunststoff neutraler. Dany fragte, ob wir nicht vor könnten, weil wir nur zahlen und kein Stammbuch kaufen wollten. Auf dem Rathausvorplatz schütteten wir uns aus vor Lachen.

»Neutraler«, jappste Dany, »Weil schwarz auch zu Sterbefällen paßt? Oder wie hat der das gemeint?«

Wir gingen in einen Bäckereiimbiß in der Müllerstraße, weil Dany noch einen Kaffee brauchte, bevor er zur Arbeit fuhr. Ich nahm eine heiße Schokolade und ein Schinkencroissant. Die

Paddlerin hatte morgens immer hervorragenden Appetit. Ich erzählte Dany von der Royal-Wedding-Tasse. Leider hatte er sie vor lauter Aufregung nicht bemerkt. Rührend, daß er so nervös war! Wahrscheinlich war es gar keine so schlechte Idee zu heiraten, auch wenn siebzig Prozent unserer Bekannten »Huch, wegen einem Kind muß man doch nicht heiraten«, kreischen würden. Bianca zum Beispiel, die lange vor Annes Zeugung ihre Liebesheirat getätigt hatte. Vor lauter Liebe hatte sie ein richtiges Arschloch erwischt. Oder Moritz, der seinen Liebsten auf einem Schimmel zum Altar führen würde, wenn man ihn nur ließe. Was Regula sagen würde, wollte ich mir lieber gar nicht erst vorstellen.

»Ist doch pupsegal, was die alle sagen.«

Dany verrührte den dünnen Milchschaum in seinem Cappuccino.

»Ein Kind ist ein guter Grund zum Heiraten. Nenn mir einen besseren. Außerdem geht's keinen was an.«

»Und die Trauzeugen?«

Wen nahm man als Trauzeugen, wenn man nicht zwei Fremde auf der Straße auflesen wollte? Bei Biancas Hochzeit waren ihr Bruder und Kais Schwester Trauzeugen gewesen. Aber Dany hatte keine Geschwister, und Marianne würde kaum ihre Schafe im Stich lassen, um meine Hochzeit zu bezeugen. Marianne war sowieso die letzte, die ich dabeihaben wollte.

»Lutz und deine Busenfreundin Regula natürlich«, sagte Dany.

Lutz, natürlich. Ich seufzte laut. Lutz, das würde Nerven kosten.

»Keine Sorge, er ist gerade solo«, versuchte Dany mich zu beruhigen.

Eigentlich war Lutz nett. Im Gegensatz zu den meisten Fotografen, die ich kannte, meinen zukünftigen Ehemann eingeschlossen, hatte er keinen Künstlerfimmel. Im Gegenteil, das Künstlergetue an der Hochschule war ihm so auf die Nerven gegangen, daß er sein Studium abgebrochen hatte und in eine Fotoladenkette eingestiegen war, wo er inzwischen als Einkaufsleiter prima verdiente. Obwohl er (ebenfalls im Gegensatz zu seinen Exkommilitonen) einen soliden Lebensstil pflegte, hatte er Pech mit Frauen. Er stand auf ätherische, teuer gestylte Geschöpfe, die er in Sonnenstudios, an Parfümeriesondertischen und in den Fotostudios, mit denen er geschäftlich zu tun hatte, aufriß. Früher oder später begannen diese Ex-und-Pseudomodels Ärger zu machen, und irgendwann verschwanden sie mit einem Teil von Lutz' Mobiliar. Dann lud er uns zum Essen ein und schüttete sein ramponiertes Herz aus, stundenlang. Lutz und Regula. Fast so gut wie Lady Di und Prince Charles.

Fünfunddreißigste Woche

Nicht mal mehr die Morgen waren kühl. Ich wachte verschwitzt auf. Der eiskalte Strahl aus der kaputten Dusche verschaffte nur kurzfristig Linderung. Toaster und Kaffeemaschine reichten aus, um die Küche in eine Sauna zu verwandeln. Den Gang ins Freibad verkniff ich mir. Bei den Temperaturen standen die schulbefreiten Jugendlichen schon um halb acht Schlange. Es war mir zu lebhaft im Wasser. Außerdem brauchte ich die Morgenstunden zum Packen. Gegen neun erschien Regula, die in dieser Woche die Nachmittagsschicht in Magdas Boutique hatte. In Magdas Kombi brachte sie täglich neue Kartons mit, die sie am Abend vorher bei *Belle et Triste*, *Mona Luna* und diversen Gemüsehändlern eingesammelt hatte. Ich hatte eine völlig falsche Vorstellung vom Umfang unserer Besitztümer gehabt!

Am Samstag waren wir endlich in der Küche angelangt. Die Küche war am schlimmsten. Alle Gegenstände, die Dany und ich außerhalb des viel zu kleinen Küchenschrankes aufbewahrt hatten, waren mit einer klebrigen Staubschicht überzogen, die sich nur mit heißem Wasser entfernen ließ. Dazu gehörten die angeschlagenen Teekannen, die Dany von seiner Oma geerbt hatte, und die Präsente meiner Mutter aus den letzten zehn Jahren: das Raclette, der Wok, das Fonduegerät, die Joghurtmaschine, der Dampfkochtopf, Sachen, die wir nie benutzt hatten, von denen wahrscheinlich nicht mal mehr eine Gebrauchsanleitung existierte. Zähneknirschend schrubbte, wischte und trocknete ich ab, während Regula das Zeug in Zeitung wickelte und in Kisten packte. Jede halbe Stunde machte ich ein paar Entspannungsübungen auf dem Gymnastikball, und Regula erzählte mir von ihrem neuen Leben. Die Trennung von Dietmar hatte befreiend auf sie gewirkt. Sie hatte beschlossen, das Wohnstudio zu kündigen und die vierundfünfzig Quadratmeter Pankegrund von uns zu übernehmen. Sie hatte es satt, für eine hohe Miete arbeiten zu gehen. Als ich zu bedenken gab, daß sie nur einen Raum zur Verfügung haben würde, wenn sie unser Schlafzimmer als begehbaren Kleiderschrank benutzte, erwiderte sie, sie benötige keinen begehbaren Kleiderschrank mehr, da sie ihre Klamotten alle verkaufen wolle. Ich konnte es kaum glauben, aber ihre neue Mentorin Magda hatte ihr tatsächlich weisgemacht, daß ihr Luxusweibchenstil was für Frigitteleserinnen über vierzig sei. Kreative Weiblichkeit zeichne sich durch Purismus und Originalität aus. Deshalb hatte Regula sich diese knallengen orangefarbenen Jeans zugelegt, in denen man deutlich sah, daß ihr Hintern doch nicht mehr so knackig war, wie die alten Seidenfummel vorgetäuscht hatten. Dazu trug sie ein geripptes Unterhemd und einen Lederriemen um den Hals, an dem eine Art Hühnerknochen hing.

»Ich hab keinen Bock mehr, abgehalfterte Playboys zu betütteln. Ich geh nach New York. Mit eurer Wohnung kann ich mir das leisten.«

»Und was machst du da?«

»Vielleicht krieg ich ein Kind.«

»Ein Kind? Ich dachte, wir wollen diesen Verlag gründen, wenn ich mein Kind habe – und den Magister!«

Mit energischen Handgriffen wickelte sie das Teegeschirr von Danys Oma in die *Zeit* von dieser Woche. Dany würde sowieso nicht dazu kommen, sie zu lesen.

»Deshalb geh ich ja!«, rief sie. »Ich hab einen Freund, der in New York einen Verlag hat. Da wollte ich mich mal umgucken. Vielleicht könnte ich auch eine Lizenz für 'ne Übersetzung kriegen. Irgendwas Interessantes.«

Dann rannte sie in ihren neuen puristischen Leinenturnschuhen durchs ganze Haus, um nach alten Zeitungen zu fragen. Die Radüchels waren in dieser Hinsicht sehr hilfsbereit. Die Kleinen sammelten die weggeschmissenen Zeitungen von allen Parkbänken und aus allen Papierkörben im Kiez, um sie Regula freudestrahlend zu überreichen. So glücklich waren sie, daß wir endlich auszogen! Ich war auch glücklich. Obwohl ich fast sieben Jahre hier gelebt hatte, tat es mir kein bißchen leid, den Wedding zu verlassen.

Am Sonntagmorgen um acht fuhr Dany mit der U-Bahn nach Kreuzberg, um den Umzugswagen vom Autoverleih zu holen.

Ich bewegte mich in Zeitlupe von Kartonstapel zu Kartonstapel. Auch bei niedrigeren Temperaturen wäre ein schnelleres Tempo nicht möglich gewesen. Das Wohnzimmer glich einem Paketbahnhof zur Vorweihnachtszeit. Mit einem roten Filzstift markierte ich vierundzwanzig Bücherkartons mit einem B (schwer, aber nicht zerbrechlich) und zehn Kartons mit Fotozubehör mit einem F (weniger schwer, aber zerbrechlich). Dazu kamen sieben Kisten mit einem G für Glas. Für die Analphabeten unter unseren Helfern malte ich ein windschiefes Weinglas daneben. Ich wünschte, ich hätte den Mut gehabt, das Teegeschirr von Danys Oma in den Altglascontainer zu befördern. Dany hielt es für so kostbar, daß man es nicht benutzen durfte, aber in der neuen Wohnung trotzdem wieder auspacken mußte.

Um das Chaos noch zu verschärfen, war vor zwei Tagen der Kühlschrank kaputtgegangen. Wahrscheinlich war dem guten Stück aus Danys WG-Beständen die Hitze zuviel geworden. Die Eisschollen in der Küche waren zwar schnell verdunstet, aber da ich den neuen Kühlschrank, zusammen mit der Waschmaschine, die wir uns zur Familiengründung gekauft hatten, gleich in die Hallandstraße liefern lassen wollte, wußten wir nicht, wo wir das Mineralwasser für die Umzugshelfer kaltstellen sollten.

Auf dem Fußboden und den Fensterbrettern lagen noch etliche Gegenstände, für die sich kein Platz in Kartons gefunden hatte. Danys Cowboystiefel, eine Eieruhr, ein Radiowecker, dessen Radio nicht mehr funktionierte, eine Luftpumpe ohne Fahrrad, das eine oder andere T-Shirt ... Wie sollten wir eigentlich die Zimmerpflanzen transportieren? Ich legte den Filzstift weg und setzte Kaffeewasser für die Umzugscrew auf. Hoffentlich war die Milch, die ich seit gestern in einem Putzeimer voll Wasser aufbewahrte, nicht sauer geworden. Vier starke Männer (Dany inklusive) und Birte wurden Punkt neun Uhr erwartet. Regula hatte nach der anstrengenden Woche einen Schönheitsschlaf verdient und würde erst abends zum Italiener kommen, um den Umzug zu begießen und Lutz, ihren Trauzeugenpartner, kennenzulernen. Auf der Startbahn in ihr neues Leben hatte sie vorübergehend alle Vorurteile abgelegt und keine einzige Bemerkung zu unserer Heirat gemacht. Ich hatte gerade den Kaffee aufgebrüht und mit einem Blick auf den defekten Radiowecker festgestellt, daß keiner unserer Umzugshelfer pünktlich war, als das Telefon klingelte. Es war Moritz, der mir mitteilte, daß er sich beim Squash den Fuß vertreten hätte und daher nicht in der Lage sei, Möbel zu schleppen. Ich wurde augenblicklich mißtrauisch. Moritz war genau der Typ, der sich mit allen Tricks vor körperlicher Betätigung bei 30 Grad Außentemperatur drücken würde, ausgenommen Squash und Sex.

»Warst du schon beim Arzt?«

»Heute ist Sonntag, Schätzchen.«

Ich vernahm ein Murmeln im Hintergrund. Wahrscheinlich sein Liebster, der ihm Eisbeutel auf den Fuß legte. Ich wünschte gute Besserung. Seine Stimme klang unangemessen fröhlich, als er sich bedankte. Die nächste Anruferin war Birte. Sie klang überhaupt nicht fröhlich. Ihre Mutter hatte bei der Hitze einen Kreislaufkollaps erlitten und lag im Krankenhaus. Birte konnte sie und ihren Vater unmöglich alleinlassen. Ich goß mir eine Tasse Kaffee ein, verbrannte mir den Mund und veranstaltete ein nervöses Hindernisgehen durch die Räumlichkeiten, die wir in den nächsten paar Stunden für immer verlassen wollten. Die Paddlerin lag mir wie ein Klumpen Blei im Bauch. Wo blieb ihr Vater mit der verdammten Umzugskutsche, und wo blieben die Helfer? Der gute alte Lutz erschien kurz vor halb zehn. Ich schenkte ihm einen Plastikbecher mit Kaffee ein und stellte fest, daß sein Bierbauch gewachsen und seine Nackenmuskulatur doch nicht so kräftig war, wie ich sie in Erinnerung hatte. Ich teilte ihm mit, daß zwei Helfer abgesagt hätten. Er tätschelte beruhigend meinen Arm. »Eure paar Sachen schaffen Dany und ich zur Not allein.«

Er war ein Schatz. Als er feststellte, daß die Milch sauer geworden war, trank er den Kaffee ohne Murren schwarz. Er versuchte, mich mit einer Schilderung seiner letzten Verflossenen, einer blöden, blonden Lufthansa-Stewardeß aufzuheitern, als zum dritten Mal das Telefon klingelte. Beim Abnehmen hörte ich zuerst ein albernes Kichern und dann den Spruch: »Mit einer scharfen Rothaarigen ins Bett gerutscht, mit einem Elefantenfuß aufgewacht, tut mir echt leid, Dany, alter Knabe.«

Auf scharfes Nachfragen stellte sich heraus, daß der Anrufer Danys Kollege Jens war, der in der vergangenen Nacht bei einem Schwof im Bootshaus ausgerutscht war. Ich hörte wieder das Kichern im Hintergrund, eindeutig weiblich, und legte auf. Vertretene Füße würde ich für immer aus meinem Ausredenrepertoire streichen.

»Hör mal, Joe, das ist noch gar nichts«, sagte Lutz. »Du kannst dir nicht vorstellen, wie mies Regine drauf war. Zwei Wochen nach der Trennung ist sie in meine Wohnung gegangen und hat alles mitgenommen, was sie mir angeblich mal geschenkt hat. Etliche Videocassetten und CDs waren weg und der ganze gute alte Wein. Die hat einen Vormittag lang ihren Golf vollgeladen. Sogar mein Eau de toilette vom letzten Geburtstag. Was will sie damit? Ist doch höchst unwahrscheinlich, daß ihr nächster Typ die gleiche Marke benutzt ...«

»Vielleicht verscherbelt sie es zollfrei«, sagte ich genervt. Diese Regine interessierte mich im Augenblick überhaupt nicht.

Kurz vor zehn kam endlich Dany. Sein Kopf glühte wie eine Tomate. Sein T-Shirt war durchgeweicht. Bei dem Autoverleih war eine riesige Schlange gewesen. Halb Berlin zog heute um. Fürsorglich reichte ich ihm einen Becher Kaffee. Er goß tüchtig saure Milch dazu und schrie: »Scheiße!«

Ich erzählte von Moritz', Birtes und Jens' Absage.

Er schrie wieder »Scheiße« und ließ den Kaffeebecher fallen. »Zu heiß!«

Dann berieten wir, wie der Umzug zu retten war. Ein Blick auf die Kartonbarrikade im großen Zimmer hatte auch Lutz davon überzeugt, daß dieser Umzug für zwei Männer und eine Hochschwangere eine Sache von Leben und Tod werden würde.

»Du rufst Regula an, und ich probier's bei Ede«, befahl Dany.

Ich schüttelte den Kopf. Ede hatte uns gestern, bei Marlenes letztem Meeting, erzählt, daß er und Hanna dazu verdonnert waren, am Sonntag in der Laube den sechzigsten Geburtstag seines Vater zu feiern. Es würde gegrillte Thüringer und lauwarmes Bier geben.

Meine kluge Freundin Regula hatte ihren Anrufbeantworter dran, der mir freundlich erklärte, daß seine Auftraggeberin schlief und vor vier Uhr nicht aufzuwachen gedenke. Bei Ede mußte Dany es zehnmal klingeln lassen, bis er schlaftrunken abnahm. Er war zwar nicht gerade begeistert, meinte aber, die Aussicht Möbel zu schleppen, sei nicht wesentlich schlimmer, als mit seinem Alten und dessen roten Kumpels in der Datscha zu saufen. Er käme, sobald er Hanna in den Garten gefahren habe. Hanna schrie im Hintergrund Zeter und Mordio, und Ede sagte, schön, er käme in einer Stunde, Hanna wolle nicht allein auf die Geburtstagsfeier. Hanna schrie, sie wolle mitkommen und mir beistehen, aber Ede sagte: »Dann packst du auch noch Kisten an. Nee, nee, du bleibst zu Hause.«

Ich wollte protestieren. Erstens hätte ich Hanna gern an meiner Seite gehabt, zweitens konnte ich es nicht ausstehen, wenn werdende Väter patriarchalische Züge entwickelten, aber Dany hatte schon aufgelegt.

»Die Ossis sind prima Kumpel«, sagte Lutz, der gerade probeweise meinen schweren Dreißiger-Jahre-Schreibtisch angehoben hatte, erleichtert, als das Telefon wieder klingelte.

Ich heulte auf.

»Es kann keiner mehr absagen«, sagte Dany grimmig, nahm den Hörer und gab ihn mir. Es war Annett, die sich erkundigen wollte, wie der Umzug liefe und ob wir noch Hilfe brauchten. Wahrscheinlich hatte Birte sie angerufen, aber mit ihren fünfzig Kilo Lebendgewicht konnte sie auch nichts mehr retten.

»Natürlich komme ich«, sagte sie empört. »Wenn ich das Auto ankriege, bin ich in einer Dreiviertelstunde bei dir.«

Das Auto war ein verrosteter Wartburg, den ihr Ex bei ihr stehengelassen hatte, weil ihn das billiger kam als verschrotten. Normalerweise fuhr Annett damit nur einkaufen und zum Badesee, weil sie ihn nicht mehr für stadtverkehrstauglich hielt. Dany brühte eine neue Kanne Kaffee auf, und Lutz begann noch einmal mit der Geschichte von der miesen Regine.

Sie kamen alle zusammen Punkt elf. Annett trug eine rote Baseballmütze und hatte einen Korb am Arm wie Rotkäppchen. Ede hat zwei Kumpel mitgebracht, bei deren Anblick mein Herz auflachte. Der eine hatte die gleiche Baseballmütze wie Annett in schwarz, dazu Jogginghosen und ein Boss-T-Shirt, das von seiner Rückenmuskulatur eindrucksvoll gedehnt wurde. Der zweite, ein lilagefärbter Punkverschnitt mit Lederhosen und Netzhemd, war zwar zarter gebaut, aber immer noch athletisch genug für eine mittlere Bücherkiste. Die Solidarität am Prenzlberg war wirklich toll! Gut, daß wir dahin zogen! Mit neuem Elan schenkte ich Kaffee aus.

»Wo hast du die beiden denn so schnell aufgetrieben?« flüsterte ich Ede ins Ohr.

»Unten an eurer Haustür«, knurrte er und beäugte mißmutig die Schlieren, die die saure Milch in seinem Kaffee zog.

»Das sind meine Söhne, Eric und Walt«, erklärte Annett. »Und hier ist frische Milch.«

Außerdem holte sie eine große Tüte Brötchen vom Sonntagsbäcker und eine Salami aus ihrem Korb.

Der Umzug verlief reibungslos unter Annetts Regie. Lutz trug zusammen mit Walt, dem Zwilling mit dem breiten Kreuz, die schweren Möbelstücke hinunter. Ede, Eric und Dany schleppten die Kisten. Annett verteilte Traubenzuckerbonbons, verfrachtete unsere Topfpflanzen in einen Wäschekorb, zog mit mitgebrachten Müllsäcken, in die sie herumliegende Gegenstände warf, durch die Wohnung und hatte ein wachsames Auge auf mich. Ich saß auf dem Gymnastikball und ließ das Becken kreisen. Wenn ich nicht mehr konnte, legte ich mich auf eine ausgerollte Isomatte und machte Entspannungsübungen. Ich wurde fast wahnsinnig dabei. Kurz vor zwei war die Fuhre fertig. Während Lutz mit Eric und Walt im Umzugswagen gen Pankow fuhr, packten die anderen die herumliegenden Reste in Edes Trabi, Annetts Wartburg und Danys Ente. Das letzte, was sich in der Wohnung befand, war ich, auf der Isomatte liegend und nach Luft schnappend. Die Paddlerin übte Handstand mit Überschlag, löblicherweise, denn laut Dr. Müllerstraßes letzter Diagnose lag sie immer noch falsch rum, mit dem Popo zum Ausgang statt mit dem Kopf. Als wir in der Hallandstraße ankamen, hatten Lutz und seine jugendlichen Helfer den Transporter schon entladen. Die Kistenbarrikade nahm sich in dem neuen, großen Wohnzimmer viel harmloser aus als in dem alten. In der Küche waren Tisch und Stühle aufgestellt. Im Spülbecken lagen mehrere Seltersflaschen unter dem Kaltwasserhahn. Ich mußte nur noch die Füße hochlegen und glücklich sein. Mein neues Heim! All meine Kisten um mich herum versammelt, ein Kind in meinem Leibe strampelnd und mein zukünftiger Ehemann etwas windschief und verschwitzt, aber selig lächelnd, im Türrahmen hängend!

»Ich hab dir doch gesagt, daß alles klappt«, sagte Lutz und tätschelte meine Hand. Dann zogen er und Dany los, um den Wagen zum Verleih zurückzubringen. Sie würden danach im Biergarten einer Pizzeria im Prenzlauerberg, in die wir unsere Helfer eingeladen hatten, auf uns warten. Ede fuhr mit seinem Trabbi nach Hause, um Hanna abzuholen, und Eric und Walt verabschiedeten sich höflich von ihrer Mutter.

»Punkt elf seid ihr zu Hause,« sagte sie barsch.

Es war mir schon den ganzen Tag aufgefallen, daß Annett ihren Prachtsöhnen eine strenge Mutter war.

»Prachtsöhne«, schnaubte sie verächtlich.

Nachdem alle weg waren, hatten wir zwischen weißblitzenden Kacheln ein schönes, kühles Bad genommen und uns auf dem Futon ausgestreckt. Seufzend beäugte Annett die blauen Flecken auf ihren Armen und Beinen. Ihr rechter Unterarm war geschwollen. Es war ein Regalbrett draufgefallen. Dann erzählte sie mir von dem Familienkrach, dem ich die unerwarteten Umzugshelfer zu verdanken hatte.

Am Freitag abend wollte Annett endlich ihre Zuckerstückchensammlung wegwerfen. »Hunderte von Westzuckerli aus der Vormauerzeit in sieben Einmachgläsern. Mein Ex hat mir die immer von seinen Westtrips mitgebracht. Eric kommt in die Küche, während ich mir die Zuckerstücke begucke, und tut ungewöhnlich interessiert. Dann grapscht er nach einem Stück und will es einstecken.

Ich, mißtrauisch: ›Her damit.‹

In dem Seidenpapier ist gar kein Zucker, sondern so ein braunes Stück Torf.

Ich, ganz naiv: ›Was ist das denn?‹
Eric: ›Weiß nicht, gehört Walt.‹
Ich rufe Walt.
Walt sagt: ›Weiß nicht, gehört Eric.‹
›Shit‹, sagt Eric.
›Na, ein Piece‹, sagt Walt.
Ich: ›Rauschgift.‹ Immerhin mache ich Englisch im zweiten Semester an der Volkshochschule und laß mich nicht gerne verscheißern. Die beiden wollen sich halb totlachen.
›Ein Piece‹, sagt Eric.
›Total legal‹, sagt Walt.
Ich frage, wo sie das herhaben.
›Frag Eric‹, sagt Walt.
›Frag Walt‹, sagt Eric.
›Total legal‹, sagen beide.
›Klar‹, sage ich, ›drum liegt's in meiner Zuckersammlung. Die schmeiß ich jetzt weg, und das Open-air im Treptower Park fällt morgen aus.‹
Sie massierte den lädierten Unterarm.
»Mann, bist du streng«, rief ich.
»Sie sind fünfzehn, und für Fünfzehnjährige ist Shit und Piece nicht legal, jedenfalls nicht in meiner Küche. Um sicherzugehen, daß das Open-air in Treptow wirklich ausfällt, mußte ich mir natürlich eine Ersatzveranstaltung ausdenken.«
Ich rollte mich vor Freude quietschend über den Futon.
»Und das Piece, Annett?«
»Kommt in die Andenkenkiste, zu den ersten Haarlocken und Milchzähnen. Damit sie's mal meinen Enkelkindern zeigen können: Guck mal, Bubi, Papis erstes Piece«, säuselte sie mit süßer Stimme.
Die Paddlerin hüpfte vergnügt in der Gebärmutter auf und ab. Hoffentlich drehte sie sich endlich. Kinder waren offenbar ein Heidenspaß. Sogar mit fünfzehn. Ein Spaß fürs Leben, sozusagen.
»Walt braucht ein strenges Händchen. Er kommt nach seinem Vater«, sagte Annett verbissen.
Ich überlegte, welche Gefahren mir aus Dany Erbmasse droh-

ten. Er war ein Morgenmuffel, er war eigen mit seinen Teekannen und dem Geschirr seiner Oma, er war entscheidungsscheu und ein unverbesserlicher Gewohnheitsmensch, er kochte schlecht, er putzte nie das Klo, hatte wenig Feingefühl für die Probleme anderer …

»Mach dir mal keine Sorgen«, unterbrach mich Annett, »dein Dany ist ein Goldschatz. Du kriegst eine reizende Tochter.«

»Na ja, er hat auch so seine Eigenarten.«

»Heute war er jedenfalls großartig, rührend um dich besorgt, umsichtig, geschickt und richtig gutgelaunt bei der Plackerei – wenn mein Ex jemals so drauf gewesen wäre …«

»Was dann?«

Ich wollte unbedingt mehr hören, denn ich kam selten in den Genuß, daß Dany von anderen Frauen gelobt wurde. Die meisten fanden ihn eher zurückhaltend.

»Na, dann wäre er nicht mein Ex! Ehrlich gestanden, hätte ich dir so einen Typ gar nicht zugetraut. Er wirkt gar nicht intellektuell, sondern eher … warmherzig und sportlich.«

»Hä?«

»Na ja, das breite Kreuz, die gelassene Art, ein richtiger Bär. Ich steh auf Bären!«

Oje, da stimmte was nicht.

»Ich glaube, du meinst Lutz.«

»Lutz?«

»Dany ist der schmale, blonde. Lutz, der Gemütsmensch, ist sein Freund.«

Annett fing an zu kichern.

»Ach, der kleine Linksintellektuelle, der so hysterisch in der Gegend rumgefurzt ist …«

»Annett!«

»Aber Joe, ich finde deinen Dany sehr sympathisch. Ein bißchen zurückhaltend vielleicht.«

Sechsunddreißigste Woche

Zwischen Umzug und Trauung lagen planmäßig vier Tage, in denen ich die Pankower Wohnung einrichten wollte. Am Montag hatte Dany frei und baute die Möbel auf. Danach war ich auf mich und die Paddlerin gestellt. Mit Regula konnte ich nicht rechnen, da sie ihr Buch beim Erotik-Verlag fertigmachen mußte. Annett und Birte mußten arbeiten. Es war immer noch gnadenlos heiß. Wenn ich eine halbe Stunde Bücher in Regale sortiert hatte, rann der Schweiß in Bächen an mir herunter, mein Herz pochte, mein Atem wurde flach und der Bauch hart. Ich schleppte mich zum Gymnastikball oder zum Futon. Außerdem hatte ich die Badewanne mit kaltem Wasser vollaufen lassen, in das ich mich hineinlegte, wenn das Salz auf der Haut zu jucken begann. Es gab keinen Grund, die Wohnung zu verlassen. Ich kannte mich im sogenannten vorderen Pankow nicht aus. Die nächstgelegenen Geschäfte waren ein Kurz-und Miederwarenladen und ein Matratzendiscount, für deren Angebot ich keine Verwendung hatte. Ein paar Häuser weiter hatte ich im Vorbeifahren eine Bäckerei erspäht, die gerade Ferien machte. In der Gluthitze war es unmöglich, durch den fremden Stadtteil zu stromern, um die einschlägigen Supermärkte ausfindig zu machen. Außerdem hatte sich die Lieferung des neuen Kühlschranks und der Waschmaschine verzögert, so daß Vorratshaltung sowieso nur begrenzt möglich war. Wenn ich hungrig wurde, rief ich einen Pizzaservice an und ließ mir eine Familienpizza, einen gemischten Salat und zwei Flaschen Wasser bringen. Es gefiel mir ganz gut in meinem Kokon in der schattigen Hallandstraße, den ich emsig in ein gemütliches Heim für Kind und Mann verwandelte. Ich schwelgte in der strahlend weißen Rauhfaser, spiegelte mich in dem glänzenden Parkett und genoß die Weite, die die zweiundneunzig Quadratmeter nach der Beengtheit des Pankegrundes suggerierten. Was ließ sich in diesen

Räumen für ein schnuckliges Nestlein bauen! Der kleine Farbfernseher, den meine Bürokollegen mir geschenkt hatten, reichte als Verbindung zur Außenwelt vollkommen aus.

Am Mittwoch kamen endlich Kühlschrank und Waschmaschine. Rund um den Futon häufte sich schon die schmutzige Wäsche. Leider konnte ich nicht sofort loswaschen, weil die Monteure die Klemme zur Befestigung des Abwasserschlauches vergessen hatten. Sie meinten, ich könnte sie mir in jedem Heimwerkerladen für ein paar Pfennige selbst besorgen. Wenigstens den Kühlschrank durfte ich nach drei Stunden anstellen. Ich rief Dany im Büro an. Leider fotografierte er gerade vor Ort. Also gab ich seinem Kollegen Jens eine Liste mit Lebensmitteln durch, die Dany nach Feierabend besorgen sollte, nebst dieser Befestigungsklemme für den Abwasserschlauch der Waschmaschine.

»Was für Klemmen?« fragte Jens.

Optimistisch sagte ich, Dany wüßte schon Bescheid.

Ich sortierte die erste Ladung Wäsche in die Maschine. Zumindest frische Unterwäsche wollte ich am Freitag zu meiner Trauung tragen, sonst paßte ohnehin nichts mehr. Sogar das Bronzefarbene war nur noch eine Farce. Für Dany suchte ich das weiße Polohemd aus dem Schmutzwäscheberg, ein feierlicheres Kleidungsstück besaß er nicht. Dazu die neuen schwarzen Levis. Das bedeutete, daß ich am Donnerstag morgen zwei Maschinen waschen müßte, einmal Kochwäsche, einmal Buntwäsche. Bei dem Wetter würde das Zeug bis zum Abend locker trocken. Am Hochzeitsmorgen würde ich am Bügelbrett stehen anstatt zu frühstücken, ein sehr realistischer Auftakt für die Ehe. Waschpulver! Ich rief noch einmal Jens an und bat ihn, Waschpulver auf die Liste zu setzen, bitte an oberste Stelle. Ich hatte gerade meine geschwollenen Beine hochgelegt und wollte mich in die umfangreiche Gebrauchsanweisung der Waschmaschine vertiefen, als es an der Wohnungstür klingelte. Hanna, mit einem Kuchenpaket und einem in Packpapier eingewickelten Vor-Hochzeitsgeschenk, wie sie es nannte. Die zierliche Hanna erinnerte inzwischen an ein Miniaturnilpferd. Ihre Beine und Füße waren durch Wassereinlagerungen auf den dreifachen Umfang geschwollen, und ihr Rumpf glich einer kompakten Tonne. Sie konnte sich nicht mehr hinter das Steuer von Edes Trabi klemmen. Da sie bei der Hitze noch kurzatmiger war als ich, hatte sie sich ein Taxi geleistet, um vom Kollwitzplatz zu mir zu kommen. Zu Hause fiel ihr die Decke auf den Kopf. Außerdem war ihr Fernsehgerät kaputtgegangen.

»Ich trau mich nicht mehr, mich in die Badewanne zu legen, weil ich Angst habe, die Fruchtblase platzt, und ich merke es nicht«, jammerte sie.

»Aber Hanna, die beiden haben noch vier Wochen Zeit!«

Ich meinte die Paddlerin und Juri, Hannas Sohn.

Während sie mit der Fernbedienung durch die Nachmittagsprogramme zappte, wickelte ich ihr Geschenk aus. Es war ein in leuchtendem Orange, Rosa, Gelb und Grün gemustertes Seidenzelt. Ich untersuchte es näher und fand drei Öffnungen, eine große und zwei kleinere, schlauchartige. Ein Kleid! Es war mein Hochzeitskleid mit weiten, spitz zulaufenden Flatterärmeln.

»Selbstentworfen und genäht«, strahlte Hanna.

Phantastisch! Ich würde als Janis Joplin vor den Traualtar treten.

Als Dany nach Hause kam, war es fast zehn. Hanna hatte sich schon vor Stunden an den Kollwitzplatz zurückchauffieren lassen. Er murmelte irgendwas von Überstunden und stellte eine Plastiktüte neben den laufenden Fernseher, bevor er im Badezimmer verschwand. Er hatte im Spätverkauf an der S-Bahnstation ein paar Lebensmittel besorgt. Käsescheibletten, Toastbrot und zwei halbaufgeweichte Tiefkühlpizzas. Wenn ich mich weiter so ernährte, würde der erste Schrei der Paddlerin »Pizza!« lauten.

»Wo ist das Waschpulver?« versuchte ich das Rauschen der Dusche zu überschreien.

Dany kam mit einem Handtuch um die Hüften heraus.

»Gab's nicht im Spätverkauf. Klammern hatten wir noch im Büro.«

So was hatten die im Büro? Ich sah in seiner Aktentasche nach. Da lag ein Päckchen Wäscheklammern. Was war dieser Jens doch bescheuert! Wäscheklammern! Wäscheklammern! Wäscheklammern! Bei *Belle et Triste* wäre ich jetzt heulend hinter das Kamasutra gestürzt. Hier nützte es nicht mal etwas, daß ich heulend vor der Waschmaschine zusammenbrach, denn seit Marlene Zugriff wußte Dany, daß schwangere Frauen »nah am Wasser gebaut« sind, was hormonell bedingt und somit nicht weiter ernst zu nehmen ist. Er stellte vor sich hinpfeifend den Backofen an und sagte: »Wir haben doch den Waschsalon um die Ecke!«

Waschsalon! Im neunten Schwangerschaftsmonat sollte ich, einen Tag vor meiner Hochzeit, mit zwei Reisetaschen beladen in den Waschsalon ziehen, bei dieser Hitze. Es würde zu einer Fehlgeburt kommen. Die Hochzeit würde platzen. Gut so, die war ohnehin eine Fehlentscheidung gewesen.

»Aber, aber. Das wollen wir doch erst mal sehen.« Täppisch streichelte Dany meinen Rücken. »Außerdem wäre es keine Fehl-, sondern eine Frühgeburt.«

Verdammte Marlene Zugriff! Ich heulte, daß ich seit zwei Tagen nichts als Pizza gegessen hätte.

»No problem, Baby.«

Er drehte den Backofen wieder ab.

»Ich rufe den chinesischen Lieferservice an. Oder hättest du lieber was vom Griechen?«

»Chinesisch«, schluchzte ich.

Während er die Nummer des nächsten Chinesen aus dem Telefonbuch suchte, versprach er mir, sich am nächsten Morgen, bevor er zur Arbeit fuhr, sowohl um Waschpulver als auch um diesen blöden Befestigungsring zu kümmern.

Wir hatten uns gerade, jeder mit einem Schüsselchen Chop-Irgendwas vor den Portable gekuschelt, in dem ein spannender Spätkrimi lief, als das Telefon klingelte. Obwohl wir wußten, daß wir uns glücklich schätzen mußten, im Ostteil Berlins eine Wohnung mit funktionierendem Telefonanschluß erwischt zu haben, zuckten wir immer zusammen, wenn es klingelte. Wir fühlten uns beide etwas schuldbewußt, weil wir beschlossen hatten, unsere Mütter erst nach der Hochzeit von dieser in Kenntnis zu setzen. Je näher der Trautermin rückte, um so unsicherer wurden wir, ob wir hart bleiben würden, wenn wir plötzlich eine von ihnen am Telefon hätten.

»Geh du ran«, flüsterte Dany, der seine Mutter in der Beziehung mehr fürchtete als ich meine. Als Geschäftsfrau rief Mama nur tagsüber aus dem Laden an, wenn sie das Gespräch steuerlich absetzen konnte. Aber elf Uhr war auch für Spätzle-Resi ein bißchen spät. Seufzend rollte ich mich zum Telefon.

Es war Regula.

»Ich weiß nicht, was ich zu eurer Hochzeit anziehen soll«, jammerte sie.

Ich preßte den Hörer mit der Schulter an meine Ohrmuschel und angelte nach meinem Chop-Irgendwas-Schälchen. Wenn Regula so ein tiefschürfendes Problem hatte, stand ein längeres Gespräch bevor. Meistens wußte sie nämlich sofort, was sie zu einem bestimmten Anlaß tragen würde, und wenn es sie einen Ausflug in Magdas Boutique und den letzten gedeckten Scheck kostete. So war es jedenfalls vor ihrer letzten Identitätsfindung gewesen.

»Die orangefarbenen sind wohl ein bißchen heiß, oder« murmelte ich zwischen zwei Bissen.

»Ich möchte in der Garderobe mit eurem Freund Lutz harmonieren ...«

Seit wann war sie harmoniebedürftig? Boshaft schaltete ich das Zimmermikrofon an und bedeutete Dany, den Ton des Fernsehers runterzudrehen.

»... seit Montag versuche ich diesen Lutz zu erreichen, aber er hat immer den Anrufbeantworter dran.«

Dany und ich grinsten uns an. Lutz war zwar ein ausgesprochen häuslicher Typ, hatte aber permanent seinen Anrufbeantworter angestellt, um sich vor rachsüchtigen Exfreundinnen zu schützen. Wenn er an dem Anrufer interessiert war, nahm er ab, während man aufs Band sprach. Offensichtlich war er an Regula nicht sehr interessiert.

»... ich kann nicht über den Anrufbeantworter fragen, was er zur Trauung anzieht. Das ist doch peinlich.«

»Zieh dich so an, wie es dir gefällt«, schlug ich vor. »Puristisch und kreativ, du weißt schon.« Dann würde sie zumindest mit meinem Outfit harmonieren!

»Das liegt ihm nicht. Am Sonntag beim Italiener hat er mich

gefragt, ob ich einen Totemknochen um den Hals hängen hätte oder ob es die Erinnerung an einen schönen Abend im Wienerwald sei.«

Ich konnte mich an die Szene während unseres Umzugsessens erinnern. Dany und ich waren vor Lachen fast gestorben. Lutz war allerdings schon bei seinem vierten Pils gewesen. In nüchternem Zustand würde er sich niemals zu ungalanten Äußerungen gegenüber Frauen hinreißen lassen.

»Auf was steht der denn, eher sportlich, eher leger oder elegant?«

Dany prustete laut los.

Ich legte schnell die Hand über die Muschel.

»Eher elegant«, sagte ich dann. »Und ein bißchen sexy. Er hat öfters was mit Models.«

»Dann hab ich eine Idee, vielen Dank, Joe«, sagte Regula und beendete das Gespräch überraschend schnell.

»Deine Freundin Regula hat echt 'ne Klatsche«, sagte mein Zukünftiger. »Lust auf die gebratenen Bananen?«

Wir waren noch nicht halb mit dem Nachtisch fertig, als das Telefon schon wieder klingelte. Jetzt konnte es nicht mehr Spätzle-Resi sein. Dany mußte abnehmen. Es war Lutz. Er wollte wissen, ob es okay sei, wenn er uns mit seinem Foto-Klick-Firmenwagen zur Trauung abholte, oder ob wir etwas Besonderes wünschten. Er könne sich auch den Jaguar von seinem Chef ausleihen oder mit dem Taxi kommen. Dany sagte grinsend, Foto-Klick sei voll in Ordnung und schönen Abend noch. Scheinbar waren unsere Trauzeugen aufgeregter wegen der Hochzeit als wir. Ich konnte Lutz' verlegenes Schweigen sogar über das Zimmermikrofon hören. Er hatte etwas auf dem Herzen. Ob Dany und ich ihm einen kleinen Gefallen tun könnten? Ob wir diese abgedrehte Nymphomanin vielleicht diskret bitten könnten, zur Trauung ihren Hühnerknochen abzulegen. Er, Lutz, wisse ja, daß wir eher unkonventionelle Typen seien, aber ihm sei dieser Hühnerknochen ehrlich gesagt peinlich, bei so einer offiziellen Zeremonie ...

»Alles klar, Junge«, sagte Dany, »Es wird keinen Hühnerknochen geben, versprochen.«

Das war die Höhe!

»Dein Freund Lutz ist ja so ein Spießer!« rief ich, nachdem Dany aufgelegt hatte. Ich gönnte ihm alle seine zickigen Stewardessen, Parfümpropagandistinnen und Sonnenstudiohostessen von Herzen. Natürlich hatte ein Mann keine Chancen, eine Frau mit Köpfchen zu finden, wenn er sich beim Anblick eines Hühnerknochens in die Hosen machte!

»Dafür hat deine Freundin Regula eine Klatsche«, sagte Dany achselzuckend. »Aber was sind schon Trauzeugen? Laß uns die ernsthaften Themen unseres zukünftigen Ehelebens angehen.«

Er griff nach der Gebrauchsanleitung für die Waschmaschine.

36. Woche, 5. Tag (Samstag)

Gestern war Hochzeit. Morgens um acht stand ich planmäßig in Unterhosen vor dem Bügelbrett und kämpfte mit Danys weißem Polohemd. Ich mußte aufpassen, daß ich mir nicht den Bauch verbrannte, der zwischen mir und dem Bügelbrett klemmte. Dany duschte in der Zeit ausgiebig mit *Jil Sander Man* und überhörte die Türklingel. Also warf ich mir das Janis-Joplin-Zelt über den schweißglänzenden Oberkörper und machte auf. Es war ein Fleurop-Bote, der ein Liliengesteck in flammendem Orange von Iris überbrachte. Toll!

Pünktlich um zehn Uhr rollte der Foto-Klick-Kombi mit den Trauzeugen in den Hinterhof. Lutz und Regula gaben zu beidseitiger Zufriedenheit ein harmonisches Bild ab. Er in beigefarbenem Leinen, sie in einem bis zur Taille geschlitzten Seidenkleid in sanftem Creme. Die beiden strahlten so, daß der Standesbeamte sie für das Brautpaar hielt. Das Zeremoniell bestand hauptsächlich aus Unterschriften. Ich war etwas enttäuscht, daß Dany keine Ringe oder wenigstens einen Ring für mich gekauft hatte (er hatte mich vor zwei Wochen gefragt, ob ich Wert darauf legte, und ich hatte bescheiden verneint. Nach sieben Jahren Zusammenleben darf man an seinem Hochzeitstag keine romantischen Regungen des Partners erwarten). Nach dem offiziellen Teil holte Lutz seine Foto-Klick-Ausrüstung aus dem Kofferraum, und wir posierten auf der Freitreppe vor dem Rathaus Wedding. Regula machte es sehr professionell. Wahrscheinlich wird sie auch auf den Fotos aussehen wie die Braut. Glücklicherweise platzte Annett als Delegation von *Belle et Triste* in die Fotosession, bevor sie ausarten konnte. Sie brachte Sonnenblumen in einem Tontopf und die Geschenke der Kollegen: Von Moritz dieses Tagebuch, in dem ich, laut Widmung auf der ersten Seite, »meine einzigartigen Gefühle und Gedanken der kommenden Wochen unvergänglich machen soll«, von Birte ein Buch mit dem Titel »Mutter werden, Frau bleiben« für mich und »Vorsicht, Papa« für Dany. Annett selbst hat mir Kristallsektgläser von ihrer Oma geschenkt und Dany einen Korkenzieher in DDR-Design, an den sie eine Babyflaschenbürste befestigt hatte. Da Annett erst nach der Mittagspause bei *Belle et Triste* zurückerwartet wurde, gingen wir alle zusammen in ein Gartenlokal am Weddinger Nordufer. Lutz spendierte Sekt. Natürlich saß er Knie an Knie neben Regula. Dabei musterte er über den Tisch hinweg unverfroren Annetts pinkfarbenes T-Shirtkleid, auf dem in Silberpaletten »Hawaii« quer über die Brust gestickt war. Man konnte ihm ansehen, wie erleichtert er darüber war, daß Regula und nicht Annett die Trauzeugin war. Ich hätte ihn am liebsten ans Schienbein getreten. Er ist nicht nur ein konservativer Trottel, sondern auch ein Snob. Er verfügt weder über Menschenkenntnis noch über soziales Bewußtsein.

Für das Hochzeitsbankett hatten wir ein orientalisch angehauchtes Szenerestaurant in Mitte ausgesucht. Wir hatten dabei mehr an unsere Trauzeugen als an uns gedacht. Der Laden bietet eine breite Auswahl vegetarischer Gerichte an und paßt zu fast jedem Styling. Dany wäre lieber zu unserem Stammgriechen gegangen, und mir hing die ganze Zeit ein krosser Schweinebraten nach Resis Art in der Nase, während ich in dem Kichererbsenpürree herumstocherte. Nach dem Espresso verkündete Lutz, daß er einen wichtigen Termin habe, uns aber gern vorher nach Pankow führe. Wir ließen uns zu dem Italiener kutschieren, bei dem wir das Umzugsessen veranstaltet hatten, um noch ein Bierchen im Freien zu trinken. Regula kam mit, erstaunlicherweise. Nachdem ihr Knie inzwischen grün und blau sein mußte, hatte ich angenommen, daß sie und Lutz mit dem Foto-Klick-Kombi direkt in den Grunewald fahren würden. Wir hatten uns kaum plaziert, als Hanna und Ede eintrafen. Ede erkannte Regula in dem schicken Kleid nicht wieder und fragte: »Bist du auch eine Braut? Habt ihr euch auf dem Standesamt getroffen?« Um acht war Dany erledigt. Wir fuhren mit einem Taxi nach Hause. Ich machte ihm eine Szene, weil er sich an unserem Hochzeitstag betrunken hatte. Außerdem konnten jederzeit verfrühte Wehen einsetzen, und wie wollte er in volltrunkenem Zustand Marlene Zugriffs Programm abspulen? Er kochte zwei Kannen Kaffee, trank sie auf Ex und rief seine Mutter an, um ihr zu sagen, daß wir geheiratet hatten. Resi weinte vor Freude und sagte, sie würde einen Scheck schicken. Der ist für die Waschmaschine.

Ich rufe meine Mutter morgen an.

36. Woche, 7. Tag (Montag)

Etwas kühler! Am Morgen warf ich das Janis-Joplin-Zelt über die schwarzen Leggings und fuhr mit der Straßenbahn zur Schönhauser Allee. Endlich mal raus aus der Wohnung! Ich schaffte es gerade noch zu der musikberieselten Toilette von Bürgerkönig. Außerdem lernte ich die Toiletten einer Schnellpizzeria, eines chinesischen Imbiß und einer Eisdiele kennen. Das Personal war überall sehr zuvorkommend, der Schwangerenbonus. Zufällig kam ich bei *Baby-Sonntag* vorbei und beschloß, einen Kinderwagen zu kaufen. Mir gefiel ein Kombi-Modell (d.h. mit Sportwagenaufsatz) in Dunkelblau mit weißen Tüpfchen. Nachdem ich ihn zehnmal durch den Laden geschoben hatte, war ich mir sicher. Intuition ist alles während der Schwangerschaft! Die Verkäuferin akzeptierte meinen zerknitterten Euroscheck und ließ mich die Personaltoilette benutzen. Der Wagen kann im Laden bleiben, bis die Paddlerin da ist. Ihn täglich zu Hause ansehen zu müssen, würde mich nervös machen. Auf dem Rückweg kehrte ich zwangsläufig wieder bei Bürgerkönig ein, wo ich diesmal auch einen doppelten Cheeseburger mit Fritten und Cola verzehrte. Zum erstenmal fiel mir auf, daß die Leute mich anstarrten. War ich die einzige Schwangere in Berlin? Lag es daran, daß ich mich so sträflich ungesund ernährte, oder an dem Janis-Joplin-Outfit? Die meisten Blicke waren allerdings eher wohlwollend bis freundlich. Schwangere genießen offensichtlich ein hohes Ansehen in der Öffentlichkeit. Trotzdem war ich froh, als ich zu Hause war und mein Klo wieder in Reichweite hatte.

Nachmittags kam die Nachsorgehebamme zum Kennenlernen. Die Krankenkasse bezahlt bis zehn Tage nach der Geburt eine Hebamme, die zu der Wöchnerin nach Hause kommt und sie betreut. Natürlich hätte ich am liebsten Marlene Zugriff gehabt. Aber die hat mit der Begründung abgelehnt, daß sie den Osthebammen nicht ins Gehege kommen wolle. Also habe ich die drei Pankower Hebammen, die auf der Hebammenliste registriert sind, angerufen. Anita Bange hatte für Mitte September noch Raum in ihrem Terminkalender. Frau Bange, Anfang Fünfzig, hat nicht gerade Marlenes Glamour, dafür aber kleine, solide Hebammenhände, gerötet von Desinfektionsmitteln und ohne Nagellack, sehr vertrauenerweckend! Es war mir etwas peinlich, das Kinderzimmer vorzuführen, das noch mit leeren Umzugskartons vollgestapelt ist, aber sie lachte bloß. Sie nannte mir ein paar Dinge, die ich besorgen muß, wenn ich ambulant entbinden will, wie Vlieswindeln, Teefläschchen, Traubenzukker etc., und gab mir die Adressen von einigen nahegelegenen Kinderarztpraxen, bei denen ich die erste Vorsorgeuntersuchung der Paddlerin vornehmen lassen kann. Als sie fragte, wo ich entbinden wolle, erzählte ich ihr, wie schrecklich ich die Uniklinik gefunden hätte, aber daß mein Gynäkologe sie empfohlen habe. Frau Bange zuckte mit den Schultern und sagte, die psychische Grundstimmung sei besser, wenn man seiner Klinik positiv gegenüberstände. Außerdem bekäme ich das Kind und nicht mein Gynäkologe. Ich solle mir noch ein paar Kliniken ansehen. Die Frauenklinik Pankow z. B. läge nur zehn Minuten entfernt. Morgen werde ich dorthin gehen. Sie haben jeden Dienstagabend Kreissaalbesichtigung. Meine Grundstimmung ist jetzt schon positiv. Frau Bange ist wirklich nett!

Gute Nacht, Moritz.

37. Woche, 1. Tag (Dienstag)

Kurz vor Mitternacht. Dany schnarcht schon. Ich fühle mich noch total aufgedreht. Die Paddlerin paddelt wie verrückt. Ob sie immer noch versucht, in die richtige Ausgangsposition zu kommen? Als ich das letzte Mal bei Dr. Müllerstraßes Urlaubsvertretung war, war der Kopf noch nicht unten im Becken!!!

Die Pankower Frauenklinik hat mir gut gefallen. Der Entbindungstrakt ist ganz neu. Die Kreißsäle liegen im selben Gebäude wie die Wochenstation, und der OP liegt im selben Flur wie die Kreißsäle. Die Kacheln in den Kreißsälen sind von einem anheimelnden Moosgrün, der gleiche Ton wie in unserer Küche! In jedem befindet sich ein Badeplatz für das Neugeborene. Für die Mütter gibt es zwei Badezimmer mit Ruheliegen. An den Wänden sind witzige Babyposter. Sie haben auch einen Ökoraum mit breitem Holzbett, Gebärhocker etc. Hanna, die mitkam, rümpfte zwar die Nase und sagte, im Geburtshaus sei alles viel besser, aber wenn die Geburt ihres Juri nicht normal verläuft, geht sie auch in die Pankower Klinik. Außer uns waren nur zehn Leute bei der Besichtigung. Die Hebamme, die die Kreissaalführung machte, war ganz witzig: »Natürlich können Sie Ihren Gymnastikball mitbringen oder im Vierfüßlerstand entbinden. Die Zeiten der Einheitsstellung sind vorbei.« Auf der Wochenstation wurde Abendessen ausgegeben. Es roch nach Bratkartoffeln. Dazu gab es eingelegte Heringe. Mir lief das Wasser im Mund zusammen. »Eingelegte Heringe für stillende Mütter, die spinnen doch«, flüsterte Hanna mir zu. Ich fand es trotzdem nett. Leider komme ich ja nicht auf die Wochenstation, da ich ambulant entbinden werde. Ich muß gleich morgen in der Schwangerenambulanz anrufen und einen Termin zur Anmeldung ausmachen.

Gute Nacht, Moritz!

37. Woche, 2. Tag (Mittwoch)

Regula kam zum Frühstück. Wir redeten weder über meine Magisterarbeit, für die sie mir Literatur besorgen wollte, noch über unseren Verlag, sondern die ganze Zeit über Lutz. Ich habe mit meiner Meinung nicht hinterm Berg gehalten. (Schließlich haben wir uns ja immer alles gesagt, nicht wahr, Regi?) Sie sagte, sie sei so verliebt in ihn, daß sie die Unterhosen wechseln müsse, wenn sie nur zehn Minuten an ihn denke. Ich sagte, daß sei keine Liebe, sondern Geilheit, das müsse sie eigentlich wissen. Sie sagte, es sei doch Liebe, das merke sie daran, daß sie schüchtern sei. Sie traue sich immer noch nicht, auf Lutz' Anrufbeantworter zu sprechen. (Sie hat den Anrufbeantwortertrick immer noch nicht durchschaut. Sie denkt allen Ernstes, er arbeitet Tag und Nacht!) Ich schlug ihr vor, einfach bei ihm vorbeizugehen. Traut sie sich auch nicht. Sie meinte, wenn sie ihn mit einer anderen Frau erwische, würde sie sich von der nächsten Brücke stürzen. Später half sie mir, einen Teil der Umzugskartons im Kinderzimmer zusammenzulegen und in den Keller zu tragen. Weil sie danach direkt in Magdas Boutique mußte, gab ich ihr ein frisches T-Shirt von mir. Ich bot ihr auch eine Unterhose an, aber die wollte sie nicht.

Ich habe einen Termin zur Vorstellung in der Schwangerenambulanz in Pankow ausgemacht. Ich kann morgen schon vorbeikommen.

37. Woche, 3. Tag (Donnerstag)

Ach, Moritz, ich bin völlig im Eimer. Der Typ, den ich geheiratet habe, flößt sich ein Dosenbier nach dem anderen ein, starrt in die Luft und ist zu keinem Trost fähig! Die Paddlerin liegt immer noch falschrum, das heißt mit dem Po zum Ausgang.

Die Hebamme in der Schwangerenambulanz, bei der ich heute einen Termin hatte, nahm meine Personalien für den Anmeldebogen auf, studierte meinen Mutterpaß und überprüfte die Eisenwerte. Als sie meinen Bauch abtastete, runzelte sie die Stirn und griff zum Ultraschallgerät.

»Sie werden es nicht glauben: Das Köpfchen ist immer noch oben.«

Und das nach der Zappelei die letzten Abende. Ob sie zu schwach ist, sich zu drehen? Die Hebamme meinte, es sei sinnvoll, nachzuhelfen.

1. Die Indische Brücke. Dazu legt die Schwangere sich auf den Rücken, schiebt sich etliche Kissen unter den Po, damit das Bekken nach oben gekippt ist, und legt die Beine auf die Sitzfläche eines Stuhles. Sie malte mir das alles auf einen Notizzettel, da sie das Anleitungsblatt nicht finden konnte. Dreimal täglich fünfzehn Minuten sollten genügen.

2. Mit einer Spieluhr kreisende Bewegungen im Uhrzeigersinn vom Oberbauch zum Schambein ausführen.

3. Akupunktur! Dazu schrieb sie mir den Namen und die Telefonnummer einer Ärztin aus der Frauenklinik auf, bei der ich mich umgehend melden soll, da sie bald in Urlaub fährt.

Als ich mit weichen Knien aus dem Behandlungszimmer wankte, rief sie mir nach: »Machen sie sich nicht so viele Gedanken. Die kommen auch raus.«

Aber ich weiß natürlich aus meinem Zugriff-Kurs, daß Erstgebärende mit Beckenendlagen (oder »Steißlagen«, ekliges Wort) potentielle Kaiserschnittkandidatinnen sind und daß Babys sich in der 37. Woche nur noch selten drehen. Sie haben einfach nicht mehr genug Platz dazu.

Zu Hause hängte ich mich ans Telefon.

1. Hanna: Sie empfahl mir ebenfalls die Indische Brücke, die sie im Geburtshaus gelernt hatte. Da Juri schon seit Wochen eine Schädellage ist, wußte sie sonst nichts über Beckenendlagen, will aber ihre Hebamme fragen.

2. Iris: Mareike hat in den letzten Wochen der Schwangerschaft eine Glocke am rechten Knöchel getragen, um die Gesichtskontrolle zum Drehen zu bewegen, aber das hat nichts genützt. Iris findet Akupunktur sinnvoll, aber man müsse dran glauben.

Mein Problem! Ich habe nicht mal Lust, diese Ärztin anzurufen.

Außerdem meinte Iris, daß ich nun, da Komplikationen ins Haus stünden, besser eine Uniklinik im Westteil der Stadt konsultieren sollte.

3. Bianca: Hatte ihren Anrufbeantworter dran. Ob sie schon in der Klinik ist? Ihr Geburtstermin liegt ungefähr zwei Wochen vor meinem!

4. Birte: Versprach, Literatur über Steißlagen zu bibliografieren und zu bestellen, war ansonsten kurzangebunden. Marion hat sich einen Knöchel verstaucht, und Birte muß daher den »Frauenschrott« mitbetreuen. Annett macht Urlaub im Harz oder an der Ostsee. Moritz ließ aus dem Hintergrund grüßen.

(Danke und Gruß zurück, Moritz!)

37. Woche, 5. Tag (Samstag)

Es ist erst Mittag, und ich habe schon einzigartige Gedanken. Dany, der Mistkerl, liegt im Bett und schläft seinen Rausch aus. Er hat sich gestern nach der Arbeit mit Lutz getroffen. Die beiden sind in unserem italienischen Biergarten versackt (wo sie zufälligerweise Ede getroffen haben). Dany hat überhaupt kein Verantwortungsgefühl. Erstens könnte bei mir jederzeit ein Notfall eintreten, und wie will er besoffen einen Kaiserschnitt überstehen? Zweitens ist es grob fahrlässig, daß ich in meinem Zustand bei 27 Grad im Schatten allein den Wochenendeinkauf machen muß. Dany wird natürlich behaupten, daß er sich aus Sorge über die Beckenendlage betrinken mußte. Dazu kommt Streß mit unserer Wohnung im Pankegrund. Die Vermieterin ist aufgrund unserer »familiären Situation« damit einverstanden, daß Regula die Wohnung zum ersten September übernimmt. Nimmt Regula sie jedoch nicht, will sie sie zum 1. Oktober frischrenoviert zurückhaben. Sie hat nämlich eine Warteliste von potentiellen Mietern. Regula muß sich also innerhalb der nächsten paar Tage bei ihr melden, um den Mietvertrag zu machen. Gestern konnte Dany Regula nicht erreichen. Bei unserem Mittwochsfrühstück (das von jetzt an jeden Mittwoch stattfinden soll, damit wir uns trotz meiner »familiären Situation« nicht aus den Augen verlieren) hat sie die Wohnung nicht erwähnt. Bei ihr ist nicht auszuschließen, daß sie es sich anders überlegt hat.

37. Woche, 7. Tag (Montag)

Am Morgen hatte ich einen Termin in der krankenkassengesponserten Galerie von Dr. Müllerstraße. Er hat ein neues Ölgemälde im Wartezimmer. Eine Art Blumenstrauß in Fleischtönen. Eklig. Zum Glück konnte ich schnell ans CTG. Das Herz der Paddlerin galoppierte wie ein Rennpferd. Gedreht hat sie sich nicht, obwohl ich seit Tagen in der Indischen Brücke ausharre, bis mir fast schlecht wird.

»Wenn Ihnen übel wird, hören Sie auf«, sagte Dr. Müllerstraße streng. »Manche Babys drehen sich ein paar Stunden vor der Geburt. Das kann man nie voraussagen.«

»Eben«, seufzte ich.

»Stellen Sie sich einfach auf einen Kaiserschnitt ein. Der wird heutzutage mit einer PDA durchgeführt, d.h. Sie können Ihr Baby gleich sehen und anlegen, eine ziemlich sichere Sache.«

Klasse, ich wollte schon immer mal dabei zugucken, wie mir der Bauch aufgeschnitten wird.

Nach der Untersuchung hatte ich noch genug Power, um meinen Lieblingskonsumtempel auf der gegenüberliegenden Straßenseite zu besuchen. Wenn es in der östlichen Diaspora wenigstens ein anständiges Kaufhaus gäbe! Beflügelt von der Kaiserschnittidee kaufte ich mir zwei Nachthemden. Ein hellblaues mit roten Bärchen und ein rotes mit hellblauen Bärchen, vorne zum Knöpfen, genau das Richtige für einen verlängerten Aufenthalt auf der Wochenstation (jetzt komme ich wenigstens in den Genuß der Bratkartoffeln!). Dann kaufte ich einen Still-BH, eine große Flasche meines Lieblingsvanilleduschbads und einen zum Rot der Nachthemden passenden Lippenstift. Die Babyabteilung mied ich (ich habe immer noch nicht den mintgrünen, flieder- und apricotfarbenen Inhalt des Schrankkoffers gesichtet), statt dessen ging ich in die Buchabteilung und notierte mir einige Sommerbestseller. In einer Woche Krankenhaus kann man mal richtig lesen!

Allmählich stellt sich sogar eine Art Vorfreude ein: Sommerthriller und Bratkartoffeln und eine friedlich schlummernde Paddlerin an meiner Seite, die ganz sanft aus meinem Bauch gehoben worden ist!

Am Nachmittag packte ich die Kliniktasche. Ich bin bereit zu einem geplanten Kaiserschnitt mit PDA. Bei meiner nächsten Untersuchung in der Frauenklinik werde ich den Termin dafür ausmachen.

38. Woche, 1. Tag (Dienstag)

Es ist schon wieder so heiß. Während ich auf dem Futon liege und zu fertig bin für einzigartige Gedanken, schlägt die Paddlerin Purzelbäume. Dreh dich, Mädel, dreh dich!

Ich war heute mit Hanna und Ede bei *Ikea*. Hanna kaufte

siebzehn Kellerregale für ihren Babyladen. Ich wollte nur eines für das Kinderzimmer. Die Babysachen werde ich in bunte Plastikkörbe sortieren, die ich in das Regal schiebe. Annett hat mir eine handgeschreinerte Wiege, die sie noch von den Zwillingen übrig hat, versprochen, und schon ist die Einrichtung komplett! Außerplanmäßig kaufte ich zwei Klappstühle für die Küche, drei Lampenschirme, eine neue Decke für den Futon, zwölf Weingläser, einen Kerzenständer, zwei Zierkissen für den Futon, passend zur Decke, ein paar originelle Bilderrahmen, etwas Bettwäsche und wunderschöne, flauschige Handtücher für unser glänzendes Bad. Glücklicherweise hatte ich meine Scheckkarte einstecken. Auch Hanna häufte Unmengen auf ihren Wagen. Ede, der abwechselnd beide Einkaufswagen vorwärtsschieben und den ganzen Krempel in den Lieferwagen laden mußte, blieb ganz cool. »Nestbautrieb«, sagte er. »Ist ganz natürlich. Immer schön in den Bauch atmen, Mädels.« Nach der Tortur bei Marlene Zugriff macht er jetzt noch einen Kurs im Geburtshaus. Im Suff hat er Dany anvertraut, daß er sich überlegt, ob er sich nicht zum Hebammer umschulen lassen soll. Er glaubt, er hat das Zeug dazu.

Am Abend hat Birte angerufen und gesagt, daß sie keine speziellen Bücher zu Steißlagen gefunden habe, aber zwei zum Thema Kaiserschnitt. Ob ich die wolle? Ich lehnte ab und gab ihr die Romane durch, die ich während der Kaiserschnittrekonvaleszenz lesen will.

Ich habe vergebens versucht, Regula wegen der Wohnung im Pankegrund zu erreichen. Dany ist sauer. Natürlich hat er keine Lust, die alte Wohnung zu renovieren.

Dann träum mal was Schönes, Moritz.

38. Woche, 2. Tag (Mittwoch)

Mein Geburtstag!

Der Tag fing so toll an! Dauernd klingelte das Telefon. Zuerst gratulierten Moritz und Birte, dann Annett von der Ostsee (sie bringt am Wochenende die Wiege vorbei), dann Iris. Als ich Iris erzählte, daß ich in der Pankower Frauenklinik einen geplanten

Kaiserschnitt machen lassen will, hat sie gesagt: »Bist du des Wahnsinns?« Genau die Reaktion, die ich erwartet hatte!

Punkt zehn kam Regula mit einem Strauß lachsfarbener Rosen zum Frühstück. (Wieso schenkt Dany mir nie Rosen oder andere Blumen?) Sie hatte auch eine Flasche Champagner mit und einen Seidenschal, mein erstes Stück aus Magdas Boutique. Regula will unsere alte Wohnung doch nicht! Ein Umzug ist ihr im Moment zu stressig. Sie will lieber das Wohnstudio untervermieten, wenn sie nach New York geht.

»Wann gehst du denn?« fragte ich.

»Kommt drauf an, wie's mit Lutz läuft. Wenn nichts läuft, gehe ich schon im Oktober.«

Für jemanden, der bis über beide Ohren verliebt ist, fand ich sie gut organisiert.

»Ich muß auch an mich denken«, sagte sie.

Inzwischen hat sie Lutz telefonisch bei Foto-Klinke erreicht. Für Samstag abend hat sie zwei wahnsinnig teure Musicalkarten gekauft und ihn eingeladen. Ihm hat sie allerdings erzählt, daß ein Freund *sie* zu dem Musical eingeladen hätte und nun verhindert sei, weshalb sie über beide Karten frei verfügen könne.

Ich bekam einen Lachanfall.

»Ich schätze, Musical ist Lutz' Geschmack«, sagte sie.

Wahrscheinlich hat sie noch nie so viel Geld in einen Typen investiert! Natürlich versuchte ich wieder, ihn ihr auszureden, aber sie meinte nur: »Laß mich mal machen. Ich habe immer noch New York als Notnagel. Samstag kommt die Stunde der Entscheidung.«

Von meiner Magisterarbeit war wieder nicht die Rede, dabei ist mir gestern in der Indischen Brücke eine Superthema eingefallen, Anne Sexton und Sylvia Plath im Vergleich.

Am Nachmittag kam Hanna mit Blumen, Kuchen und wieder Sekt! Also, wenn die Paddlerin sich nach dem vielen Sekt nicht dreht, dann tut sie's überhaupt nicht mehr!

Am Abend, als Dany und ich gerade zu unserem Stammgriechen fahren wollten, klingelte noch mal das Telefon. Dany ging dran, hörte aufmerksam zu, sagte »oh«, »na, Gott sei Dank«, »ja, mache ich« und legte auf. Er sagte, es sei ein Kollege von ihm gewesen, eine glatte Lüge. Außer Jens hat ihn noch nie ein Kollege nach Feierabend angerufen, und mit Jens spricht er nicht in diesem unpersönlichen Ton. Es war ein Anruf, der mir verborgen bleiben sollte. Schlimm genug, daß er mir eine Pfeffermühle zum Geburtstag geschenkt hat. Die wollte ich zwar unbedingt haben, aber insgeheim hatte ich trotzdem auf den ausstehenden Ehering gehofft. Dieses heimliche Telefonat war zu viel. Über der gemischten Vorspeisenplatte brach ich in Tränen aus.

»Was ist los?« fragte er verdattert.

»Viele Männer haben andere Beziehungen, wenn ihre Frauen hochschwanger sind«, schniefte ich. »Aber sie sind wenigstens so rücksichtsvoll, sich nicht zu Hause anrufen zu lassen.«

Dany stöhnte laut. Dann griff er nach meinem unberührten Ouzo und kippte ihn hinunter.

»Wenn du es unbedingt wissen willst: Es war der Mann deiner Freundin Bianca. Sie haben eine Tochter.«

Eine Tochter! Bianca!

»Aber warum sagst du mir das nicht?«

»Das Kind hat sich kurz vor der Geburt in die Steißlage gedreht. Sie mußten einen Kaiserschnitt machen. Bianca geht es nicht so besonders.«

38. Woche, 4. Tag (Freitag)

Als ich gestern versuchte, Bianca im Krankenhaus zu erreichen, schlief sie. Sie liegt auf der Intensivstation.

Die Paddlerin war gestern und heute sehr unruhig. Heute habe ich versucht, diese Ärztin, die Akupunktur macht, zu erreichen. Sie ist in Urlaub gefahren. Ich sage mir, es soll so sein. Dafür habe ich diese neue Professorin am Institut für Allgemeine und Vergleichende Literaturwissenschaft erwischt. Sie ist sehr nett und hat großes Interesse an dem Plath-Sexton-Thema. Sie bat mich jedoch inständig, erst in ihre Sprechstunde zu kommen, »wenn ich dieses Baby bekommen hätte«, und mich »bei der Hitze und hochschwanger« bitte, bitte nicht zu überanstrengen.

Dany hat das Kellerregal im Kinderzimmer montiert und die restlichen Umzugskartons weggebracht. Morgen werde ich das

Regal streichen. Am Wochenende wollen Dany und Lutz die Wohnung im Pankegrund renovieren. Es muß sein. Wenn die Paddlerin da ist, wird Dany keine Zeit dafür haben. Der Gedanke, das ganze Wochenende allein in der Hallandstraße herumzuhängen, deprimiert mich.

38. Woche, 5. Tag (Samstag)

Endlich mal ein lustiger Tag. Morgens um neun standen Annett, Eric, Walt und Lutz vor der Tür. Sie brachten die Wiege, ganz toll, handgeschreinert mit eingeschnitzten Entchen und einem Gestell für einen Himmel. Der Himmel ist über die Jahre der Lagerung etwas vergilbt. Annett meinte, ich solle mal probieren, ob ich ihn in der Waschmaschine weiß kriege. Wenn nicht, hilft sie mir, einen neuen zu nähen. Lutz hatte vier Hängeschränke dabei, die irgendeine längerfristige Stewardeß mal angewidert in seiner Küche abmontiert hat. Nun braucht er sie nicht mehr. Während die Männer sich daran machten, die Schränke in unserer Küche anzubringen, erzählte Annett mir von ihren Ferien an der Ostsee. Außerdem habe Walt sich verliebt. Es sei zum Kaputtlachen komisch, wie er mit verklärtem Gesicht durch die Gegend renne, Rasierwasser benutze und seine Fingernägel feile. Andererseits müsse sie sich jetzt auch noch um Aids und Verhütung und so weiter Gedanken machen.

Kinder sind wirklich ein lebenslänglicher Spaß.

Als die Schränke montiert waren, fuhren die Zwillinge mit Lutz und Dany zum Malern in den Pankegrund. Annett und ich gingen bummeln und kauften Putzmittel und andere Sachen, die in der Wohnung fehlten. Später legte ich mich zur Indischen Brücke nieder (wieso eigentlich, wo ich mich doch für den Kaiserschnitt entschieden habe?), während Annett die Hängeschränke auswusch und das Geschirr einräumte. Es ist toll, Freunde zu haben.

Dich würde ich auch gern mal wiedersehen, Moritz.

38. Woche, 6. Tag (Sonntag)

Dany hat mir gerade erzählt, daß Lutz am Samstag abend mit Regula aus war – in einem (Zitat Lutz) »saublöden« Musical. Sie hat ihm gesagt, daß sie im Oktober für ein Buchprojekt in die Staaten ginge. Ob ich das schon wüßte?

39. Woche, 1. Tag (Dienstag)

Der Betthimmel von Annett ist strahlendweiß aus der Waschmaschine gekommen. Das Regal habe ich in Ägäisblau gestrichen und die Babysachen in die Plastikkörbe sortiert. Inzwischen stören mich die Pastellfarben nicht mehr. Wenn die Paddlerin endlich da ist, gesund und lebendig, dann ist es doch völlig egal, was sie anhat. Es ist ein komisches Gefühl, in dem Kinderzimmer zu sein. Ich kann mir die Paddlerin nicht darin vorstellen. Ich kann mir überhaupt nicht vorstellen, daß Dany und ich zu dritt leben!

Da die Zeit allmählich drängt, habe ich ein Namensfeld aus unseren Lieblingsnamen gebildet. Sie lassen sich vielfältig kombinieren, aber ich habe noch keine Lösung.

Mari	
Ann	Mari-Ann
Louis	Ann-Louis
	(Mari-Louis kommt nicht in Frage)

Marie	
Anna	Louisa-Mari
Louisa	Ann-Louisa
	Anna-Mari

Wenn es ein Junge wäre, was nicht der Fall sein wird, hieße er Lukas, wie Resi es wünscht! Mein männlicher Lieblingsname ist zwar Paul, aber es wird ja kein Junge. Das mit der Intuition ist gar nicht so einfach. Fast hätte ich heimlich zu Romanas Namensbüchlein gegriffen!

39. Woche, 2. Tag (Mittwoch)

Endlich kühler. Laut Wetterbericht ist die Hitze jetzt vorbei. Die Paddlerin und ich sind viel besser drauf!

Mit Straßenbahn und Bus sind wir zu Regula zum Frühstück gefahren. Regula war noch ganz benommen von ihrem Samstagserlebnis mit Lutz. Sie sagte, sie sei den ganzen Abend so aufgeregt gewesen, daß sie nicht mal an Sex gedacht hätte. Und sie hätte sich dabei wahnsinnig geborgen gefühlt.

Stimmt, Lutz ist so ein Beschützertyp. Aber leider eine taube Nuß.

Sie war beleidigt, als ich das sagte, und behauptete, Dany sei ein Neurotiker und seine sexuelle Energie sei gleich Null. Sehr sonderbar, lag doch Danys sexuelle Energie, gepaart mit meiner, versteht sich, quasi auf ihrem Frühstückstisch. Sonst gab es nur Margarine, Honig, Tartex und Pulverkaffee. Regula sagte, sie habe gerade eine asketische Phase, arbeite nachts an ihrem Buch und tagsüber für Magda und nehme praktisch keine Nahrung zu sich. Deshalb habe es sie auch nicht gestört, daß Lutz nach dem Musical lieber ein Bier trinken wollte, anstatt nett essen zu gehen. Hahaha!

Um das Thema zu wechseln, legte ich ihr das Namensfeld für die Paddlerin vor. »Lou«, meinte sie. »Oder Lou-Salomé«.

Nach dem Frühstück kaufte ich in einem Babygroßhandel in der Nähe von Regulas Wohnung ein Babyfell. Das Babyfell kommt auf die Matratze in der Wiege. Ich muß vorher einige Nächte darauf schlafen, damit es nach mir riecht. So steht es in den Büchern. Es riecht ziemlich stark nach Schaf. Ich bezweifle, daß ich den Geruch übertönen kann.

39. Woche, 3. Tag (Donnerstag)

Ach, Moritz, ich bin völlig durch den Wind! Wie soll ich mich entscheiden?

Heute morgen hatte ich einen Ultraschalltermin beim Chefarzt der Frauenklinik. Dabei sollte festgelegt werden, ob und wann der geplante Kaiserschnitt gemacht wird. Der Chefarzt, so ein junger, dynamischer Typ mit randloser Brille, meinte, die

Paddlerin sei ein kleines und leichtes Kind, und meine Anatomie lasse eine vaginale Geburt durchaus zu.

»Aber die Entscheidung liegt natürlich bei Ihnen.«

Und das sagt er mir, nachdem ich mich innerlich vollkommen auf einen Kaiserschnitt eingestellt habe! Ich traute mich nicht, ihm das zu sagen, sondern ließ ihn weiterreden.

Er meinte, daß ich die Geburt »natürlich beginnen lassen« sollte. Bei der Aufnahme ins Krankenhaus würde noch einmal die Größe des Kindes gemessen. Es sei ständig ein Arzt anwesend. Sei das Baby wider Erwarten zu sehr gewachsen oder träten Komplikationen auf, könne man sich spontan für einen Kaiserschnitt entscheiden. Er rieb sich bei seinen Erläuterungen zufrieden die Handflächen, so als freue er sich schon darauf, mir nach zehn Stunden Wehen »spontan« den Bauch aufzuschneiden.

»Genießen Sie Ihre Schwangerschaft noch ein bißchen«, empfahl er mir zum Abschied. Die Typen haben Nerven!

Zuhause heulte ich erstmal eine Runde, dann setzte ich mich ans Telefon. Aber mittlerweile weiß ich nicht mehr, wen ich mit meinen Schwangerschaftstraumata belästigen soll. Hanna geht es selber nicht so gut. Wenn ich Dany anrufe, ist Jens dran. Wenn ich Iris anrufe, sagt sie: »Eine Klinik im Osten, du bist doch des Wahnsinns!« Bei Bianca traue ich mich nicht. Ich probierte Frau Bange. Sie hatte ihren Anrufbeantworter dran. Ich bat um Rückruf.

39. Woche, 4. Tag (Freitag)

Ich hatte die ganze Nacht Alpträume. Es war wieder der Traum mit der Oberschwester dabei, die mir mein Baby wegnimmt, weil ich angeblich nicht reif für die Mutterschaft bin. Diesmal wurde das Baby für Bosnien gespendet, und die Oberschwester hatte auffällig lange Zahnhälse. Dany, der von meinem Gewimmer wach wurde, sagte, die Träume kämen von dem Schaffell, das bestialisch stinke. Ich nahm das Fell aus dem Bett. Danach bin ich wirklich eingeschlafen.

Um zehn Uhr morgens, als ich mich endlich im Bett wohlfühlte, rief Bianca an, von zu Hause! Sie hatte gerade unsere »Wir-haben-geheiratet-Karte« aus dem Briefkasten geholt. Ich habe die Karten selbstgebastelt, mit einem von Lutz' Fotos vorne drauf. Sie sagte, Dany und ich sähen echt schrill aus. Ob ich das Kleid von einem Kostümverleih hätte? Ob meine Mutter mich so gesehen hätte und ob Marianne dabeigewesen wäre ...

Ich sagte »Moment mal«, legte den Hörer hin und ging in die Küche, um die Kaffeemaschine anzustellen.

... ob wir nun die Eigentumswohnung bekämen oder warum ich mich sonst hochschwanger dem Hochzeitsstreß ausgesetzt hätte? Die steuerlichen Vorteile, die man angeblich als Ehepaar hätte, könnte ich getrost vergessen. Außerdem wäre es nett gewesen, wenn ich den alten Freunden vorher etwas gesagt hätte, damit man Gelegenheit gehabt hätte, alles Gute zu wünschen ...

»Die Gelegenheit vertust du seit zehn Minuten«, sagte ich spitz. »Wie geht es dir und dem Baby?«

Der kleinen Jennifer ginge es hervorragend. Ihr, Bianca, auch. Der Kaiserschnitt sei nach einer neuen Methode gemacht worden. Sie spüre die Naht kaum noch. Kai sei so lieb wie lange nicht mehr. Er kümmere sich rührend um das Baby. Seine Mutter käme jeden Tag zum Kochen und bringe Anne in den Kindergarten.

Ich sagte ihr, daß die Paddlerin auch eine Beckenendlage sei, aber die in der Klinik seien nicht unbedingt für einen Kaiserschnitt.

»Pankow? Ist das nicht im Osten?« fragte sie. »Die wissen wahrscheinlich gar nicht, wie ein guter Kaiserschnitt geht. Hör mal, willst du dich stundenlang in Wehen wälzen, und dann bleibt das Kind stecken, die Gebärmutter reißt, du begibst dich in Lebensgefahr, das Kind hat eine Wirbelsäulenverletzung, wird ein Krüppel...? Laß das nicht mit dir machen ...mittelalterliche Methoden ...eine Geburt ist kein Spaziergang, meine Güte ...«

Ich legte auf und wankte zur Kaffeemaschine.

Ich hatte gerade drei Schluck getrunken, als das Telefon wieder losschrillte. O nein, Bianca, vergiß es, dachte ich. Nach dem zwölften Klingeln hob ich doch ab. Es war Frau Bange. Sie war gerade von der Nachtschicht nach Hause gekommen und hatte ihren Anrufbeantworter abgehört.

»Ach, Unsinn«, kommentierte sie Biancas Plädoyer für den Kaiserschnitt. Ihre Stimme klang völlig entspannt, obwohl sie erst vor zwei Stunden Zwillinge abgenabelt hatte! Nebenbei schlürfte sie mit hörbarem Genuß ihren Kaffee. Sie meinte, wenn ich nicht absolut paralysiert sei vor Angst, solle ich mich auf eine normale Geburt einstellen. Komplikationen könne es bei jeder Kindslage geben. Sie habe schon sehr gute Erfahrungen mit Bekkenendlagen-Entbindungen gemacht. Wozu gleich einen Kaiserschnitt anpeilen, wenn doch alles so schön glattgehen kann? Sie überzeugte mich. Dann gab sie mir noch Anweisungen für einen Blasensprung. Bei einer Beckenendlage liegt das Kind im Unterschied zur Schädellage nicht fest im Becken. Folglich kann es bei Verlust des Fruchtwassers zu einem Nabelschnurvorfall kommen, d.h. der Po des Kindes klemmt die Nabelschnur ab. Die Sauerstoffversorgung der Paddlerin wäre dann gefährdet.

Frau Bange nahm genüßlich einen Schluck Kaffee. »Sofort nach dem Blasensprung rufen Sie die Feuerwehr, bestellen den Wagen mit der Hebamme, öffnen die Wohnungstür und legen sich flach auf den Teppich, Becken eventuell etwas hochgelagert. Sie lassen sich liegend ins Krankenhaus transportieren und stehen nicht auf, bevor eine Hebamme Sie untersucht hat.«

»Und wenn es an der Metzgertheke passiert?«

Ich kicherte in meine Kaffeetasse.

»Es passiert selten an Metzgertheken«, sagte die Bange sanft. »Und wenn, sagen Sie dem Metzger, er soll die Feuerwehr holen. Sie legen sich auf den Boden. Sieht ja schließlich jeder, daß Sie schwanger sind. Metzgertheke ... Wahrscheinlich haben Sie ja gar keinen frühen Blasensprung. Ich meinte ja nur, falls es so kommen sollte ...«

Kapiert.

39. Woche, 5. Tag (Samstag)

Ich bin fest entschlossen, die Paddlerin vaginal auf die Welt zu bringen. Meine Laune ist glänzend. Ich sehe keine Seifenopern mehr, sondern lese in den Biografien von Sylvia Plath, die ich in der Stadtbücherei gefunden habe. Ich genieße meine Schwangerschaft noch ein bißchen!!!

Vorhin hat Mama angerufen. Sie wollte wissen, ob die tausend Mark, die sie uns zur Hochzeit überwiesen hat, auf meinem Konto eingetroffen sind. Aber ich war seit Tagen nicht auf der Bank. Mein Kontostand ist mir im Moment ziemlich egal! Ich erzählte ihr von der Beckenendlage, aber sie sagte nur, die Ärzte würden schon »das Richtige mit mir machen«, da könne ich sowieso keinen Einfluß drauf nehmen. Eine Geburt sei eine schmerzensreiche Prozedur, für die man keinen Dank bekäme, das solle ich mir gleich merken. Unsere Hochzeitsfotos seien ja reichlich unkonventionell (ich hatte ihr mehrere geschickt). Sie hätte es sich nicht träumen lassen, daß eines ihrer kleinen Mädchen mal so heiraten würde. Aber nach dem, was mit Marianne geschehen sei, müsse sie dem lieben Gott, an dessen Existenz sie ja eigentlich schon lange nicht mehr glaube, wohl dankbar sein, daß wenigstens ich zur Heirat fähig sei (zur Heirat fähig, welch seltsamer Ausdruck). Kinder, an den Gedanken solle ich mich jetzt schon gewöhnen, seien vorprogrammierte Enttäuschungen. Wenn man das Würmchen im Arm halte, denke man, es gehöre einem alles Glück auf Erden. Man könne sich nicht vorstellen, zu welcher Monströsität (war ich eine Monströsität oder Marianne?) sich ein unschuldiges Kind entwickeln könne und daß man keinen, aber wirklich gar keinen Einfluß darauf habe.

Das Gespräch hat mich so beeindruckt, daß ich es aufschreiben muß, bevor ich den Hefeteig noch mal durchwalke. Ich backe nämlich gerade eine Pizza für Dany und Lutz, die heute die Renovierung im Pankegrund abschließen wollen.

Ich habe nie genau erfahren, was zwischen Mama und Marianne vorgefallen ist. Aber jetzt schwant mir was ... Aber warum erst jetzt? Oder anders gefragt: Warum gerade jetzt?

So, die Pizza ist im Ofen, und der Foto-Klick-Kombi ist gerade in den Hinterhof gerollt. Schnell noch ein paar Zeilen: Außerdem wollte Mama wissen, wann sie kommen soll. Ob sie am achtzehnten, dem errechneten Geburtstermin, auf der Matte stehen soll oder schon früher. Sie muß nämlich eine Aushilfe für den Laden organisieren. Ich konnte ihr einfach nicht sagen, daß Dany und ich die ersten paar Wochen mit dem Kind allein sein wollen. Sie war sowieso schon fast am Heulen. Ich verstand nicht, warum. Wegen meiner schrecklichen Hochzeitsbilder oder wegen Mariannes Unfähigkeit zur Ehe? Ich sagte also, ich würde noch mal mit Dany reden und sie morgen zurückrufen. Aber ich glaube, das mute ich mir nicht zu. Dany soll es machen. Die Sache mit Marianne geht mir nicht aus dem Kopf. Natürlich habe ich Marianne auch so eine »Wir-haben-geheiratet-Karte« geschickt. Bisher kam keine Reaktion, aber das hatte ich nicht anders erwartet.

39. Woche, 6. Tag (Sonntag)

Endlich mal wieder ein ruhiger Sonntag zu zweit. Am Vormittag haben Dany und ich einen Spaziergang durch die Frühstücksszene am Prenzlauer Berg gemacht. Die Leute saßen dicht gedrängt in den vielen Cafés am Kollwitzplatz, die alle Berlin-nostalgisch gestylt sind. Schließlich gingen wir auch in eins, das nicht ganz so schön und nicht ganz so voll war. Ich erzählte Dany von Mamas Anruf. »Ich glaube, daß Marianne lesbisch ist.«

Dany zog die Augenbrauen in die Höhe. »Was heißt, du glaubst? Deine Schwester ist eine Hardcore-Lesbe.«

»Du hast es gewußt?«

Dany sah mich mitleidig an. »Da schwärmst du mir dauernd von deinem schnuckeligen, schwulen Kollegen vor, aber bei deiner eigenen Schwester bist du betriebsblind.«

Ich hatte sie ja auch nicht oft gesehen in den letzten Jahren.

Am Nachmittag rief Dany bei meinen Eltern an. Er sagte Mama, daß wir die ersten vier Wochen mit unserem Kind allein verbringen wollten. In dieser Zeit würden wir, abhängig davon, wie es mir und dem Kind gehe, einen Besuch verabreden. Mama reagierte nett und verständnisvoll, ganz so, wie sie sich Dany gegenüber immer gibt!

»Sie kann nicht über ihren Schatten springen. Da ist sie in ihrer Generation nicht die einzige«, sagte er weise.

Ich bin tief beeindruckt! Bleibt nur zu hoffen, daß sie mir nicht morgen vormittag die Hölle heiß macht, wenn Dany im Büro ist.

»Morgen besorge ich einen Anrufbeantworter«, sagte Dany. »Und dann arbeiten wir nach Lutz' Methode. Das könnte in den nächsten Wochen ganz sinnvoll sein.«

39. Woche, 7. Tag (Montag)

Rendezvous mit Dr. Müllerstraße. Während er die Notizen, die der Chefarzt der Frauenklink in den Mutterpaß gemacht hatte, durchlas, erklärte ich ihm, daß ich mich entschlossen hätte, das Kind vaginal auf die Welt zu bringen, klein und zierlich wie es sei.

Er zuckte mit den Schultern. »Der errechnete Geburtstermin ist in einer Woche. Erstgeborene kommen meistens später. Geben sie noch ein bis zwei Wochen dazu, und es ist nicht mehr so klein und zierlich.«

Die Untersuchung ergab, daß die Paddlerin sich nicht gedreht hat, und der Muttermund noch fest geschlossen ist.

»Sie können es ruhig angehen lassen«, meinte er und überwies mich für alle weiteren Untersuchungen an die Pankower Frauenklinik. Sechs Wochen nach der Entbindung solle ich zur Nachuntersuchung kommen, mit Baby. Er wolle sehen, was ich produziert habe. Ich traute meinen Ohren nicht. Abgesehen davon, daß ich an dem Wort »produziert« Anstoß nahm, war mir, als spräche er von einer anderen Welt. Sechs Wochen nach der Entbindung war überhaupt nicht vorstellbar!

Innerlich aufgewühlt, wankte ich bei Rot über die Ampel zu meinem Lieblingskaufhaus. Ein Autofahrer hupte wie wahnsinnig. Bei einem Milchkaffee im Kundenbistro fand ich wieder zu mir. Richtig, ich wollte meine Schwangerschaft noch ein bißchen genießen. Zu diesem Zweck, und um zu kontrollieren, ob Mamas tausend Mark eingetroffen waren, war ich am Morgen noch auf der Bank gewesen. Ich fuhr mit der Rolltreppe in die Parfümerieabteilung und kaufte einen Flakon Chanel No. 19, die einzige Art von modischem Luxus, bei dem meine Figur kein Hindernis ist. Ich kaufte auch ein Babystrickmusterheft und ein paar Knäuel weiche, leuchtendgrüne Baumwolle. Seit gestern abend habe ich Lust, etwas für die Paddlerin zu stricken. Nach Dr. Müllerstraßes Prognose könnte ich bis zur Geburt noch fertig werden!

40. Woche, 1. Tag (Dienstag)

Meine letzte Schwangerschaftswoche (ohne Erstgeborenenzugabe) ist angebrochen. Lieber Moritz, ich war den ganzen Tag glücklich und ausgeglichen und habe an dem grünen Babystrampler genadelt und darauf gewartet, daß jemand anruft, damit ich das Spiel mit dem neuen Anrufbeantworter testen kann. Gegen Mittag rief Hanna an, da mußte ich den Hörer natürlich abnehmen. Sie sagte, daß sie sich genauso phantastisch fühle wie ich, trotz ihrer Elefantenfüße. Sie sortiere ständig ihre niedlichen Babyjäckchen und streichle die herrlichen italienischen Strickwindeln. (Ich habe eine Packung »Newborn« gekauft. Wenn der Popo der Paddlerin es zuläßt, möchte ich nur Papierwindeln benutzen.) Sie hat mich und Dany am Samstag zum Pizzaessen eingeladen. Prima Idee. Ich hätte auch Lust, Leute zu bekochen.

Wie wäre es, wenn ich dich mal einlüde, Moritz? Wenn du dich nur nicht so affig mit Dany hättest. Er ist in vielen Hinsichten der liberalste Mensch, den ich kenne. Seine Qualitäten sind nur nicht so offensichtlich. Auch mich überrascht er immer wieder damit.

40. Woche, 2. Tag (Mittwoch)

Regula hat wirklich eine Klatsche!

Gestern abend rief sie an und schlug vor, unser Frühstück ins *Miró* zu verlegen. Ich sagte, das *Miró* sei mir zu weit. Von mir aus könnten wir uns in einem der schicken Cafés am Prenzlauer Berg treffen. Sie brauchte angeblich einen neutralen Ort, um mir etwas Wichtiges mitzuteilen. Ich dachte natürlich, sie verkündet mir ihre Verlobung mit Lutz, aber von wegen!

Gleich nachdem wir bestellt hatten (Joghurt mit Obst für sie, Schlemmerfrühstück für mich), legte sie ein Ticket nach New York auf den Tisch. Ich gratulierte ihr zu der goldrichtigen Entscheidung. Die Entscheidung war aber keineswegs auf meinen Einfluß zurückzuführen. Regula hatte Lutz mit einer anderen Frau erwischt. Am Montag, als sie nach Feierabend aus Magdas Boutique gekommen war, war er mit »diesem blonden Miststück« Hand in Hand über den Savignyplatz gebummelt. Das Paar war die Grollmannstraße hinuntergegangen bis zum Kudamm. Dann den Kudamm entlang bis zum Breitscheidplatz, dann zu *Mövenpick*. Gipfel der Romantik, Diner à deux bei *Möwenpick*! Die Tusse hatte einen Grillteller genommen, Lutz einen großen Salat.

»Bist du etwa auch reingegangen?« fragte ich entsetzt.

»Klar. Ich saß zwei Tische weiter. War überhaupt kein Problem, so vertieft wie die ineinander waren. Aber das Beste kommt noch.«

Regula zog fauchend die Luft ein. Sie kochte vor Wut. Ich verstand nicht, warum sie so wütend war. Und ich verstand auch nicht, warum sie mich für diese Neuigkeiten in einen Szeneladen schleppen mußte, wo das Schlemmerfrühstück spartanischer war als eine studentische Monatsenddiät. Außerdem lag das Klo eine Treppe höher.

»Das Beste« war, daß Lutz und seine Begleiterin nach einem flinken Mahl schnurstracks ein Kino am Tauentzien ansteuerten (die Blonde zog sich unterwegs noch ein Softeis rein) und zwei Karten für »Keiner liebt mich« kauften.

»Und, hast du dir den Film auch angesehen?« fragte ich.

»Ich sehe mir keine Filme an, die schon fast ein Jahr lang laufen, weil ich sie entweder schon gesehen habe oder nie sehen will«, brüllte Regula in einer Lautstärke durch das Lokal, daß dem Typen am Nebentisch die Zeitung aus der Hand fiel.

»Der Film ist witzig«, sagte ich ungerührt und tat so, als genösse ich den Kaugummibrie. Schließlich hatte ich schon Erfahrung mit Regulas Ausbrüchen in öffentlichen Vergnügungsstätten. Sie maß mich mit feindseligem Blick aus extrem schmalen Katzenaugen.

»Gib zu, daß du es die ganze Zeit gewußt hast, daß er mit der Tusse zusammen ist«, zischte sie.

Ausgerechnet ich! »Ich bin froh, wenn ich von Lutz' Freundinnen nichts mitbekomme. Ich würde ihn ins Kloster einweisen!« verteidigte ich mich entrüstet.

Der Typ nebenan kicherte hinter seiner Zeitung.

»Du bist echt das Allerletzte«, sagte Regula mit Todesverachtung in der Stimme und so laut, daß das ganze Lokal es hören mußte. »Ich habe dich für meine Freundin gehalten. Aber du bist eine blöde, scheinheilige, ... trächtige Kuh.«

In dem Kneipenraum war es so still geworden, daß man eine Stecknadel hätte fallen hören. Ich grinste freundlich in alle Richtungen. Ich hatte nichts zu verbergen. Es konnte ohnehin jeder sehen. Der Typ mit der Zeitung war entsetzt. Er deutete mit dem Kopf auf Regula und schüttelte ihn fassungslos. Regula schlug die Hände vors Gesicht und fing an zu schluchzen.

»Hör mal, Regi, es tut mir ja leid für dich. Aber erstens kannst du Lutz sowieso in der Pfeife rauchen, und zweitens hat das doch überhaupt nichts mit mir und dir zu tun.«

»Du hättest es mir sagen müssen«, wimmerte sie. »Du bist so egoistisch und verständnislos in deinem kuhigen werdenden Mutterglück. Es widert mich an ...«

Da war nichts zu machen. Ich stand auf, warf mir den Trench, der vorne nicht mehr zuging, über die Schultern und sagte der Tresenfrau, daß Regula mein Schlemmerfrühstück übernähme. Am Ausgang holte mich der Typ mit der Zeitung ein und fragte, ob er mich nach Hause bringen solle, ob ich okay sei.

»Völlig okay«, sagte ich. »Kümmer dich lieber um die da.«

Ich stand vollkommen über der Sache.

Den Rest des Tages verbrachte ich an dem grünen Strampler strickend vor dem Fernseher. Am Nachmittag ging ich kurz einkaufen und wartete provozierende zehn Minuten an einer überfüllten Metzgertheke. Natürlich passierte gar nichts. Kurz nach fünf kam Dany kochend vor Wut zu Hause an. Er hatte früher Schluß gemacht, weil er morgen früh mit seinem Chef nach Leipzig fahren muß, um Architekturfotografien von der Neuen Messe zu machen, die sie für einen Prospekt brauchen. Weil sie an einem Tag nicht fertig werden, übernachten sie in Leipzig und kommen erst am Freitag zurück. Auf einmal findet Dany es unverantwortlich, daß er mich über Nacht alleine lassen soll. Ich mußte ihn trösten: Du wolltest doch immer Architekturfotografie machen (nachdem du dir die Schiffer abgeschminkt hast), und der Muttermund ist noch total zu. Es hat richtig weh getan, als Dr. Müllerstraße am Montag daran herumgepokelt hat. Ich fühle mich wohler als während der gesamten Schwangerschaft ...

Um mich herum scheint eine Art Hysterie ausgebrochen zu sein, in der ich der ruhende Pol bin. Ein schönes Gefühl.

40. Woche, 3. Tag (Donnerstag vormittag)

Das Vorderteil des Stramplers ist fertig. Ich bin sehr zufrieden. Regula hat zweimal angerufen. Sie mußte wohl oder übel auf den Anrufbeantworter sprechen.

»Hallo, Joe, es tut mir leid, daß ich gestern wegen diesem blonden Miststück so ausgeflippt bin. Laß uns noch mal darüber reden.«

Zwei Stunden später, ziemlich kleinlaut: »Hallo, Joe, ich dachte, du bist inzwischen vielleicht zurück. Hast du heute einen Termin bei Dr. Müllerstraße? Ich habe echt Angst, daß ich dich zu sehr aufgeregt habe. Wie wäre es, wenn ich dich am Samstag abend zu einem Stück Pizza einlade?«

Zu spät, meine Süße. Am Samstag abend esse ich Pizza bei Hanna.

Ich rufe natürlich nicht zurück, sondern genieße meine Schwangerschaft. In meinem Slip fand sich gestern nacht etwas blutiger Schleim. Kommt, laut Birtes Literatur, wahrscheinlich von der Untersuchung bei Dr. Müllerstraße am Montag. Der Muttermund ist gegen Ende der Schwangerschaft stark durchblutet ...

(Ende der Eintragung)

Stunde Null

Nachdem ich das Vorderteil des Stramplers fertiggestellt hatte, schrieb ich ein bißchen in meinem Tagebuch und beschloß, vor den nächsten fünfzig Gramm watteweichem Grün noch mal das Klo aufzusuchen. Als ich mich vom Futon hochwuchtete, schrillte die Türklingel. Es gab zwei Möglichkeiten, Regula oder der Paketpostbote. Der Paketpostbote wäre mir zwar entschieden lieber gewesen, aber ich fühlte mich so großartig, daß ich auch mit Regula fertig werden würde, wenn sie mir nicht gerade den Kopf von Lutz' neuem Miststück auf einem goldenen Tablett überreichte! Es klingelte noch mal, lang und befehlerisch. Also öffnete ich anstelle der Badezimmer- die Wohnungstür. Vor mir stand eine vertraute, schlanke Gestalt in orangefarbenen Hosen. Ich seufzte tief in den Bauch hinein. Dabei fiel mein Blick auf die Holzclogs. Es war nicht Regula. Die Frau hatte kurze braune Locken.

»Hi, Schwester«.

Als ich den Mund aufmachte, um auch »Hi, Schwester« zu sagen, rann ein warmer Schwall meine Oberschenkel hinunter. Ich sagte »Scheiße« und ließ mich auf den Boden sinken.

Mit viel Mühe gelang es Marianne, mich davon zu überzeugen, daß es besser wäre, wenn ich noch mal kurz aufstünde, damit sie hereinkommen und die Wohnungstür hinter uns schließen könne. Sie griff unter meine Achseln und schleifte mich ins Wohnzimmer, nahm die nagelneue Decke vom Futon, breitete sie auf dem Parkett aus und rollte mich drauf. Dann griff sie sich die nagelneuen, bei *Ikea* erstandenen Paradekissen und schob sie mir unter den Hintern.

»Steißlage?« fragte sie.

»Ruf endlich die Feuerwehr«, zischte ich.

Gehorsam griff sie zum Telefon und wählte die 118. Mit befehlsgewohnter Stimme forderte sie den Storchenwagen.

»Die Kliniktasche ist im Schlafzimmer«, brüllte ich, »hol mir ein paar frische Leggings und zwei alte Handtücher. Ich suppe durch.«

Nach einigem Kramen und Rumoren warf sie mir endlich zwei der neuesten Handtücher auf den Bauch.

»Wo hast du deinen Mutterpaß?«

»Auf dem Schreibtisch.«

Sie suchte den Schreibtisch.

»Pack das Chanel No. 19 ein. Im Bad.«

Sie stürzte ins Bad.

»Diese drei Bücher auf dem Fußboden müssen auch noch mit.«

»Da sind doch schon Bücher drin in der Tasche!«

»Tu, was ich dir sage.«

Sie biß die Zähne zusammen und tat, was ich ihr sagte.

Während sie mir ein frisches Paar Leggings über die Waden zog, machte sich in meinem Bauch ein rhythmisches Ziehen breit, sanft, aber deutlich. Sollten das etwa Wehen sein? Die Handtücher waren schon wieder durchgeweicht. Wo blieb die verflixte Feuerwehr?

Marianne setzte sich mit gekreuzten Beinen neben mich aufs Parkett und tätschelte meinen Kopf. »Mach dir mal keine Gedanken. Ich hab das mit meinen Schafen schon viele Male durchgemacht.«

Die Geburt dauerte knapp drei Stunden. Zwischen den Wehen rannte Marianne immer wieder zum Telefon und versuchte, Dany über das Autotelefon seines Chefs zu erreichen, aber Lotta-Paulina war schneller.

Als Dany am späten Donnerstagabend bleich und durchgeschwitzt die Hallandstraße erreichte, lagen Mutter und Tochter in tiefem Schlummer. Am Küchentisch fand er eine selig lächelnde Marianne, die ihren blau- und grüngekniffenen Arm mit feuchten Umschlägen kühlte. Vor ihr standen eineinhalb leere Sektflaschen. Aber es war noch genug da, um Dany darüber hinwegzutrösten, daß er die Geburt seiner Tochter verpaßt und vor allem nicht meine Hand gehalten hatte.

Marianne sagte »Das ging so flott. Wenn ich mir vorstelle, wie meine Schafe leiden müssen.«

Dann nahm sie den Umschlag von ihrem Arm und wischte ihrem Schwager die Tränen vom Gesicht. Aber sie verbat ihm, uns zu wecken.

Am nächsten Tag, Freitag, zeigte Marianne Dany, wie die Waschmaschine funktioniert, wie man nahrhaften Gemüseeintopf und magenberuhigenden Fencheltee kocht, wie man Löttchen in die Newborns steckt und die Nabelklemme pudert. Sogar Frau Bange war begeistert von ihr.

Am Abend bereitete sie eine köstliche Lammkeule zu.

Am Samstag morgen saßen Dany und Marianne auf meiner Bettkante und stritten sich um die Zeitung. Marianne hatte die Anzeige zuerst entdeckt.

»Hallo, Joe und Dany! Wir freuen uns sehr über die Geburt von Lotta-Paulina. Nur schade, daß Ihr heute abend nicht zum Pizzaessen kommen könnt. Hanna und Ede«

»Zeig mir das!« Dany versuchte, Marianne die Zeitung aus der Hand zu reißen. Ich richtete mich auf und nahm ihm vorsorglich unsere Tochter aus dem Arm. Lotta-Paulina öffnete ein Auge, blinzelte mir zu und schloß es wieder. Ich legte sie neben mich in die Kissen. Sie war winzig, hatte einen enormen Hinterkopf, wie alle Beckenendlagen, und ein perfektes Gesichtchen unter langen, dichten schwarzen Haaren. Ich hatte auf Anhieb den richtigen Namen für sie gewußt, als sie mir auf die Brust geglitscht war. Mein Löttchen, mein Bienchen, meine Süße …

»Liebste Joe. Ich bin überglücklich über dich und Lotta-Paulina. Dein Moritz. Wir auch, herzlichen Glückwunsch auch an Dany! Deine Annett, Birte, Iris, Marion und Romana«, las Marianne vor. »Was sind das denn für Chaoten?«

Die dritte Anzeige war von Regula: »Meiner besten Freundin Joe alles Liebe zur Geburt von Lotta-Paulina. Verzeih mir, Regi.«

»Wow!« rief ich.

Löttchen maunzte leise.

»Ob wir es noch mal mit dem Anlegen probieren?« schlug Marianne vor.

Am Samstag nachmittag mußte Marianne uns verlassen, um endlich zu der Freundin zu fahren, wegen der sie eigentlich nach Berlin gekommen war. Am Sonntag mittag mußte sie schon wieder auf ihrer Farm sein. Sie versprach, im Oktober, nach Danys Urlaub, für ein paar Wochen zu kommen, um mir zu helfen. Sie hatte sich total in Lotta-Paulina verliebt.

Der Anrufbeantworter speicherte die Anteilnahme der Außenwelt. Wir nahmen sie zur Kenntnis, wenn uns danach gelüstete. Abends gegen sechs horchten wir auf, als Edes Stimme erklang.

»Ich rufe euch aus dem Geburtshaus an.«

Dany stürzte zum Telefon und nahm den Hörer ab.

»Wie geht's Juri?«

»Ich wollte euch nur sagen, daß unsere Tochter Milena ins Pizzaessen geplatzt ist.«

Als ich gegen Mitternacht, als Löttchen endlich pennte, zwischen den Bissen einer von Dany aufgewärmten Tiefkühlpizza noch mal die Anzeigenseite der Zeitung durchsah, fand ich die vierte, die nicht unsere Tochter betraf und daher von Dany und Marianne übersehen worden war.

»Hiermit erlauben wir uns, die Verlobung von Annett und Lutz offiziell bekanntzugeben. Herzliches Beileid. Eric und Walt.«

SERIE PIPER

Peter van Straaten

Agnes

Szenen eines unordentlichen Lebens.
Aus dem Niederländischen von Sibylle Mulot. 192 Seiten. SP 2240

Agnes ist in den Dreißigern, geschieden, alleinerziehend, liebenswert, attraktiv und total chaotisch. Sie lebt mit ihrem kleinen Sohn Daniel und hat ihren mehr oder weniger festen Freund Arthur. Am meisten liebt sie die Unabhängigkeit, und ihre größte Sehnsucht gilt der grenzenlosen Liebe. Zum Kummer nicht nur ihrer gutbürgerlichen Eltern widmet Agnes sich voll Hingabe ihren leichtlebigen und nicht selten in Weißwein getränkten Abenteuern und stolpert mit nie versiegendem Optimismus durch ihr unordentliches Leben.

»Sie ist kein Luder und auch keine Rabenmutter. Agnes ist einfach eine liebenswerte Schlampe, den Männern und dem Weißwein gleichermaßen zugetan. Und dann ist da noch der kleine Sohn Daniel, den lädt sie, wenn nötig (oft!), bei ihrer Mutter ab. Wer diese witzigen Agnes-Anekdoten liest, verspürt schnell den Wunsch, selbst dem Schlampentum zu verfallen.«
Brigittte

Agnes – Augen zu und durch

Aus dem Niederländischen von Hans-Ulrich Jäckle.
188 Seiten. SP 2241

Ihr Sohn Daniel kommt fühlbar in die Pubertät, und mit der Stop-and-go-Beziehung zu Arthur scheint es endgültig aus zu sein. Dann trifft Agnes den gewandten, aber verheirateten Titus...

Schwein gehabt, Agnes

Aus dem Niederländischen von Hans-Ulrich Jäckle.
204 Seiten. SP 2242

Agnes – Unkraut vergeht nicht

Aus dem Niederländischen von Hans-Ulrich Jäckle.
164 Seiten. SP 2766

»Agnes ist ironisch und emanzipiert... Irgendwie schlängelt sie sich durchs Leben – und es ist ein Vergnügen mitzuerleben, wie sie das macht.«
Brigitte

Margherita Giacobino

Hausfrauen in der Hölle

Roman. Aus dem Italienischen von Hinrich Schmidt-Henkel. 330 Seiten. SP 2528

Jeder Mensch ist Hausfrau, auch wenn er ein Mann ist. Und die Hölle ist das sowieso. Man braucht nur hineinzuhören in die Unterhaltungen bei Ada, Via della Misericordia. Dort betreibt sie einen Feinkostladen, der sich zum Kommunikationszentrum des Viertels ausgewachsen hat, weil Ada eine begnadete Zuhörerin ist. Auf diesem Marktplatz der Geschichten erfährt man von Träumen und Sehnsüchten, von der Suche nach Liebe, von Einsamkeit und von mehr oder weniger gescheiterten Ehen. Da ist die Köchin, die mit einem Vegetarier verheiratet ist, der schwule Nani, der als Kindsvater gebraucht wird, oder die egozentrische Achtzigjährige, die ihre manische Tochter tyrannisiert. Auf lokker verschlungene Weise fängt Margherita Giacobino die Geschichten von den Tücken des Alltags, von Raffinesse und Erfindergeist, von Bequemlichkeit und faulen Kompromissen ein, zündet ein amüsantes Feuerwerk nach dem anderen und würzt diesen glänzend geschriebenen Roman mit lebenskluger Warmherzigkeit.

»Margherita Giacobino hat einen scharfen Blick für den Alltag, mit seinen Absurditäten, aber auch mit seinen liebenswerten Nischen.«
Brigitte

»Ein Feuerwerk witziger, ironischer Pointen und liebevoller Beschreibungen alltäglichen Wahnsinns.«
Die Woche

»Geistreich und spöttisch erzählt.«
Der Spiegel

SERIE PIPER

SERIE PIPER

Marie Binet
Roseline Jadfard

Drei Teller und ein Baby

150 Rezepte für die neuen Eltern. Aus dem Französischen von Albrecht Winterberg. 216 Seiten mit Illustrationen von Pascale Laurent. SP 2621

Vorbei die Zeit, in der erst fürs Baby und dann für die Eltern gekocht wurde! Und vor allem: vorbei auch Fertigbrei und Gläschen-Futter! Endlich gibt es ein Buch mit 150 anregenden Rezepten, die sowohl dem Baby – von 2 Monaten bis 2 Jahre alt – als auch den Eltern schmecken. Ob Ente auf Feigen oder Hase in Estragon, ob Artischocken-Risotto oder Birnensuppe: Dies ist ein Kochbuch, das den erwachenden Geschmackssinn des Babys ernst nimmt, denn Babys reagieren von Geburt an sensibel auf die unterschiedlichsten Geschmacksrichtungen und lieben die Vielfalt. Gleichzeitig wird das Leben der Eltern erleichtert: Die Speisen sind nicht nur schnell und einfach zuzubereiten, sondern sie erweisen sich als großartige Grundlage einer gemeinsamen Küche für die ganze Familie.

Sabina Manes

Mama ist ein Schmetterling, Papa ein Delphin

Kinderzeichnungen verstehen. Aus dem Italienischen von Rosetta Pillatzki. 229 Seiten mit 36 Farb- und 76 Schwarzweißzeichnungen. SP 2558

Kinder malen sich selbst, den Bruder, die Schwester, Mutter und Vater als Tier. Das ist das »Zoo-Familien-Spiel«, in dem Kinder erstaunlich viel über ihre Gefühle und Vorstellungen zum Ausdruck bringen. So entstehen Bilder etwa eines gutmütigen Bären, eines schillernden Schmetterlings oder aber eines sturen Esels, einer listigen Schlange. Sabina Manes, die diesen Test mit Hunderten von kleinen Kindern an der Universität von Rom »gespielt« hat, gibt hier vertiefende, mit leichter Hand gebotene Seh- und Interpretationshilfen. Sie erklärt, was überhaupt Tiere als »Projektionsflächen« für ein Kind von heute bedeuten, das nur noch selten Tiere in ländlicher Umgebung erlebt. Die Autorin animiert zu einer Sensibilitätsübung der Wahrnehmung und zu einem erhellenden Austausch mit dem Kind.

SERIE PIPER

Daniel N. Stern

Tagebuch eines Babys

Was ein Kind sieht, spürt, fühlt und denkt. Aus dem Amerikanischen von Gabriele Erb. 172 Seiten. SP 1843

Mit dem sprichwörtlich ersten Schrei des Kindes beginnt für viele frischgebackene Eltern eine Phase, in der sie sich neugierig (und manchmal auch verzweifelt) fragen: Was geht in meinem Kind vor? Was sieht, spürt, erlebt es? Was kann es wahrnehmen? Drückt es jetzt Schmerz aus? Für diese Eltern hat Daniel N. Stern, ein international anerkannter Kinderpsychologe, ein einzigartiges Buch geschrieben. Es skizziert die Entwicklung des Babys Joey von der sechsten Woche bis zum vierten Lebensjahr.

»Daniel N. Stern, einer der bekanntesten amerikanischen Babyforscher, hat versucht, durch Einfühlung und Phantasie die Erlebniswelt eines Säuglings darzustellen. Sein Buch kann ein wissenschaftliches Kunstwerk genannt werden.«

Frankfurter Allgemeine Zeitung

Remo H. Largo

Babyjahre

Die frühkindliche Entwicklung aus biologischer Sicht. Das andere Erziehungsbuch. 492 Seiten. SP 1977

Die Bedürfnisse eines Säuglings und Kleinkindes zu erkennen und richtig zu deuten ist für Eltern nicht immer leicht, besonders wenn es ihr erstes Kind ist. Sprechen kann das Baby nicht, aber es hat eine Vielzahl von Möglichkeiten, sich auszudrücken. Dieses Buch will das Verständnis bei Eltern und Erziehern für die biologischen Gegebenheiten und die Vielfalt des kindlichen Verhaltens wekken. Es orientiert sich nicht an abstrakten Normen oder überlieferten Erziehungsprinzipien; vielmehr will es helfen, den Blick für das individuelle Kind und seine besondere Entwicklung zu schärfen.

»Largos Erziehungsbuch ist vor allem darum anders, weil es von der unglaublichen Spielbreite der Entwicklung gesunder Kinder und nicht von einem Ideal – davon, wie und wozu sich ein Kind entwickeln sollte – ausgeht.«

Cecile Ernst, Tages-Anzeiger, Zürich